U0840340

钟表匠扎沙里尤斯师傅和其它五篇故事

[法]儒勒·凡尔纳——著
朱良 王宝琼——译

插图版

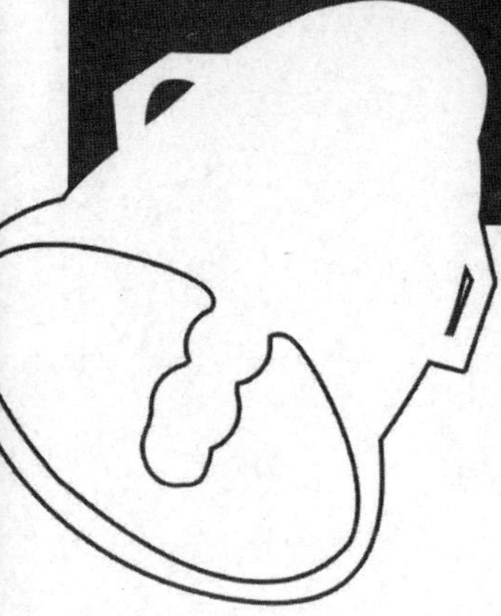

北方联合出版传媒(集团)股份有限公司
万卷出版公司

图书在版编目（CIP）数据

钟表匠扎沙里尤斯师傅和其他五篇故事 /（法）儒勒·凡尔纳著；朱良，王宝琼译.— 沈阳：万卷出版公司，2017.9

ISBN 978-7-5470-4563-3

Ⅰ.①钟… Ⅱ.①儒… ②朱… ③王… Ⅲ.①科学幻想小说－法国－近代 Ⅳ.①I565.44

中国版本图书馆CIP数据核字（2017）第145998号

出 品 人：刘一秀
出版发行：北方联合出版传媒（集团）股份有限公司
　　　　　万卷出版公司
　　　　　（地址：沈阳市和平区十一纬路25号　邮编：110003）
印 刷 者：三河市翼华印务有限公司
经 销 者：全国新华书店
幅面尺寸：145mm×210mm
字　　数：212千字
印　　张：9
出版时间：2017年9月第1版
印刷时间：2017年9月第1次印刷
责任编辑：张冬梅
责任校对：金　龙
版式设计：格林文化
ISBN 978-7-5470-4563-3
定　　价：40.00元
联系电话：024-23284442
传　　真：024-23284442

你可以要求我讲述我的一生，但请别要求我借给你一本儒勒·凡尔纳的书！我对他的作品是那么着迷，以至于我对此都感到有些“嫉妒”。你若重读他的著作，我请求你永远也不要跟我谈起它们，甚至永远不要在我面前提儒勒·凡尔纳这个名字；因为，我觉得提到他的名字就必须要顶礼膜拜！他，如同历史长河中的那些大文学家一样，当太多作家被人转眼遗忘的时候，他却永存！

——法国著名作家　雷蒙·鲁塞尔

前 言

早在2003年，当我们从资料上得知2005年3月25日是“科幻小说之父”儒勒·凡尔纳逝世100周年纪念日之时，我们决心为他做点什么。

我们的幼年是伴随着他的许多读物成长的，受他的影响很深，他让我们知道除了《格林童话》《安徒生童话》中的童话世界，真实的世界里也可以开满奇异之花，只要你敢于幻想。出于对凡尔纳的热爱和对他小说的了解，我们萌生了将凡尔纳的一些经典作品——在我国译本较为稀少的法文原版小说——翻译出来的想法。

除了一些短篇小说外，凡尔纳一生中共写了60余部小说。他的作品可以分为两大类：一类是《格兰特船长的儿女》《海底两万里》《神秘岛》等中国读者耳熟能详的科幻小说；另一类是法国各个出版社出版的版本上均标注着“异乎寻常的旅行”（*Les Voyages extraordinaires*）的游记历险类小说；甚至，凡尔纳还写过很少为读者所知的侦破悬疑类小说。我们的愿望，就是将他的游记历险小说和侦破悬疑小说介绍给更多的读者。

这类小说尽管都是立足于现实世界，却有着丰富的人文地理、动植物、天文气象等多方面的科学知识，语言生动，情节曲折动人；而且他笔下的正面人物都具有坚强的性格、优秀的品质和高尚的情操，有着难能可贵的正义感和克服困难的非凡勇气。总之，他的历险类小说不仅能起到普及科学知识的作用，还能寓教于乐，让读者——尤其是让孩子们体会到应该做一个爱国、有责任感、乐于助人的人。

直到2003年我们决心动手翻译时，国内出版社基本上都是再版或重译凡尔纳为人熟知的作品，新译的作品很少，有些作品虽然早期有人译过，市面上却并不多见。于是怀着弥补凡尔纳历险、侦破类小说稀缺这一遗憾的心情，我们开始了对《空中村庄》《南极的斯芬克斯》及《利沃尼惨案》等法文原著的翻译工作。

从2003年5月收到法国寄来的原版小说开始动笔翻译，到2010年10月签订出版合同为止，其间经历了漫长的7年。这期间的故事有很多，我们还应邀翻译出版了10万字的儿童读物《小蓝兔系列丛书》(5册)，朱良还因为身体原因先后做了两次手术。最终我们还是完成了这几部书的翻译工作，并进行了多次译校，认真研讨，反复推敲。仅就书名的翻译，我们就做了反复的考量，并与编辑“据理力争”。

如*Le Village aérien*一书，有的译者将其译为《大森林》，这似乎与原文相距甚远；有的译为《飞行村》，让人看后会以为这个村庄可以在空中飞行。我们认为应该依照书的原文，即该村庄是搭建在离地几十法尺高的森林参天大树的树干间，因此将书名译为《空中村庄》。

又比如*Face au drapeau*一书，有的译为《迎着旗帜》，未免有些空泛；

有的译作《迎着三色旗》，但似乎也未能将这个旗帜的意义写出来。我们最终决定将它译为《面对国旗》，强调了主人公在所处的特定环境下，看到国旗后，出于爱国主义而带来的思想的转变。他由一个一心只想将自己发明的武器卖个最高价的普通人，转变为宁可将其毁掉也不让它帮助海盗攻击祖国军舰的高尚的人。总之，我们力图本着“信、达、雅”这一翻译原则，尽最大努力完成了所有的翻译工作。当然，译稿中一定会有错误及疏漏，希望得到同行及读者们的批评指正。

此外，我们要特别说明的是，凡尔纳的小说虽然成就非凡，深受世界各国读者的喜爱，但也避免不了时代的局限性。他的作品有时会流露出那个年代西方对有色人种，尤其是对黑人的歧视。这是我们在阅读中应该批判的。

回想起7年来的努力，黎明伏案、深夜伴灯的热忱，一次次出版希望的破灭带来的沮丧，不免心潮起伏、感慨万千。我们俩都不太会用电脑，所有的文字都是写在稿纸上，每次校对都要再重新抄写一遍，这也给编辑工作增加了不少难度。之前也有出版社对这套书感兴趣，但看到厚厚的钢笔手抄稿就犹豫了，我们曾一度怀疑这套凝聚了我们多年心血的译稿不能面世。这次合作很顺利，我们相信这是缘分。

在这套凡尔纳经典作品即将面世之日，我们夫妇二人要真诚地感谢出版社编辑，还有多次帮助了我们的武汉大学出版社黄朝昉、代君明等友人。

朱良、王宝琼

故事简介

《钟表匠扎沙里尤斯师傅和其他五篇故事》共收录了凡尔纳自 1854 年至 1910 年间创作的 6 篇短篇小说，题材多样、风格迥异。

《钟表匠扎沙里尤斯师傅》讲述了日内瓦城著名钟表匠扎沙里尤斯的故事。他做的钟表几乎全部神秘地停止了工作。这时，城里出现了一个钟表怪人，声称只要钟表匠肯把自己的女儿嫁给他，他就可以说出钟表停止的原因。在破败的城堡里找到了最后一座没有被退回钟表的扎沙里尤斯认定自己的灵魂就在这座钟表里，因而违背女儿的意愿把她许配给了钟表怪人。就在婚礼就要举行的时候，钟表显出了这样的箴言："谁敢与上帝比肩，谁将永远下地狱。"钟表毁于一旦，与其一起魂归西天的还有钟表匠那骄傲的灵魂。

《嗖嗖——哗啦啦》是一个恐怖故事。凡尔纳在此篇中无情地鞭挞了那些唯财是命的医者，其下场可想而知。

一个风雨交加的夜晚，穷苦渔民的女儿、妻子、母亲几次上门请求特里福勒加大夫出诊，但他都拒绝了。最后，当病患的母亲称她有足够的钱支付给他时，他跟着这位母亲来到了病榻前，却发现躺到病床上的正是他自己，而他虽然掌握了科学知识，却毙命于自己手中。

《老鼠拉东一家历险记》是一篇童话故事。邪恶的基撒多尔王子要劫持老鼠拉东家漂亮的女儿拉达娜当妻子，但她已有心上人。于是阴险的巫师把他们一家全变成了牡蛎，以望抓住拉达娜。在仙女的帮助下，拉东一家历经由牡蛎变为鱼，由鱼而鼠，由鼠而鸟，由鸟而为野兽，再由野兽变为人类的过程，与基撒多尔王子和巫师斗智斗勇，终于打败了敌人，过上了幸福的生活。

在此篇童话故事中，凡尔纳热情地歌颂了纯真的爱情，其力量可以战胜任何邪恶行径。

《高音 Rē（$\dot{2}$）先生和低音 Mi（$\underset{\cdot}{3}$）小姐》的故事发生在瑞士。卡尔费尔玛特镇儿童唱诗班的老师在即将举行圣诞节大弥撒之前失聪了，而管风琴也出了问题。这时镇上来了个匈牙利调音师及其助手，声称不但可以修好管风琴，而且还可以在上面安置童音音栓，高音 Rē（$\dot{2}$）的梦魇开始了：他和唱诗班的同伴们全被装进了巨大的风箱柜里……

在此故事中，凡尔纳无情地鞭挞了重商主义种种弊端，并揭示了金元帝国初始时期的恶行。

《骗子》故事发生在美国。在纽约至奥尔巴尼的“肯塔基号”汽船上，一位名叫霍普金斯的商人第十次运载两个用巨大箱子装着的货物，而船上的旅客们竞相购买他的“大型工程”股票。这位先生要在奥尔巴尼建一个“水晶广场”——全世界的工业可以举办万国博览会的地方。然而在修建过程中，他声称挖到了“巨人”化石，由此引发了关于人类起源地的大争论及各种商业上的投机活动……

《亚当》发生在“四海王国”。索弗尔扎尔托克博士、一位考古学家，在四海王国的一个铁箱子里发现了该岛先民留下的一本笔记，由此揭开了该岛的历史：罗萨里奥的一间别墅里，八个人正在讨论人类起源的问题，突然，山崩地裂，大海湮灭了一切。有幸逃脱的11个人中最终只有9个人被一艘货轮救了起来。货轮在已然变成汪洋大海的整个地球上寻找陆地，就在被饥饿、困乏逼到绝境的时刻，他们终于找到了位于四海王国的这个小岛安身立命。但渐渐地，人类文明最终退化，小岛上的这群现代人终致绝迹。

在这个故事中，凡尔纳探讨了有关人类起源的问题，译者认为其观点有些过分科幻。

这六部小说构思奇妙、想象奇特，情节惊险刺激，是凡尔纳作品的研究者、爱好者及青少年不可或缺的读物。

儒勒·凡尔纳简介

儒勒·凡尔纳（1828—1905），全名儒勒·加布里埃尔·凡尔纳（Jules Gabriel Verne），19世纪法国著名小说家、剧作家及诗人。

凡尔纳出生于法国港口城市南特的一个中产阶级家庭，1847年依从其父亲的意愿在巴黎学习法律，之后开始创作剧本以及杂志文章。1863年起，他开始发表科学幻想冒险小说，文学创作事业取得了巨大成功。据联合国教科文组织统计，凡尔纳作品的翻译量在世界上排名第二，超过了莎士比亚。在法国，赫切特图书公司于1927年设立儒勒·凡尔纳奖，专门奖励优秀的科幻原创作品，并且法国将2005年定为凡尔纳年，以纪念他的百年忌辰。

凡尔纳一生创作了大量优秀的文学作品，其中最出名的是以科学幻想冒险小说为主的作品、总名称为《在已知和未知的世界中的奇异旅行》系列作品集。代表作为三部曲《格兰特船长的儿女》《海底两万里》《神秘岛》，以及《气球上的五星期》《地心游记》等。

他的作品对科幻文学流派有着重要的影响，被称作“现代科学幻想小说之父”。凡尔纳对科学的态度是严肃认真的，他把同时代学者所取得的科学成就和发明创造加以淋漓尽致地发挥，把自己的想象建立在科学的基础上,而在幻想的规模特别是在语言的科学性上大大超过了前人。同时，他文笔流畅、叙述轻快。作品里充满曲折、复杂而有趣的故事，情节惊险、充满奇特的偶合，人物生动形象，再衬以非凡的大自然奇景，融知识性、趣味性、创造性于一体，而并非枯燥的科学图解，被称为“科学家中的文学家，文学家中的科学家”。他根据科学发展的规律与必然趋势做出了种种在当时是奇妙无比的构想，而这些构想到了20世纪几乎全都成为了现实。因此，可以说，他的科学幻想就是科学的预言，难怪法国院士利奥泰说：“现代科技只不过是将凡尔纳的预言付诸实践的过程。”

他的作品不仅具有独特的艺术魅力，也对现实生活产生了深远的影响，他在小说中塑造的科学勇士与先驱者的形象影响着一代又一代后来者。许多科学家都坦言自己是受到了凡尔纳的启迪才走上科学探索之路的。

虽然凡尔纳因其科幻小说中广泛的科学知识、奇特、丰富的想象力而闻名于世，实际上他的创作才能远不止于此。他一生创作了66部长篇小说和短篇小说集、28部剧本，一册《法国地理》和一部六卷本的《伟大的旅行家和伟大的旅行史》。涵盖的题材除了科学幻想冒险小说之外，还有历史冒险故事、游记、诗歌、歌词、散文、侦探悬疑小说以及地理类、历史类纪实作品。内容涵盖天文、地理、动植物、物理、化学等各种知识，以及音乐、美术、人文、经济、商业等诸多领域。可以说他真正是融合了科学与文学的艺术大师。

目　录
CONTENTS

丢了魂的钟表匠

一、日内瓦的传统

冬夜

日内瓦城位于日内瓦湖的西端。罗纳河在日内瓦湖水流出的地方穿过，把该城分为两个不同的区，而罗纳河在市中心处被河中间的一个小岛分开了叉。这种地形上的特点常会在大型工业或商业中心出现。首批当地人大概是被这条快速流淌的长河给他们提供的运输便利所吸引而在此定居的。这些河水各自流淌着，按老话儿讲，有了罗纳河，人们便有了水流快速流淌着的河道。

在这个岛上尚未出现盖得规规矩矩的新建筑物、像艘荷兰样式的圆头帆船在河中央抛了锚的时候，这地方就有了一堆堆、一些摞在另一些上面的、令人赞叹的房屋了。它们给人一种充满魅力、杂乱无章的感觉。

小岛的面积不大，迫使一些房屋被盖在乱七八糟地打入这令人生畏的罗纳河水之中的基柱之上。日久天长，这些很粗的、做基柱用的方木全被河水腐蚀、变黑了，像些巨大的蟹爪，有时会产生令人惊讶的效果：一些在这些历经百年的基柱之间铺展开的像蜘蛛网一样的黄色渔网，在昏暗中飘动着，很像老橡木的枯叶，而河水猛烈地冲进这阴森森的“树林”之中，发出了阵阵令人忧伤的呻吟之声。

有这样一座立于水面之上的房屋，由于其破破烂烂的风格而格外引人注目。这是老钟表匠扎沙里尤斯师傅、他的女儿热朗德、他的学徒工欧拜尔·蒂恩，以及他的年老女佣朔拉斯蒂格所住的房子。

除了这位扎沙里尤斯师傅，到哪儿才能找到像他这样的人啊！他的年龄无人知晓：自从他那又瘦又小的脑袋在他的双肩上来回摆动的时候，日内瓦城中年龄较大的老人们就没有一个人谈起过他的年龄；自从人们第一次见到他走在城里的街道上，任由长长的白发随风飘动时，也没有人谈起过他的年龄。这个人是个活死人。他走路的样子就像钟表里的钟摆一样左右摇摆着，他的脸干巴巴的，脸色好像列奥纳多·达·芬奇[①]的油画涂上了一层冷色调一般变黑了，如同死人。

他的女儿热朗德住在这座老房子里最漂亮的一间房子里。通过房间中一扇看上去令人愉悦的窗户，她忧伤的目光会停留在白雪皑皑的汝拉山顶上。老头儿的卧室兼工作间像个地窖似的，几乎与河面齐平，屋内的地板甚至就铺在桩基之上。自一段无法追忆的时间以来，扎沙里尤斯

① 意大利文艺复新时期杰出的画家、雕塑家。

师傅只有在吃饭的时候，以及去调试城里各类钟表的时候才从他的房间里出来。其余时间，他一直待在他的工作台旁，那里堆满了大都由他发明出来的修表工具。

因为他心灵手巧、他的作品在法国、德国享有盛誉，所以，日内瓦城技艺高超的工匠们公认他技艺超群。而且，他们总是骄傲地感叹这座钟表城市享有多大的荣誉啊，同时也会说："发明了钟表擒纵机构的光荣应该属于他！"

实际上，不久以后，扎沙里尤斯的工作让世人明白：他的这一发明是制表业真正的诞生之日。

好了！经过长时间以及令人赞叹的工作之后，扎沙里尤斯轻轻地把工具放回原位，把他刚刚调好的精密零件用薄薄的玻璃罩罩住，让钟表的主动轮停下来。然后，把陋室中央的探视孔抬高一点儿，弯着腰往外看，一看就是好几个小时。他看到罗纳河河水在眼下哗啦、哗啦地快速流淌而过，这时，他陶醉于河上泛起的雾气之中了。

一个冬日的夜晚，老朔拉斯蒂格往桌上端晚餐菜肴。按照古老的习俗，菜肴是她和年轻的工人一起做的。菜虽然是精心准备的，可当她把菜盛进一个漂亮的青花瓷碗给他端到桌上时，扎沙里尤斯师傅却一口也没吃。他勉强地回答了几句热朗德温柔的话语，父亲的沉默寡言让她十分担心。就像他没再留意河水发出的轰响声一样，他的耳朵根本没有听到朔拉斯蒂格的唠叨。这顿安静的晚饭过后，老钟表匠既没有拥抱女儿，也没有向其他人说上一句平常所说的"晚安"便离开了饭桌。他消失在直通其房间的狭窄小门里。在他沉重的脚步下，楼梯发出了一阵奇特的呻吟声。

热朗德、朔拉斯蒂格、欧拜尔又待了一会儿，一句话也没说。这天晚上，天色昏暗，密布于阿尔卑斯山上的云沿着山沉重地移动着，有化作雨的危险。瑞士冬季严酷的天气往往会让人感到压抑、糊里糊涂的，午夜的风在周围刮着，夹带着可怕的呼啸声。

“您知道，亲爱的小姐，”朔拉斯蒂格终于说道，“我们的主人独自一人待在他的房间里，我明白他不饿，他把话闷在肚子里，只有精灵鬼怪才能从他的肚子里掏出一句话！”

“我父亲有几个不想对别人说的忧伤理由，我猜不出究竟是什么原因。”热朗德回答说，“不过，一种痛苦不安刻在他的脸上。”

“小姐，您的心里可别藏这么多的悲伤，您知道扎沙里尤斯师傅的习惯，谁能从他的脸上看出他心里有什么不想对别人说的心事呢？他大概有点烦心事，但到了明天，他就再也想不起来了，而这的确会引起他女儿的担心且让她深感内疚！”

欧拜尔是以这样的方式讲出这一番话的：他说话的时候眼睛紧紧盯着热朗德那双漂亮的眼睛。欧拜尔是扎沙里尤斯师傅雇佣的唯一一名工人。当师傅的很是认可这位年轻人的工作热情，因为他很赏识这位年轻人的聪明、持重、心地善良。欧拜尔对热朗德有爱慕之心，他暗下决心，要为自己心爱的人奉献一切。

热朗德十八岁，圆圆的脸庞让人联想起布列塔尼[①]老城街角上信徒们出于崇拜而悬挂着的圣母像，她的眼睛流露出一种特别纯朴的神情。人们以一位诗人实现梦想时所表现出的欢愉心情爱着她。她的衣服不太鲜

---

① 法国一地名。

艳，她穿的白上衣在她的双肩处皱起，衣服的颜色和特殊气味与教士们所穿的衣服近似。她过着一种十分平和、信奉神秘主义[①]的生活，因为这个城市尚未渴望信奉加尔文教义[②]。

正如她不分早晚诵读那本带铁塔扣的、用拉丁文写成的祈祷书中的祷词那样，她在欧拜尔·蒂恩的心中搅起了一种说不出的情感。她了解祈祷书中的大概，不太了解具体内容，但能猜出具体含义。此外，她并不拒绝接受它这种如同春季怒

放花朵般的魅力，感激之情油然而生。

老朔拉斯蒂格对此看得很清楚，但没有说一个字，她宁愿唠唠叨叨地说些这一时代的种种不幸，而家里根本没有人去阻止她。对于她的唠叨，就应该像对待日内瓦制的八音盒一样，一旦装配好就应该马上把它拆了，好让它发不出声来。

发觉热朗德沉浸在内心痛苦的沉默寡言之中，老朔拉斯蒂格离开了坐着的旧木椅，往放在石壁龛中的烛台尖上插了一根大蜡烛。这是跪在保护一家人平安的圣母像前、恳求她广施恩德、保佑全家夜间平安的一种习俗，可热朗德依然静静地呆坐在原地。

“好了！我亲爱的小姐！”朔拉斯蒂格吃惊地说，“晚饭已经吃过了，现在是道晚安的时候了，您想要熬夜累坏眼睛吗……啊！圣母啊！可是，

---

① 神秘主义：宗教唯心主义的一种世界观。主张人与超自然界之间交往，并能从这种交往关系中领悟到宇宙的“秘密”。

② 加尔文教义：又称“归正神学”或“改革宗神学”，是16世纪法国宗教改革家、神学家加尔文毕生的主张和实践及其教义。

这是睡觉并在美梦中寻找一点儿快乐的时候啊！但在我们生活的这个可恶年代里，谁又能指望过上幸福的一天啊！”

“需不需要找个医生给我父亲看看病啊？”热朗德问。

“请个医生！”老保姆叫道，“永远也不要细心听取他们头脑中的想象和判决！钟表医生，这世上很可能有，可治人身体疾病的医生肯定没有。”

“怎么办？”热朗德喃喃地说，“他又开始工作了吧？他休息了吗？”

“热朗德，”欧拜尔轻声答道，“扎沙里尤斯师傅精神上有点不快活，仅此而已！”

“您知道是怎么一回事？”

“有可能。”

“跟我们说说。”朔拉斯蒂格立刻高声说道。同时，出于节约的目的，她熄灭了蜡烛。

“几天来，热朗德，出现了一些令人不可思议的事情：您父亲制作和销售的钟表一下子全停了。客户们给他拿回了一大堆待修的钟表，他仔仔细细地把它们全拆了，可是，尽管师傅心灵手巧，这些钟表还是不走。”

“这些钟表有魔鬼附体了！”朔拉斯蒂格叫道。

“你这话什么意思？”热朗德问道，“我觉得这件事很自然，人世间一切都是有限的，而无限只能出自于人的手。”

“这其中有某种异乎寻常、神秘莫测的事情发生，”欧拜尔回答说，“这么说并非不是事实。我曾亲自帮助扎沙里尤斯师傅找这些钟表发生故障的原因，可我没有找到。而且，非常令人失望的是工具总是从我的手里掉到地上。”

“所以，”朔拉斯蒂格接着说，“为什么要从事这下三滥的工作呢？一个铜制的小零件能自己行走，并能指示时间，这合乎情理吗？人们本该相信日晷的！”

“当你知道日晷是由该隐[1]发明的，朔拉斯蒂格，你就别再这样说了！”

“上帝啊！您让我从中知道了些什么啊！”

“请你们相信，”热朗德坦率地说，“我们可以诉求上帝，让我父亲的钟表重获生命！”

“毫无疑问！”年轻的工人回答说。

“这是些没有用处的祈祷，”老保姆咕哝着说，“但是，只要有意愿，上帝是会原谅的。”

蜡烛又被重新点亮，朔拉斯蒂格、热朗德和欧拜尔全都跪在房间里的石板上，女孩儿则用虔诚的口吻为她母亲的灵魂、为了灵魂在深夜中的圣化[2]、为了来往的旅客和囚徒、为了好人和坏人，特别是为了她父亲莫名奇妙的忧郁、愁闷而祈祷着。

然后，三个虔诚的人站起身来，心中充满了某种信念，因为他们得到了上帝的宽恕。

欧拜尔回自己房间去了；热朗德在日内瓦城最后一盏灯光熄灭的时候依旧坐在窗户旁沉思着；朔拉斯蒂格在没有燃尽的木柴上泼了一点儿

---

① 该隐（Caïn）:《圣经》里的杀亲者，为人祖亚当及其妻子夏娃所生的两个儿子之一，该隐为兄长。因为憎恶弟弟亚伯的行为，而把亚伯杀害，后受上帝惩罚。名字意为“得到”。

② 宗教术语，使自身或灵魂变得圣洁。

水，推了一下两个巨大的门栓之后便倒在床上，入睡后不久便做了一个吓得她要死的噩梦。

然而，这个冬夜中弥漫的恐惧加大了。有时，随着河面上旋转的气流，风猛烈地冲进桩基的下面，整幢房子都在颤抖着。但是，女孩儿过于悲伤了，一心想着父亲，因为自从听了欧拜尔·蒂恩那番话之后，扎沙里尤斯师傅的两只眼睛里表现出病情的比例发生了令人难以置信的变化，她觉得亲爱的父亲行动变成了纯机械式的，走路的时候很费劲儿，明显是中枢神经支配不了行动。

突然，窗子上的挡风斜板被狂风刮得撞上了窗子，热朗德的身体猛地战栗了一下，她像触了电似的站了起来，全然不知震撼其麻木、迟钝精神状态的声音源自何处。不过，她激动的心情却缓和了下来。她打开了挡风斜板，看到云破雨狂，瓢泼大雨打在邻居的屋顶上，发出噼噼啪啪的声响。女孩儿弯下腰把身子探出窗外，想把被风吹得来回晃动的护窗板拉回来，但她害怕，她觉得雨水和河水乱哄哄地混成一片，淹没了她家这座破房子。屋内各处的木板全都发出了嘎巴嘎巴的断裂声。她想逃出这个房间，但她发现脚下有一束应是来自扎沙里尤斯师父所住陋室中的灯亮。而处于这样一种暴风骤雨暂时停歇的不祥寂静之中，她听到的只是些哀怨的声音。她想关好房间的窗户，但未能如愿：狂风猛烈地推着她，好像一个要干坏事的人要溜进一家庭院一样。

热朗德觉得自己快要因恐惧而发疯了……可她的父亲在干什么？……她去开门，可门从她的手里滑脱了。而且，门在风暴的强力下来回撞着，发出了很大的声响。她走到昏暗的餐厅里，蹑着双脚想要走到通往扎沙里尤斯师傅房间的楼梯处。她脸色苍白，无力地、不由自主地溜到了那里。

老钟表匠直立在这间充满河水咆哮之声的房间里，竖起的头发使他看起来凄凄惨惨。他说着、比画着，什么也没看到、什么也没听到。热朗德站在门槛处，呆如木鸡。

“这是死亡！”扎沙里尤斯师傅以一种低沉的声音说，“这是死亡！……我还活着干什么？！现在我的大限已到！因为，我，扎沙里尤斯师傅，我是所有这些怪物的灵魂！就是密闭在这些铁盒子、银盒子、金盒子里我本人的一部分！每当这些可恶的钟表中有一块停下来的时候，我感觉到自己的心脏也停止了跳动，因为我已经调控好了它们的脉动！……真是命该如此！真是不幸啊，悲哀啊！……”

以这种奇特的方式说话的时候，老头儿朝他的工作台看了一眼。工作台上放着他仔仔细细拆下来的一块表的所有零件。他拿起了一个被叫作“发条盒”盒样的东西,里面装的是发条。按照其弹性,它非但没有松弛，反而像条熟睡的蝰蛇那样，把身体盘绕在一起，如同那些久而久之变得气血不通、行动不便、身体佝偻起来的老人一样。扎沙里尤斯师傅试图用他那瘦骨嶙峋的手指——其神奇的外形映在墙上显得格外长——把它展开，但是白费劲儿。很快，随着一声愤怒的叫声，他把发条从窥视孔处扔到罗纳河黑色的旋涡中去了。

热朗德一动不动地站着，双脚好似“钉”在地上，没有呼吸、没有移动。她想走近，但却无法靠近他的父亲，因为骇人的幻觉控制着她的全身。突然，她在黑暗中听到有人在她耳边低声说道 :“热朗德，我可怜的热朗德！痛苦让您依然无法入睡！请回去吧，夜里冷！”

“欧拜尔！”她低声说道。

“您不想让我了解您痛苦的原因吗？”

这些温柔的话语让女孩儿重新振作了起来，她靠在工人的手臂上，对他说：“我父亲病得不轻，欧拜尔。只有您能治好他的病。您这种心灵上对他的挚爱不亚于他女儿对他的安慰。他的精神受到了再自然不过的意外事件的打击。而且，和他一起干活儿修表的时候，您能让他回归理性。因为，”她补充道，“更加令人印象深刻的是，他的生命影响着他的钟表的运动，对吧？”

欧拜尔没有回答。

“但是，这是一种遭天谴的职业！”热朗德浑身哆嗦着说。

“我不知道。”工人回答道。与此同时，他用自己的双手去焐女孩儿冰冷的双手。“可您还是回房间去吧，我可怜的姑娘，让梦中天使为您的心灵摘下几朵希望之花吧。”

热朗德慢慢地回到自己的房间里，一直待到天亮，眼皮没有因困乏而变得沉重起来。而此时，扎沙里尤斯师傅一动不动、默不作声地看着脚下轰鸣流淌着的罗纳河水。

二、一群科技狂

在日内瓦城的商业活动中，对商品有严格的要求已是众人皆知的事情，因为该城的商业活动并无欺诈，而且极为公平。所以，扎沙里尤斯师傅精心装配的这些表不走并被退回来的时候，他发愁的原因不言自明！

然而，这些钟表突然停了，表面上看不出任何原因。表的齿轮完好无损，而且是精心装配好的，只有发条失去了弹性。钟表匠徒劳地用其它零件替换，可齿轮依然静止不动。这些超自然的意外事故让扎沙里尤斯师傅受到了极大的伤害：他的心灵手巧、他的杰出发明让他不止一次受人猜忌，人们说他中了魔法，并从此事得到了证实。流言传到了热朗德耳朵里，当不怀好意的目光盯着她看的时候，她常常因为父亲的缘故而浑身颤抖。

不过，这个令人焦虑的夜晚过去后的第二天，扎沙里尤斯师傅又怀着某种信心投入到工作中去了。早晨升起的太阳让他的理智变得更加健全、思想更为独立。欧拜尔很快就来到了他的身边，并从师傅的嘴里听得到了一声充满深情的“早安，你好！”

“我好多了。”他说，“我不知道昨天是什么奇怪的头疼让我心神不宁。但是，太阳把这一切连同乌云都驱散了。”

“师傅，不论是为了您，还是为了我，我的确不喜欢夜晚！”

“如果有一天，你成了一个有才华、有价值的人，欧拜尔，你会懂得白天就像食物一样为你所需，就如同一个聪明的人应该对得起其他人的恭维和赞许。”

“师傅，这是您又因自尊而产生的罪恶感。”

“自尊，欧拜尔，它毁了我的过去，灭了我的现在，驱走了我的将来。而我将生活在黑暗中，可怜的孩子！卓绝超群的事物与其艺术是紧密联系在一起的！你难道不是我手中的一件工具吗？喂，欧拜尔，如果我知道有朝一日你的智慧不能让你理解这些理论的话，你就是在可怜我！”

“然而，扎沙里尤斯师傅，”欧拜尔又说道，“您总是看着我精心而又灵巧地调试着这些齿轮、锻造着金属、给发条淬火。”

“毫无疑问，你是我喜欢的好工匠。可你认为你手中拿着的仅仅是铜、金、银，你没有觉得这些被我的灵魂赋予生命的金属像大活人一样在欢快地跳动！所以，你是不会因你作品的死亡而死去的！”

扎沙里尤斯师傅讲完这一番话之后静静地待着，欧拜尔重新开始讲话，想转个话题：“的确！我喜欢看您这样不知疲倦地工作！您将准备参加咱们同业公会的庆典，因为我发现这块水晶表走得太快了！”

“有可能，欧拜尔。对于我来说，能够切削、割开犹如钻石般坚硬的材料可不是什么小的荣誉。路易·贝尔刚[①]改进了钻石工的工艺真是件大好事，它可以让我们对最坚硬的石头进行抛光和钻孔！”

这时，扎沙里尤斯师傅拿起一个经过切削并精心加工过的水晶质地钟表零件，表轴、表壳都是水晶制品。在这个最难的钟表制作过程中，他展示出一种不可思议的才能。

“妙就妙在我们可以透过其透明的表蒙子看到这块表的跳动，”他脸色泛红，重新说道，“而且可以数出它心脏跳动的次数，对吧？”

“我担保，师傅，它一年之内也不会差一秒钟！”

“你当然可以担保，因为，我难道没有把我的一生都贡献给它吗？我变心了吗？”

欧拜尔不敢抬头看师傅。

“你坦率地告诉我，”老头儿又神情忧郁地说，“你从没有把我当疯子吧？没有认为我有时会陷入糟糕的癫狂状态中吧？是的，在我女儿的眼

---

① 此人具体情况不详，估计是为著名的钻石工。

神中，以及在你们的眼神中，我常常看出你们对我的指责，对吧？哦！”他痛苦地叫道：“甚至我在人世间最爱的人也不明白！但是，对于你，欧拜尔，我要对你说我是对的！别摇头，因为你会大吃一惊的。当你认真地听我讲的那一天，你将会看到我已发现了生命的秘密！人的身体和人的灵魂神秘地联系在一起的秘密！”

说出上面这一番话时，扎沙里尤斯师傅因面带非凡的自豪感而脸上发光，他的双眼因充满着超自然的火焰而闪闪发亮，自豪感贯通全身。就像被灼烧的城墙那样，这个人的头脑想必正被他炙热的幻想所灼烧。如果有人认为虚荣心是合理的，那么这个人就是扎沙里尤斯师傅。

至于它——钟表制作业，此时尚处于艺术的幼稚期。自公元前 400 年，柏拉图（Platon）[①] 发明了一种夜间计时器——一种由笛子的演奏和声音确定时间的漏刻式仪器——之日起，制表业一直处于停滞期。钟表匠们的工作与其说集中在机械上，还不如说集中在艺术上。这一时期为铁制、铜制、木制甚至是银制的漂亮钟表制作期，工匠们在这些钟表上进行雕刻、深入研究，就像塞里尼 [②] 雕刻的水壶一样。我们现存一件他的金银首饰雕镂术的杰作，它可以以一种极不完善的方式计时，可我们毕竟有了一件杰作。当艺术家的想象力不能使他们对工艺造型艺术精益求精的时候，他们的想象力却竭力转向制作带有活动人偶、能奏出乐曲、以一种让人特别开心的方式调节好的、带有表演场景的钟表制作方面。此外，谁会又在这

① 古希腊哲学家。

② 意大利佛罗伦萨人，金银匠、雕刻家

个大好时期去操心计时的问题呢？人们没有发明出来法定时限，物理学、天文学也没有极为审慎地规定时间的计算问题，交易所没有在固定的时间里关灯，船队也没有在确定的时间内出海。每天晚上，更夫负责敲熄灭灯火钟，夜里则在一片寂静之中喊出报时声。当然，如按人的一生办事多少来衡量的话，人的寿命并不长，但人们的生活质量更高了。由对一些艺术杰作的欣赏而产生的崇高感觉使人的思想境界得以升华，而艺术并没有适应社会快速发展的趋势。人们建一座教堂得要两年时间，一位画家用毕生精力只画出两张画，一位诗人穷尽一生也只能写出一篇鸿篇巨著。但是，世上那么多的艺术杰作都是在若干个世纪的漫长岁月中得以评价的。

当真正的科学取得一些成就的时候，钟表制作业也随之不断地发展进步，但它总是被一种无法克服的困难所阻碍。具体说来就是标准时间的测定，以及确定时间的持续性。

然而，在钟表制作业停滞不前时，扎沙里尤斯师傅发明了钟表的摆轮，这让他掌握了使钟表服从于持续力量作用下运动的精准规律性。这一发明让老钟表匠神魂颠倒，自豪之情油然而生：就像温度计里的水银柱一样，达到了异乎寻常的程度。用类推法[①]，他已放任自己成了个实利主义者，他自以为已在无意之中发现了灵魂与身体相结合的秘密。

因此，当他看到欧拜尔·蒂恩专心致志地听他讲话时，便以爽直、确信的口吻对他说："我的孩子，你知道生命的含义吗？你懂得这些获得

---

① 通过不同事物的某些相似性类推出其他的相似性，从而预测出它们在其他方面存在类似可能性的方法。

生命的发条的作用吗？你的内心注意到了吗？用科学的眼光，你会看到存在于上帝的杰作和我的杰作之间紧密的联系！正是在他创造的基础上，我才发明了我的钟表齿轮！”

“师傅，”欧拜尔马上又说道，“您是在把一台铜制、铁制的仪器和上帝称之为‘灵魂’的那口气进行比较——它让我们的身体充满活力，就像微风让花朵受到感染而晃动起来。世上大概有种我们感觉不到的齿轮，它可以让我们的双腿和双臂活动起来吧？会是一种什么样被调节好、能够在我们人的身上孕育出思想来的零件呢？”

“这不是问题，”扎沙里尤斯师傅语气温和地回答说，“带着盲人的固执，人只能走向死亡的深渊。要想听明白我的话，你就想一想我发明的钟表上摆轮的目的是什么。当我看到一座钟走时没有规律的时候，我明白机芯的运动并不完善，它应该在另一个与其无关的力支配下有规律地走动。我想到过齿轮的走动要有规律，而摆动时间间隔相等的钟摆能为我所用。但是，慢慢地，它摆动的次数越来越少，并最终停了下来。然而，用这种起调节作用的钟表自身的机芯使其所失去的力量得以恢复是件崇高的事业！”

欧拜尔点了点头表示赞同。

“现在，欧拜尔，”精神焕发的老钟表匠看了一眼眼前这个神色难以理解的年轻人，继续说，“在我们的身上有两种具体的力量：心灵上的和身体上的，也就是说一个是调节，一个是运动，懂了吧？灵魂是生命的道德准则，而运动则是由一种力、由发条或是上天的影响而产生的。在心灵中，这种影响也不会少。但是，没有身体，这个运动会是不相等的、无规律的、不可能的。少了这个力，身体也会来调节灵魂，就像钟摆一样，它受有规则的摆动所支配。而当水、食物、睡眠，一句话，也就是当人的身体机能调节不好的时候，人就感觉全身不舒服，这的确是千真万确的事。这情形就好像发生在我的钟表中一样，通过其摆动，灵魂让身体失去的力得以恢复。那么，这种身体和灵魂的紧密结合是什么概念？不然的话，就是一个神奇的擒纵机构，通过它，一个齿轮和另外一个齿轮相互啮合在一起！好啦，以上就是我猜测的、发现的、实际应用过的。在我毕生只在机械方面有所发明创造的生涯中，这对我来说已无秘密可言！”

扎沙里尤斯师傅在其幻觉中表现得十分崇高。在这种幻觉中，他自以为已经达到了探索无限世界最后秘密的境地。但是，他的女儿热朗德正站在门栏旁，她父亲所讲的话她全听到了。她急忙扑到父亲怀里，他痉挛地把女儿抱在怀里，她哭泣着。

“女儿，你怎么了？”扎沙里尤斯师傅问她。

“如果我这里只有一个发条的话，”她一边说着，一边把手放在胸口上，“我就不会这么爱您了，父亲！”

扎沙里尤斯师傅盯着女儿，并没有回答她。

突然，他大叫一声，手立刻捂住心脏，虚弱地跌坐在他的旧皮座椅上。

“父亲，您怎么了？”

“救命啊！”欧拜尔叫道，“朔拉斯蒂格！”

朔拉斯蒂格没有立即跑过来，有人碰到了门口放着的锤子，她去开了门，并重新跑到工作间。但是，在她开口讲话之前，老钟表匠已经恢复了知觉，他对她说：“我的老朔拉斯蒂格，我觉得你又把那些该死的、已经停下来的其中一块表给我拿来了！”

“主啊！不过这是真的。”朔拉斯蒂格回答说。与此同时，她把一块表递给了欧拜尔。

“哦，我没搞错。”老头儿带着悲伤的叹息，痛苦地说。

然而，欧拜尔已经重又调好了那块表。可它没有走。

三、怪客

要不是想到世间有让她牵肠挂肚的欧拜尔·蒂恩，可怜的热朗德想必会看到她的生命和自己父亲的生命已一道消失了。所以，她把自己的生命分配成对扎沙里尤斯师傅的照料，以及让年轻的工人感到意外的、天真无邪的笑容。

老钟表匠的生命渐行渐远。他的才能、精力集中在唯一一个主题上的时候，有衰退的表现。因为，由于致命的观念联合[①]，他把全部精力都集中到他的偏执状态中去了。生命好像要离他而去，让位于过渡到死亡阶段的力量、步入虚无缥缈的、虚幻神奇的生活状态。因此，有几个对扎沙里尤斯师傅心存嫉妒、不怀好意的竞争对手开始大肆散布他已走火入魔的谣言。

证明老钟表匠制作的钟表发生超自然现象的消息在日内瓦城的钟表匠师傅中产生了非同凡响的效果。这种现象与扎沙里尤斯师傅的生命似

① 心理学术语，指一种观念如和另一种观念靠某种原则联系在一起，一种观念的产生会导致另一种观念也进入意识。

乎有着特殊关系，而他表现出的突如其来的呆滞究竟意味着什么？心中若没有一种不为人知的恐惧感，这些秘密的原因是永远也不会有人探知的。由于城里的各个阶层——从学徒工到爵爷，全都使用老钟表匠制作的钟表，所以，并非没有人去判断这一事情的离奇性。更因为这奇怪的事情全面爆发了，人们想深入了解扎沙里尤斯师傅究竟怎么了，但徒劳无益。这个人病得很厉害，而他女儿却让他闭门谢客。因此，她的做法受到了众人不少的指责和非难。

面对老钟表匠非器质性[①]的虚弱状态，不知情的医生们束手无策。有时，老头儿的心脏似乎停止了跳动。然后，却又重新开始跳动了起来。

从那时起，日内瓦城就有了对钟表师傅们的作品完成一段时间之后交由大众进行评价的惯例。钟表业行会的头头们要通过对钟表师傅们作品的新颖程度、工艺精湛程度的评价对价格进行评估。正是在这些人中间，扎沙里尤斯师傅的情况得到了他们的怜悯。但是，这是一种利益攸关的怜悯。他的竞争者自然是对他抱怨的多，而真正担心他的人少。不过，人们总是能回忆起他制作的精美、带活动小人儿的钟表，那些得到大众一致赞赏，并能在法国、瑞士及德国的城市中卖出极高价格的自鸣钟。

多亏热朗德和欧拜尔经常的照料，扎沙里尤斯师傅的身体似乎有些好转。而在这种使其身体得以康复的平静状态中，他能够粗略地回顾一下他的生活，并从那耗尽心血的精神状态中解脱出来。他的女儿会拉着他走出

① 医学术语。是指由各种社会心理因素造成的机体某一器官或某一组织系统的功能消失或减弱。而该组织或系统的结构、理化性质都正常无病变。常见的有非器质性睡眠障碍、非器质性性功能障碍等。

屋外，好让他投入到春日和煦的阳光中去；此外，重要的是他远离了这座常常令他心烦气恼的房屋。欧拜尔留在工作间里，徒劳地拆装着这些反了天的钟表。有时，他冥思苦想，生怕自己也像师傅那样成个疯子。

这时，热朗德领着父亲来到了城中最令人愉快的散步地点。她扶着扎沙里尤斯师傅的臂膀到了圣·安托瓦，在这里可以一览科里尼小丘和湖泊，直至萨瓦省内依瓦尔的景色。有时，在天气晴朗的早晨，人们能够看到矗立在天际之处的布埃峰上雄伟的山顶。热朗德细数着她父亲一无所知的、所有这些地方的名字，而他好像失去了记忆。不过，得知这一切——在他的头脑中，这些地方他都记不清了——之后，他表现出一种孩子般的快乐。要不，女孩儿会带着他经过费尔内路去欣赏勃朗峰的傲人雪峰，她想让扎沙里尤斯师傅头脑中那麻木不仁的思维得以恢复。而这父女二人的白发和金丝发在夕阳的余晖中相映成辉。

实际上，对于老头儿来说，什么也比不上孤独更加危险。因为，对于男人而言事情就是这样：他会把一切和自身进行比较。因此，幸福与不幸仅仅取决于与其等量齐观的动机。

另外一个结果也产生在想要重新思考问题的头脑里：老钟表匠发现他在这个世界里并不是孤独一人，看到女儿年轻漂亮而自己年老体衰，他想到自己死后她将孤苦无助。他观察着自己周围的人和女儿周围的人。虽然日内瓦城里有不少年轻的工人向她大献殷勤，但没有人能走进这个家庭所生活着的、让人无法进入的静修地[①]。在他身体还算凑合的时候，

① 宗教术语，指操练内在的安宁和超越的场所。

老头儿自然而然地看中了好小伙子欧尔·蒂恩。一旦有了这种想法，他很快就发现这两个为同一思想所培养、有同样宗教信仰的年轻人已经在某种情感不断发展的情形下心灵结合在了一起。在他看来，正如有一天他对朔拉斯蒂格所说的那样，他们两个人心灵的跳动犹如钟摆的等时振动。

老女仆听完后十分高兴，她以她圣洁女主人的名义发誓说全城不久之前就已经听说此事了。扎沙里尤斯师傅费了好大的劲儿才让她安静下来，并最终从她那儿获得了她永远也做不到的、对此事保持缄默的保证。

整个日内瓦城都已经谈论起热朗德和欧拜尔的婚事了，只有他们俩还被蒙在鼓里。但是，在这些谈论中，人们也经常会突然听到一种奇怪的冷笑声："热朗德不能嫁给欧拜尔。"

谈话的人若要转过身去，会看到他们面前站着一个小老头儿。大家都不认识他。

这个怪人有多大岁数？没有人能说得清！大家猜想他已经活了很多年了，也许有好几个世纪，但猜测也就这么多了。他的身体宽度和长度相等，双肩之上长了个扁平的大脑袋，身高不超过三尺[①]。此人立在一个挺漂亮的钟摆式支架上，显得很神气。表盘很自然地安放在他的脸上，而钟摆则在他的胸口上自由自在地来回摆动着：他的鼻子看上去长得很像日晷，它是那么的细而尖；他稀疏的牙齿与其外摆线形的表面像是齿轮的传动系统；在他的嘴里，他的牙齿咬得咯咯响；他说话的嗓音有着时钟报时时所发出的金属声，而且人们能听出他心跳的声音好似一座钟

① 凡尔纳此处用的是英尺（相当于 12 英寸或 30.48 厘米）。

摆动时所发出的滴答声。这个小个子，其双臂的活动有如表盘上的指针，慢慢地往前走、有规律地振动着，永远也不会倒着走。人们跟着他，发现他一小时能走一里路[①]，而他往前行走的步伐差不多是在转圆圈儿。

他很少外出闲逛或是在城里转。每天，当太阳的高度超过了子午线[②]的时候，他便停在圣·皮埃尔教堂的门前，等钟敲过正午十二下之后，再重新上路。除了这一确切的时刻，他似乎总会出现在人们关心老钟表匠的近况、满怀恐惧地相互询问一下扎沙里尤斯师傅和这位谁也闹不清其来历的人物之间有什么关系的所有谈话之中。此外，人们还发现他总能知道老头儿和他女儿在哪里散步。

有一天，在泰依[③]，热朗德发现他笑着看自己，她像受了惊吓似的紧紧偎依着父亲。

“你怎么了，我的热朗德？”扎沙里尤斯师傅问道。

“我不知道。”女孩儿漫不经心地回答说。

“我觉得你变了，我的孩子！这回是不是轮到你要病了？太好了，”他带着一丝悲伤笑着补充说，“该我照顾你了，而这大概会让我的身体好一些。”

“哦！父亲，没关系，我感到身上发冷，我想这……”

---

① 法国古里，长度各省不一。

② 也叫“真子午线”或“经线”。子午面同地球表面的交线。和纬线一样是人类为度量方便而假设出来的辅助线，定义为地球表面连接南北两极的大圆线上的半圆弧。任两根经线的长度相等，相交于南、北两极点。每一根经线都有其相对应的数值，称为经度，指示东西位置。

③ 法国罗讷河口省马赛城远郊一地区。

“什么？你想说什么？热朗德？”

“那个人一直跟着我们。”她低声回答说。

扎沙里尤斯师傅朝那个小老头儿回过身去。

“他的确挺不错的，”他带着一种满意的神情说，“他四点整。别怕，我的女儿，这不是一个人，是座钟！”

热朗德惊恐地瞧着父亲，不知道扎沙里尤斯师傅怎么会在这个生灵的脸上看出时间来。

“对了，”老钟表匠没有留意这突然发生的情况，继续说，“我有好几天没见到欧拜尔了。”

“他并没有离开我们，父亲。”一联想到这个名字脸色便变得愈加温柔、愈加容光焕发的热朗德回答说。

“那么，他在干什么？”

“他在工作，父亲。”

“啊！他在忙着修我的钟表，对吗？可他永远也修不好。因为，这不是修理，而是重新制作！”

热朗德沉默不语。

“我得了解一下，看他是否把魔鬼们已注入传染病之毒的那些该死的钟表给带回来了！”

扎沙里尤斯师傅说完这些话后便一声不吭了，直至碰到他卧室的门为止。当热朗德忧郁地回到自己房间时，他下楼到了他的工作间。他穿过工作间房门的时候，墙上挂着的许多钟表中的一个第一次敲了五下钟。一般来讲，这些精心调试过的钟表应该一起敲响才对。钟表和谐的钟声会让老头儿听到后很高兴。可这一天，钟的报时声此起彼落，毫无规则，以致在一刻钟的时间内老头儿的耳朵快被持续不断的钟声震聋了。扎沙里尤斯师父极为痛苦，坐立不安。他从一个挂钟前走到另一个挂钟前，求它们敲钟要按时，却徒劳无益，就好像一位交响乐队的指挥无法控制乐队的乐师那样。

当最后一声钟响停下来的时候，工作间的门被推开了，扎沙里尤斯师父浑身哆嗦地看到眼前站着那个奇怪的小老头儿。他盯着他，并对他说："师傅，能不能让我和您聊上一会儿？"

"您是谁？"钟表匠突然问他。

"一位同行，仅此而已。是我负责调节太阳。"

"您调节太阳？"扎沙里尤斯师父连眉头都没皱一下便强烈地反驳说，"好吧，对此我可不敢恭维！您的太阳病了，而且，为了找到我们和它的关联，我们不得不时而把我们的钟往前调，时而往后调！"

"用魔鬼的脚去调！我的师傅，您说得对！我的太阳从没有错过，总是在同一时刻表示出正午来。但不久，人们将会知道，这是因为地球在围着太阳转，而且，人们将发明出一种平太阳[①]日来。"

---

① 太阳在黄道上运行的速度不均匀，又因黄道（地球一年绕太阳转一周，我们从地球上看成太阳一年在天空中移动 365 或 366 圈，太阳这样移动的路线叫作黄道——它是天球上假设的一个大圆圈，即地球轨道在天球上的投影）和天赤道（天球上假想的一个大圈，位于地球赤道的正上方；也可以说是垂直于地球地轴把天球平分成南北两半的大圆，理论上有无限长的半径。）不在一平面内，所以一年中真太阳（真太阳是指实际存在的太阳，以别于假想的平太阳）长短不一样，用它来计算很不方便。在天文学中为了弥补这一缺陷，假想有一天体在天球赤道上以均匀的速度由西向东运行，这速度等于太阳在黄道上运行的平均速度，并同时通过春分点。这个假象的天体称之为"平太阳"。

“唉！我还能活到那时候吗？”目光炯炯的老钟表匠问道。

“大概可以，”小老头儿笑着回应说，“难道您认为您要死了吗，您？”

“唉，然而，我病得厉害！”

“是啊，关于这一点，咱们从贝尔则比特（Belzébuth）[①]谈起！这会让我们涉及我要您谈的内容。”

说到这里，这个怪人毫不客气地跳到旧皮椅上，像瘦骨嶙峋的人那样，在骷髅般的脑袋下面翘起了二郎腿，然后，他语带讥讽地重又说道：“啊！说到这一点，扎沙里尤斯师父，那么，在日内瓦这个美好的城市中究竟发生了什么事情？有人说您的身体一天不如一天，您的钟表也需要医治！”

“说到底，您看，您、我的寿命和钟表的生命间的确有一种紧密的关系吧？”扎沙里尤斯师傅高声说。

“我嘛，我想它们有毛病，甚至有缺陷。这些淘气孩子们的行为要是不规规矩矩的，那它们就理所当然地要对走时不准这件事情承担责任，我觉得它们需要变乖些。”

“您怎么说它们有缺陷？”扎沙里尤斯师傅以一种冷嘲热讽的口吻满脸通红地说，“难道它们无权为它们的诞生和美丽而骄傲吗？”

“不太够，不太够。它们很名贵，它们的表盘上都刻着在世界范围内很有名气的签名；它们有进入最高贵家庭、主宰它们的决定、调整它们所确定的各种计划所拥有的独有特权。好了，看到您这样气馁，身体又

① 圣经新约《马修》第十二章中一魔鬼的名字。

衰弱，您不认为它们应该抱怨吗？而且，现在，扎沙里尤斯师傅，日内瓦城中最笨的学徒工恐怕都要超过您了。”

“超过我？会超过我扎沙里尤斯师傅？”老头儿因嫉妒傲慢的心理而十分激动地喊道。

“超过您，超过不能使您的那些钟表恢复活力的扎沙里尤斯师傅。”

“不过，这是因为我发烧了。”全身冒着冷汗的老钟表匠回答说。

“好吧，既然您没有办法让您的那些发条恢复弹性，那它们就将与您相伴而死。”

“死？我绝对不会像您所说的那样，我不能死。我，世界上第一钟表匠。我，凭借这些各种各样的零件及各类齿轮，我知道如何去调动它们的运动！难道说我没有做到让钟表精确守时的法则持久不衰吗？而且，我未能作为王者去安排它们的命运吗？在一只灵巧的手、一个卓越的天才去管控这些精神失常的钟表之前，人类的命运沉浸在多么宽阔无限的波涛之中啊！什么样实实在在的运动会和生命的活动有关联呢？但是，您，不论您是人还是鬼，您从来没有想到过我们的艺术之宏伟！——它呼唤着所有的科学去帮助它，它拥抱着全人类，并不可避免地与其理论和实践融合在一起。不！不！扎沙里尤斯师傅不能死！因为，既然我调节过时间，那时间就会和我一起终结。我天赋的才干已能把无限掌握于股掌之中，时间也将如影随形，复归于无限的、永无尽头的渊薮之中。不，我不能死，我只能让这个世界的造物主服从我的法则，我已经成了和他一样的人，而且我已经分享了他的权势。因为，如果说上帝创造了永恒，那么，扎沙里尤斯师傅则创造了时间。”

这使得老钟表匠就像个失去权势的天神，缕缕傲慢之光交织在他脑袋周围。小老头儿温柔地看着他，好像要对这个大逆不道、动不动就暴跳如雷的人低声说话。

“说得好，师傅。”他严肃地说，“贝尔则比特也没有您那么大的权力，胆敢把自己和上帝相提并论！您的光荣将彪炳史册。况且，您的助手愿意给您提供驯服这些难以对付的钟表的办法。”

“这个人是谁？这个人是谁？”扎沙里尤斯叫道。

“您同意我和您女儿结婚的次日就会知道他是谁。”

“我的女儿？热朗德？”

“是她。”

“我女儿已经有主儿了！”对于这一请求既没有感到对方冒犯了自己，也没有感到惊讶的扎沙里尤斯正色应道。

“啊！……这不是您钟表中最难看的那一座，但她最终也会停下来的。”

“我女儿，我的热朗德！永远都不会！……”

“好了，扎沙里尤斯师傅！拆卸、装配您的钟表，准备您女儿和您的工人的婚礼吧！……给您用最好的钢制成的发条淬淬火，祝福您女婿和他漂亮的未婚妻吧。可您得记住，您的那座钟表永远也不会走了，热朗德不会嫁给欧拜尔。”

说完上面这一番话，小老头儿冷笑着走了出去，但走得没有像扎沙里尤斯师傅听到的、在他胸口上敲六点钟的时钟声那么快。

四、圣·皮埃尔教堂

在身心日趋疲惫的扎沙里尤斯师傅头脑中，那几天倒霉的日子过去了。仅仅由于一次异乎寻常的刺激，他便以比任何时候都更佳的精神状态投入到他的制表工作中去了，连他的女儿也无法让他分心。

自从那次那位奇怪的来客阴险地诱使他说出亵渎神灵的那番话以来，他变得愈加傲慢。仗着自己努力的工作并应用科学手段，他决心控制住压得他够呛的恶劣影响。他首先拜访了城里的各个钟表匠，向他们倾吐了自己的忧虑。他谨慎小心地保证：齿轮状态良好，表轴结实耐用，平衡锤的平衡度很高。像一位给病人听诊的医生那样，他连有报时装置的那些钟也没放过：钟声响起时声音特别洪亮。因此，没有什么迹象显示出这些钟受到了绞杀扎沙里尤斯师傅杰作的离奇传染病的侵扰。

在这些拜访中，热朗德和欧拜尔常常陪着他。看到在他的忧伤之中这两个经上帝之手创造出来的高贵生灵亲密无间的样子，老钟表匠本该深表慰藉才对。不错，想到自己的生命将由这两个可亲的人得以延续，而且，他若承认在孩子们身上总会有父亲的某种遗传，那他对自己即将到来的死亡就不会那么担心了。女孩儿和年轻工人的幸福一直掺杂着人类遇到痛苦情况时所具有的这种带有伤感的同情，没有它，这些经常的聚会带给他们心灵的大概就会是一种难以形容的吸引力了。但是，在这些聚会中，他们两个好几次对老头儿脸上呈现出的傲慢神情都感到惊恐万分。

“我害怕！我害怕！……这不像是我的父亲了！”热朗德说。有一天，在圣·皮埃尔教堂的塔顶，扎沙里尤斯师傅好像变成了因傲慢而永遭天谴的黑暗中的幽灵。

老钟表匠回到家里后，又焦虑不安、极无耐心地干起了活儿。因为他虽然深信自己不会成功，但他似乎又无法相信这是真的，可他还是白干了一场，失望之极。

至于欧拜尔，他想方设法去发现师傅毫无活力可言的原因，但也是徒劳无功。

“师傅，”他说，“这应该是主轴磨损、齿轮松动的缘故。”

“这么说，你要用文火把我烤死来取乐啦？”扎沙里尤斯师傅粗暴地回答他说：“难道说这些钟表是出自一个小孩儿之手？我没有多次清理过这些铜件的表面就生怕别人的议论而垂头丧气吗？为了获得其最大的强度，我没有亲自锻造过它们吗？难道我们可以用更精炼的油去浸泡它们吗？你坦承这不可能，而最后你会承认有魔鬼参与其中！”

此外，从早到晚，感到不满的客户们蜂拥而至，来到老钟表匠家。他们走到他面前，可他并不想听他们抱怨。

“这块表慢了，”一个人说，“我都没法调准它。”

“这块表，”另一个接着说：“表里头放了个货真价实的老顽固，恰好像约书亚（Josué）[①]终止了太阳的运行。”

“如果真是这样，”有人又说，“那就是您的健康对钟表产生了影响。扎沙里尤斯师傅，尽快治好您的病吧！”

老头儿带着惊慌失措的眼神盯着所有这些人，只是摇着变得迟钝了

---

① 《圣经》中的人物。《圣经》赋予这个人物不少奇事。这位顾客此处所表示的是约书亚在卡巴翁战役中停止了太阳的运行。

的头，或是用悲伤的话语权做回答:“请你们等候温暖春天的到来吧！……这是生命恢复蓬勃生机的季节，太阳回来温暖我们每一个人。”

“如果我们的表不得不在冬天生病，那还奢谈什么春日的大好时光！您知道，扎沙里尤斯师傅，您的名字已清清楚楚地刻在表盘上了，圣母玛利亚！您不会不珍惜您的签名给您带来的荣誉吧？”

老头儿听了这些谴责不由深感羞耻。最后，他从他家里雕花的旧碗橱里取出了几个金币，买回了那些没用的表。听到这个消息，老主顾们成群地赶来，而这个可怜家庭中的银子哗哗地流淌了出去，只有这个日内瓦商人的诚信得以保留下来。热朗德真心赞同父亲这种极为高尚的行为，尽管这会直接让她家破产。不久，欧拜尔把自己的全部积蓄交给了扎沙里尤斯师傅。

“我的女儿会怎么样呢？”陷入灭顶之灾、心中却紧系女儿、父爱依旧的老钟表匠有时会问道。

欧拜尔没敢回答说他对未来充满勇气，对热朗德充满极大的热忱。这一天，扎沙里尤斯师傅称欧拜尔为女婿，以保证女儿的未来，可他却隐瞒了依然在耳边嗡嗡作响的那句不祥的话：“热朗德不能嫁给欧拜尔。”

然而，随着用自己的积蓄去赔偿客户的经济损失，老钟表匠终于到了舍弃一切的地步：他的那些老古董罐子易手了；他卖掉了那些橡木做的精雕细刻、漂亮而又精美、挂满了他房间墙壁的护墙板；很快家里就不会再有让他女儿赏心悦目的早期弗拉芒[1]画家画的几幅充满自然情趣的

① 指荷兰。

油画以及所有的东西了；直至卖掉出于其天才而发明的那些珍贵的工具，以弥补买家的损失。

只有朔拉斯蒂格一个人听不进去类似事情的道理，但她的努力也阻止不了发生在她主人身上钱去如流水的事实，而且很快，主人家里几件值钱的东西又被卖掉了。于是，小岛上所有的街道——这些街道的居民老早就认识她了——都能听到她那像老母鸡下蛋时发出的咕哒咕哒的叫声。她竭力揭穿关于扎沙里尤斯师傅中了妖术的流言，可最终由于她也相信了此类流言的真实性，所以她便不停地念着经文，为自己善意的谎言赎罪。

人们十分清楚地注意到：很久以来，钟表匠已经放弃了他应履行的宗教义务。过去，他总是陪着热朗德去教堂做祷告。在祷告中，他似乎发现了在圣洁的神灵周围，他女儿身上散发出精神魅力，因为她就是人们想象中的最崇高体现。可以说，老头儿这种自觉远离与他的私生活密切相关的圣事的行为证实了外界议论他中了魔法的指控。因此，出于让父亲回到上帝的身旁、回到现实生活中来的双重目的，热朗德决定用宗教来救赎他，她认为天主教能够让这一濒死的灵魂恢复某种活力。但是，这些宗教教义及谦卑的信条要抵御的是一种无法克服的傲慢心理，它们与这种对自己的技能及才干的极端自负之间产生了冲突——一切都与其相关，但并未回溯到事情的起源所出自的无尽源头。

正是在这种情形之中，女孩儿展示出宗教恩宠的无穷魅力——她要让父亲的生命蒙受这种恩宠。如果她无法将父亲带回到现实世界中来，她就希望让他从处于天堂和地狱居间的尘世力量邪恶空间转入到信仰和天启论[1]主导的这个高等境界中来。如果他那些致命的冲动被引导到一个虔诚的目标上，而不是任由他在唯物论迂回曲折的途径中迷失，那她的父亲就得救了。

不论怎样，在他大概不知详情的情况下，老钟表匠答应参加下个星期天在圣·皮埃尔大教堂举行的大弥撒。热朗德时而心焦，时而高兴，在她看来，天空中如同云开雾散一般。朔拉斯蒂格抑制不住内心的高兴，她终于掌握了一些令人震惊的证据去反驳那些指责她主人不信教的恶言恶语了。

她把这些论据讲给她的邻居、朋友、敌对者、所有认识她的人以及根本不认识她的人听。

“毫无疑问，我们不太相信您对我们所说的，朔拉斯蒂格太太。”人们回答她说：“扎沙里尤斯师傅在和魔鬼一起行动！”

“这么说你们没有数过我主人制作的钟在多少个漂亮的钟楼里敲过吧！”她说：“他让他的钟给祈祷和弥撒报过多少次时啊！”

“可能。”有人回答她说：“但他没有发明出一些自动运转、可以干一个真人干的活儿的机器来吧？”

“难道说魔鬼的孩子们能够制作出这口漂亮的铁钟吗？”生了气的朔拉斯蒂格重又说道：“可惜日内瓦城没有那么阔买得起这样的钟：每个小

---

① 天启宗教即世界三大宗教犹太教、基督教、伊斯兰教，均发源于中东沙漠地区。三个宗教均有信奉独一创造神的教义。可以说，犹太教、基督教、伊斯兰教均源自同一个古老的宗教——崇拜宇宙的造物主，信奉者对他有多个名字，基督宗教和犹太教中称为雅威，伊斯兰教徒则称为安拉。

时出现一个指示人们该做什么的漂亮铭文，而这是为每一天、每个季节安排设计的。工作、布施、祈祷、休息全被安排设计好了。按照这个钟表的安排去做的基督徒会直接到达天堂！难道说这是魔鬼制作的吗？”

这一杰作的确曾让扎沙里尤斯师傅名声大振，但是，甚至就在此时，有关他着魔的谴责也铺天盖地而来。此外，老头儿重返圣 · 皮埃尔教堂，这让那些流言蜚语顿时不攻自破，变得鸦雀无声了。

扎沙里尤斯师傅大概没有记住他对女儿所做的许诺，他又回到工作间里，眼见得自己无力将这些死表变活，他决定试试看能否造些新表。他把这些“死尸”，即城里全部停了下来的钟全都扔了，并重新开始把水晶表——所有的零件都十分精心地调整过——制作完。他使用了他那些最为完美的工具，他用钻石和金钢石做了耐磨损的表轴。简而言之，他又完成了一件杰作。表终于制作完毕，但他白忙活了，因为他头一次遇到了刚将钟表装配完毕，它就在他手中爆裂开来的情况。

可怜的老头儿对所有的人隐瞒了这件事，甚至对他女儿也没讲。但是，从这时起，他的生命只和一个钟摆的最后摆动相似：他的体力衰退、身体日渐孱弱。除非突如其来发生的什么事让他的元气得以恢复，否则引力定律好像会直接在他的身上发生作用，不可避免地把他拉向坟墓。

热朗德满怀热忱、急不可待盼望的星期天终于来到了。这天天气晴朗、温度宜人，日内瓦城的居民们平静地走在街道上，兴奋地谈论着春天的到来。热朗德小心地扶着老头儿的手臂朝圣 · 皮埃尔教堂走去。朔拉斯蒂格手里拿着《圣经》，跟在他俩的身后。路人带着一种奇怪的心理，带着极强的好奇心看着他们走过。老头儿与其说像个孩子似的，不如说像个盲人似的让女儿拉着。圣·皮埃尔教堂的信徒们怀着几乎是恐惧的心理看到他跨过教堂的门槛，当他接近时，他们甚至装出一副要躲开他的样子。

大弥撒的合唱已经开始。热朗德朝她习惯坐的座位走去。到了座位处，她在最为深邃的沉思中跪在地上。扎沙里尤斯师傅站在她身旁，一副病态、无动于衷的样子。教堂里结实的拱顶——其具有罗曼风格的粗大立柱之上的起拱石都已下沉了——也不能强迫他像发生在那些虔诚的信徒们身上那样弯下腰来，以往的思维依然存在于他的头脑中。

宗教仪式在这崇尚信仰的年代里、教堂里极为庄严的氛围中进行着，但老头儿不信教。他没有发出“主啊（Kyrie）[①]，请怜悯我们吧！”的痛苦叫声去祈求上天的怜悯；他没有唱“荣耀归主”颂去赞美天国之壮丽；诵读《福音书》也没有让他从唯物的思维中分神；而且，他忘了参与信徒们对《信经》的赞颂。这位傲慢的老头儿一动不动地站着，从不坐、从不跪，冷漠而又一言不发，像座石雕像。但是，当钟声宣布变体[②]这一神圣时刻时，这个人就从他那唯物的生命中猛地清醒过来。当神甫把教徒们奉为神明的圣饼举起来的时候，他在一种遏制力量的作用下弯下了腰。

热朗德一面哭着一面看着他父亲。满面的泪水打湿了她的祈祷书。

---

① Kyrie，古希腊文“主”的意思。在做弥撒的过程中，通过从念连祷文开始而进行的祈祷。

② 圣餐中饼和酒变成耶稣的身体和血。

就在此时，圣·皮埃尔教堂的钟敲响了十一点半的钟，扎沙里尤斯师傅带着犹豫的笑容朝这座响声依旧的老钟转过身去：内表盘好像在凝视着他，指针自在地抖动着。扎沙里尤斯师傅心中又重新涌起无限的希望，他似乎感觉到了上帝的恩惠给他以神秘的影响，他跪了下来。而且，他当然在祈祷，泪水浸湿了他无情的双眼。当他看到自己虔诚的孩子带着一种圣女般的谦逊态度朝圣餐台走去，容光焕发、内心喜悦地朝自己走了回来的时候，他不由自主地把热朗德的手紧紧放在自己胸口上，吻着她的额头。而这一吻对他来说犹如一次神圣的领圣体仪式。这一情景只会被天上的天使发现。

弥撒结束了。正午时分，三钟（钟声）[①] 敲响，这是圣徒们做祷告时的惯例。而主持仪式的主祭们在离开教堂广场之前要等着听钟的报时声，这个想法又把扎沙里尤斯师傅带到往常的思维方法上去了，他猛地朝着表针走得很有规律的钟转过身去。神父走下做圣体圣事祭台的台阶，等着神圣时刻的到来。再有几分钟，这一祈祷将直上在正午的阳光之上的圣母脚下。

但是，突然，人们听到了一声刺耳的声音。扎沙里尤斯师傅发出了一声窒息似的叫声。表盘上的大指针在正午十二点的时候停了下来，是突然停下来的，午时针没有敲响。热朗德急忙去救跌坐在椅子上、既无生气也不动弹的父亲。几个有同情心的人把他抬出教堂，他们全都陷入莫名其妙的惊愕之中。

---

① 指一日三次圣徒们做祷告时的钟声。

“这是死亡的一击！”热朗德心中想到。

扎沙里尤斯师傅被弄回家，躺在床上，处于一种虚脱状态。生命只存在于他的体表，好像缕缕烟雾漂浮在即将完全熄灭的油灯周围。当他恢复知觉的时候，欧拜尔和热朗德向他附下身。在这临终的时刻，未来呈现出现实的样子。他没有告诉他们什么，他看着女儿孤零零的一个人，无依无靠。

“儿子，”他对欧拜尔说：“我把女儿交给你了。”他朝这两个在这张死亡之床前结合在一起的年轻人伸出手去。

但是，就在此时，老头儿发疯似的坐起身来，脑海之中重又浮现出小老头儿的话。

“我不想死！”他叫道：“我不能死！我，扎沙里尤斯师傅，我不该死……我的账本？……我的账册？……我的账本呢？”

说着，他扑向一本账册，上面写着客户的名字和他卖给他们的货品。他贪婪地翻着，他瘦削的手指停了下来，停在一页上。

“这儿！”他说：“这儿！……这座老铁钟，卖给了毕托那西奥！他没把钟给我退回来！这座钟还在，还在走，它一直活着！……啊！我要这座老钟！我得把它找回来！我想它！因而我能活一百岁！……”

接着，他昏了过去。欧拜尔和热朗德相互看了一下之后，跪在老头儿的床前，一起祈祷着。

五、死亡时刻

又有几天焦虑的日子过去了，这个几乎死去的人——扎沙里尤斯师傅从他那张破床上坐了起来，由于超自然的极度兴奋又活了过来，因为他以傲慢为生。但是，热朗德并没有看错，他父亲的身体和灵魂永远逝去了。他聚拢最后的精神力量，并不关心家里的人；他在消耗一种能量、一种无法想象的反应速度；他走着、东张西望着、做着买卖、咕哝着一些深奥莫测的话。

一天早晨，热朗德来到他的工作间，扎沙里尤斯师傅不在里面。整整一天她都在等着他，但扎沙里尤斯师傅一直没有回来。他不在。热朗德悲痛欲绝，她的眼泪哭干了，因为他父亲再也不回来了。欧拜尔跑遍全城，悲伤地相信老人家已离他而去。

“咱们跟着他，跟着我父亲！”当年轻的工人告诉她这令人悲哀的消息后，热朗德高声叫道。

“他会在哪儿？”欧拜尔问。

一种神灵的启示突然照亮了他的心，他又想起了扎沙里尤斯师傅最后说的几句话……钟表匠只活在那座铁制的老钟里，买主没把老钟表退给他！……扎沙里尤斯师傅开始寻找它！

欧拜尔把这些想法告诉了热朗德。

“咱们看一下我父亲的账册。”她回答说。

两个人来到了工作间……打开的账册放在工作台上，钟表匠在上面写有所有的交货明细。当卖出去的钟表出现故障后，它们又被退到他的手里。退还给他的货品明细全让他用颤抖的手给划掉了，只有那座铁钟的明细没有被划掉：

“卖给毕多纳西奥大人一座带发声装置、带活动小人儿的铁钟，被放置在米迪尖峰[①]中央，他的安戴尔那特城堡内。”

正是这座壁钟，老朔拉斯蒂格不止一次地提起过它、赞美过它。

“我的父亲在那里！”

“咱们赶快去那里，我可怜的未婚妻！”欧拜尔回答说：“咱们还能救他！……”

“不是为了救这条命，”热朗德咕哝着，“但起码是为了救另一条命。”

“咱们听凭上帝的安排吧，热朗德。米迪山峰是座寸草不生的山峰，地处离日内瓦城二十来个小时的地方，我们会到达那里……”

就在当天晚上，热朗德和欧拜尔便缓慢地步行在挨着日内瓦湖的道路上，他们的老佣人跟在他们身后。在夜里，他们走了五里[②]路。他们在苏埃兹、多农、埃尔斯曼这几个地方都没有停下来。他们涉水过河，并十分艰难地越过了多罗兹急流。在上面所提到的各个地方，他们一直担心着扎沙里尤斯师傅。很快，他们就确信他们正循着他的踪迹行走。

第二天，当夜幕降临之时，他们走到了艾维安。从这里开始，瑞士的海岸在他们眼前展现出十二里的长度。可这对未婚夫妻根本没有注意这迷人的景色。他们俩以一种超自然的力量帮扶着：欧拜尔拄着一根多瘤的木棍，时而把手臂伸向热朗德，时而把手臂伸向老朔拉斯蒂格，他

---

① 勃朗峰北面，海拔 3842 米。

② 法国古里，距离因省而异。

在心中汲取了超级能量去支持两个体弱的同伴。他们谈着他们心中的痛苦、他们极小的希望，就这样沿着这条延伸到狭窄高地——连接着湖边和夏雷高山——脚下、溅着水花的漂亮道路上走着。不久，他们到了罗纳河流入日内瓦湖的一个名叫布韦雷的地方。

从这个城市起，他们循踪的方向远离了日内瓦湖，在干巴巴的植物中间，他们更加疲劳了。伍弗雷、维奥雷、米雷，这些半偏远村庄很快就落在他们身后了。然而，走在由像花岗岩般坚硬、荆棘丛生的土地所构成的尖脊上，他们的腿发软、脚生疼，可老人家似乎在他们眼前溜掉了。不过，得找到他。他们没有要求休息，而且还谢绝了不论是孤零零的客栈，还是艾尔曼 · 德 · 吉堡伯爵的妻子玛格丽特 · 德 · 萨瓦所拥有的、连同其属地而构成的采地里蒙黛城堡的殷情款待。终于，另一天快要结束的时候，他们到达了位于米迪尖峰脚下、高出罗纳河 600 英尺的西克斯圣母修道院，他们快要累死了。

修道院于夜幕降临之时接待了他们三个人：这三个可怜人再往前走一米都走不动了。在修道院里，起码还有些物质生活的舒适感，他们还能从宗教中获得希望。

修道院没有给他们提供任何有关扎沙里尤斯师傅的消息。在这凄凉的孤寂之中，他们几乎不抱希望能找到他还活着的任何消息。夜深沉，狂风在山里面猛烈地刮着，雪崩在摇动着的山石顶端上滚动着。

两位未婚男女蹲在修道院的炉火旁边，向修道士诉说着这个令人痛苦的故事。他们被雪花打湿了的衣服挂在某个昏暗的角落里让火烘烤着，房外面的狗凄惨地叫着。犬吠之声夹杂着狂风的呼啸，构成了一种奇特的合鸣。

“傲慢，”修道士对他的客人们说，“弃掉了一个为善而创造出来的天使，使人的命运与绊脚石相撞；傲慢，这个恶习的本原[①]，人们无法让其与任何推论相对抗。因为，就其本质来说，傲慢之人拒绝倾听这些推论……所以，我们也就只能为他祈祷了。”

四个人全都跪了下来，当犬吠之声更大的时候，有人在敲修道院的门。

“以魔鬼的名义开开门！”有人喊道：“以魔鬼的名义开开门！”

在强力的作用下，门被推开了。有个头发蓬松、神情慌乱、衣服穿得不多的人露了头。

“我父亲！”热朗德叫道。

的确是扎沙里尤斯师傅。

“我在哪儿？”他说：“在永恒之中！……时间结束了……报时钟不响了……指针停下来了！”

“父亲！”看到父亲似乎又回到人世间，热朗德带着令人心碎的激动心情重又说道。

“你在这儿！我的热朗德！”他喊道：“而你，欧拜尔！……啊！我的两个漂亮的未婚夫妻，你们到咱们的老教堂结婚来了！”

“父亲，”热朗德抓住他的胳膊说，“回到日内瓦你的家里去吧，和我们一起回去吧！”

老头儿挣脱了女儿，重又回到雪已堆成堆的门槛外。

“别抛弃您的孩子们！”欧拜尔说。

---

① 系哲学术语，指万物的最初根源，它指世界的来源和存在的根据，也叫本源。

“为什么，”老钟表匠悲伤地说，“为什么要回到我的生命已经离开、我的一部分生命已永远被埋葬的那些地方去？”

“您的灵魂未死！”修道士以一种严厉的口吻回答他说。

“我的灵魂！……哦！不……它的齿轮完好！……我感觉它在有规则地跳动着……”

“您的灵魂是非物质的！您的灵魂不朽！”修道士有力地说。

“是的……和我的荣誉一样！……但它藏在安戴尔纳特城堡里，而我要重新拥有它！”

修道士画着十字，朔拉斯蒂格像个死人似的，欧拜尔抱着热朗德扶住她。

“安戴尔纳特城堡里住着一个应下地狱的人，”满怀恐惧的修道士重又说道，“一个对我的修道院里的十字架大不敬、该下地狱的人！”

“我的父亲，别去那里！”

“我要我的灵魂！我的灵魂属于我！……”

“抓住他！抓住我父亲！”热朗德叫着。

但是，老头儿已经迈过门槛，冲向黑暗和冰雪，高声叫着：“我的灵魂属于我，属于我！……”

热朗德、欧拜尔和朔拉斯蒂格跟着他的脚步冲了出去。他们走在难以通行的小路上，被一种不可抗拒的力量推动着；扎沙里尤斯师傅像阵风似的走着。雪花在他们的身旁打着旋儿飘落，白色的雪花和激流的泡沫混合在一起。

路过为了几年底比斯[1]军团大屠杀而建的维罗列小教堂前面时，热朗德、欧拜尔和朔拉斯蒂格急忙在胸口前画着十字，因为扎沙里尤斯师傅不见了踪影。

终于，埃维奥纳兹村出现在荒芜的平原中间，即便是有着铁石心肠的人，见到建在埃波那古城旧址之上的这个小镇也会令人感动不已。他非但不会睡着，反而会在这令人伤感的孤寂之中昏厥过去。老头人往前走了，他朝左面走去，他爬着米迪尖峰——那座极为干燥的山，其尖顶直刺云霄——最高的山峰……不久，一处又破、又暗，有如山下的岩石样的废墟立在他眼前。

“是这儿！这儿！”他喊叫着，重又拼命地往前跑去。

在这期间，安戴尔耐特城堡已经仅呈废墟状。一座厚厚的、破旧、摇摇欲坠、支离破碎的城楼俯瞰着它，立于其脚下的日尔玛尼[2]式老山墙好像就要永久性地坍塌。这么一大堆破砖烂瓦让人看着很不舒服。人们猜测：在这片呈现出蜥蜴和毒蛇形状的断瓦残垣、被毁掉的厅堂、压塌了的天花板、污秽不堪的垃圾堆中间，想必会呈现出很像一座世俗墓地[3]里的那些静悄悄的道院——夜幕降临时，它的中间会发出一种奇怪的噼啪作响的声音，并夹杂着从百年穹顶倾泻下来的令人作呕的雾气。

一个低矮、狭窄、朝着满是瓦砾的坑开着的暗门给安戴尔耐特城堡

---

① 古希腊时期奴隶制城邦，位于波俄提亚境内。公元前 4 世纪上半叶伊巴密浓达当政时，与斯巴达、雅典争霸希腊十数年，公元前 335 年遭马其顿亚历山大破坏。公元前 2 世纪并入罗马版图。

② 古罗马帝国一个省的名字。

③ 指非信教人士的墓地。

提供了一个出口。什么样神秘世界的居民曾经经过此处？人们不知道。大概有某个半强盗、半爵爷的边境总督曾经在这里居住过，继在其作恶现场被五马分尸、烧死、吊死的土匪或假币制造者而来的总督。无疑，在冬日的月夜里，撒旦[①]曾常常带领着他那些吵吵嚷嚷的随身侍从们在这些废墟的巨大阴影被吞噬掉的深谷斜坡上经过。

面对着这阴森的景象，扎沙里尤斯师傅一点都不觉得恐怖，他走到暗门处，身后一直跟着他那几个可怜的同伴。没有人阻止他走过去，他眼前是一个很大，而且很昏暗的院子。没有人阻止他穿过院子。他爬上了一种直通长长的走廊通道斜坡样子的地方——在起拱石的重压下，其罗曼式门拱好像要遮挡住外面透进来的光线。没有人阻止他穿过这些在暴风之夜形状有些模糊的、东游西荡其间的无尽长廊。

被一种不可知的力量所引导的扎沙里尤斯师傅似乎确信他走的路并没有错，他快步地走着。当猫头鹰和蝙蝠划着圆圈儿在他头顶上盘旋飞过的时候，他走到一扇已经腐朽了的旧门前，用手推开了门。一个巨大的、比其他大厅保存得好一些的厅堂展现在他的眼前。大厅的墙上悬挂着一些很高的雕刻板，上面雕刻的是古罗马的恶鬼、东方传说中的食尸女魔、塔拉斯各龙[②]。它们好像在时隐时现地晃动着，几扇好像谋杀犯般、又长

---

① 希伯来文 Sātan 的音译，一译沙殚，意为“仇敌”或“抵挡”。犹太教、基督教《圣经》故事中魔鬼的别名。据说他专门与上帝为敌，故名。《圣经·约伯记》则说，撒旦也是上帝的使者之一，在得到上帝许可后对人进行试炼。在此，凡尔纳显然是指撒旦为魔鬼。

② a. 法国普鲁旺斯传奇中的怪兽。b. 法国南方某些城市在宗教节日里展出的塔拉斯各龙雕像。

又窄的窗子在风暴的肆虐下颤抖着。

扎沙里尤斯师傅走到这个大厅的中央，突然高兴地大叫一声。

原来，在紧贴着墙的一个铁支架上放着那座决定其整个生命的钟。它代表着一个古老的罗马式教堂——带有铸铁制护墙，以及它那座沉重的大钟。钟上没有为唱赞美圣母歌、念三钟经、做弥撒、进行晚祷、晚课，以及夜课而专门设计的完整发声装置，仅在做日课时才打开的教堂大门上方有个雕刻的圆花饰，在其中央有两个指针，而其拱门缘饰呈现为一个雕成浮雕状、标有十二个小时刻度的表盘，这是件无以伦比的杰作。老朔拉斯蒂格讲过的如何在一天的时间内使用好每一时刻的格言出现在大门和圆饰之间的一个铜框里。扎沙里尤斯师傅过去曾经以纯基督教式的关切调试过这些铭文的顺序，祈祷、工作、吃饭、家庭友爱、娱乐、休息的时间均按教义排好，而且，肯定应由一个循规蹈矩的教徒进行祈祷。

当扎沙里尤斯师傅高兴得发狂想要夺回这座钟的时候，他的身后有人发出一声刺耳的笑声。他转过身去，在冒着烛烟的灯笼光线照耀下，他认出了日内瓦城的小老头儿。

“您在这儿？”他叫道。

热朗德很害怕，如要说出来的话，她不是不怕她父亲，而是更怕这个奇怪的、穿着古怪的丑八怪。她紧紧地靠着她的未婚夫。

“你好，扎沙里尤斯师傅。”小人儿说。

“您是谁？”

“比托那西奥爵爷为您效劳！您给我送您的女儿来了，您记得我说过的话吧！热朗德不能嫁给欧拜尔。”

年轻的工人朝这位比托那西奥爵爷冲了过去，可他像个影子似的躲过了他。

“停住，欧拜尔！”扎沙里尤斯师傅粗暴地说。

“晚安。”比托那西奥说，接着就不见了他的人影。同时，在他的身后留下了最为深沉的黑暗。

“父亲，”热朗德叫着，“咱们逃离这该死的地方吧！……父亲……”

但是，扎沙里尤斯师傅也不见了踪影。他越过倒塌的台阶去追逐比托那西奥的幽灵。朔拉斯蒂格、欧拜尔、热朗德三个人浑身哆嗦地待在巨大的厅里。女孩儿跌坐在一个石头椅子上，老佣人跪在她身旁祈祷着，欧拜尔站着朝她看。有时，有几束曲曲折折苍白色的光线在黑暗中晃动着，而寂静只被一些小动物啃咬旧木料的工作所打断，以至于他们以为这是死亡之钟的声音。

早上第一缕阳光出现时，他们三个人冒险走在这堆石堆下环绕的、不见尽头的楼梯上。在两个小时的时间里，他们就这样游荡着，没有碰到一个大活人，而且只听到远处传来的他们喊叫的回声：“父亲！”“扎沙里尤斯师傅！”他们时而处于被埋在地下一百尺的境地，时而又站在高处俯瞰这些荒山。

最后，机缘巧合让他们来到了他们曾待了焦急一晚的宽阔大厅里，但这里面并非空无一人，扎沙里尤斯师傅和比托那西奥在厅里一起认真地谈论着。一个人直挺挺地站着，好像一具尸体，另一个趴在一张大理石桌上。扎沙里尤斯师傅发现了热朗德，便走过来拉着她的手，把她拉到比托那西奥的眼前，对她说：“女儿，这位就是你的爵爷和主人！热朗德，这位就是你的丈夫！”

热朗德浑身哆嗦着。

“永远也不会！”欧拜尔叫道：“因为她是我的未婚妻！”

“永远也不会！”热朗德的内心回应说，好像是一种哀怨的回响。

比托那西奥开始笑了起来。

“这么说，你们是要我死吧？”老头儿叫道：“那东西就是我的生命，而这个人对我说过：‘当我得到你的女儿时，这座钟就归你了。’这个人不想重修这座钟，他可以凭借他的怪念头把钟给毁了，而我马上就会死去！啊！我的女儿！你不再爱我了！”

“我的父亲！”重新有了知觉的热朗德叹了口气说。

“你要是知道远离了我安身立命的这一法则，我经历了多少痛苦就好了！人们有可能不关心这座钟，有可能任由它的发条劳损、让它的齿轮受累。可现在，我将用我的双手给它上润滑油，调节好它，我要维系住我如此珍贵的生命。因为我不应该死，我，是日内瓦和世界上最伟大的钟表匠！你看，女儿，钟的指针走得多么坚定和自信啊！看，它快要敲五点的钟了，好好听，看看将要出现在你眼前漂亮的铭文。”

这座钟的闹钟敲了五下，但声音颇为怪异，它在热浪的心灵深处产生了痛苦的回响，而铭文是以红色字母出现的，铭文是：

“应该吃科学之树上的果实。”

欧拜尔和热朗德惊惧不已、相视无语。这不再是信奉天主教的钟表匠所秉持的正统派铭文，应该是撒旦的气息经过这里了吧。可扎沙里尤斯不再注意这一点，他接着说道：“你听到了吗，我的热朗德？我活着，我还活着！听听我均匀的呼吸！看看血液在我的血管里流动！……不！你不想杀死你的父亲，你将接受这个人为你的配偶，以便我能活上一百岁，并获得等同于上帝的神力！”

QUI TENTERA DE SE FAIRE L'ÉGAL DE DIEU
SERA DAMNÉ POUR L'ÉTERNITÉ

听到他说了这样一番话，朔拉斯蒂格在胸前画着十字，而比托那西奥发出了一声要下地狱之人似的怒吼！

“此外，热朗德，和他在一起你会幸福的。看看这个人，他就是时间，你的生命将会以使你的心灵更为温和、平缓的准确方式加以调节！热朗德！既然我给了你生命，那你就把你的生命还给父亲吧！”

“热朗德，”欧拜尔嘟哝着说，“我是你的未婚夫！”

“朋友，这是我的父亲。”热朗德大声喊着回答他。

“她属于你了。”扎沙里尤斯说：“比托那西奥，你要信守诺言。”

“这是这座钟的钥匙。”小老头儿回答说。

扎沙里尤斯夺过那把很像缠绕在一起的游蛇似的长钥匙，跑向座钟，开始以令人惊异的敏捷登上去。缺少润滑油的发条发出吱吱嘎嘎的响声，让人的神经很难受。钟表匠转着、一直转着，胳膊没有停过。他的这个旋转动作好像与其主观意志无关。他转得越来越快，身体也扭曲得厉害，直至累得跌倒在地。

“这座钟可以走上一个世纪！”他狂喜不已，大声喊叫着。

欧拜尔像个疯子似的走出大厅，转来转去，他终于找到了这个该死的地方的出口并冲向旷野。他又回到了西克斯圣母修道院，带着绝望的口吻向修道士述说着，修道士同意当晚陪他前往安戴尔奈特城堡。

在这令人心焦的时刻，热朗德之所以没有哭是因为她的眼泪已经哭干了。扎沙里尤斯师傅没有离开这宽阔的大厅，他每分钟都在听这座老钟有规律的走动声，并以一种十分可怕的喜悦微笑着。然而，在钟敲完十点钟后，正当朔拉斯蒂格惊恐异常时，以下一行字出现在钟的银质上：

“人可以成为与上帝比肩的人。”

老头人非但没有被这句令人憎恶的铭文所震惊，反而在比托那西奥围着他转圈儿、心怀不轨、令人难以置信地控制住他的时候，兴奋地读着铭文，以这些狂妄的想法为满足。婚书应在午夜十二点签署，热朗德几乎毫无生气，她不想、不听，只勉强明白这是怎么一回事。寂静只被老头儿的呻吟声和这个比托那西奥的冷笑声所打断，而后者的指甲不止一次地暴长。

十一点钟敲响了，扎沙里尤斯的身体猛地战栗着，他以兴奋的口吻念着下面一句亵渎神灵的话：

"人应成为科学的奴隶，为了它可以牺牲父母和家庭。"

"是的！"他叫道，"在这个世界上只有科学！"

指针像蛇爬行似的在铁表盘上[①]走着，并伴有像蛇发出的嘶嘶声，钟敲出来的声音急促而又凄凉。

扎沙里尤斯师傅因胸闷、透不过气来而没再讲话，他的喉咙里发出嘶嘶声[②]，他嘴里只说出几句断断续续的话来。

"存在[③]！——生命！科学！"

这一场景又多了两个新的目击者：修道士和欧拜尔。扎沙里尤斯站着，比托那西奥趴着，热朗德平躺着，与其说他们活着，不如说死了。朔拉斯蒂格祈祷着。

突然，几个人听到在敲钟之前发出干巴巴的声音，扎沙里尤斯重又

---

① 前面凡尔纳说的是银表盘，这会儿说的是铁表盘，但原文如此。

② 指人临终之前因呼吸困难而发出的声音。

③ 指人的存在。

挺直了身子。

“现在是午夜十二点。”他说。

修道士向老钟表匠伸出一只手，而午夜的钟声并未敲响。当下面这一行文字出现的时候，扎沙里尤斯师傅发出了一声只有在地狱里才能听到的悲惨叫声。

“谁敢与上帝比肩，谁将永远下地狱。”

这座钟发出了一声巨响，座钟的弹簧掉了下来，以令人瞠目结舌的样子弹跳着穿过大厅。老头人跑着追，他试图抓住它，但徒劳无功。他高声喊叫着：“我的灵魂！我的灵魂！”

“阴间”里的弹簧在他眼前跳着，带着可怕的怪样子落地后又弹跳了起来。但是，这个弹簧恰好被比托那西奥抓住，而且，他还说了句可怕的、亵渎神灵的话便在地下消失了。

扎沙里尤斯师傅仰面倒地，他死了。

钟表匠的尸体并没有埋在圣地，而是埋在了安戴尔奈特荒芜的峰顶中央。然后，欧拜尔和热朗德回到日内瓦为他祈祷，在上帝给予他们在人世间幸福的生活期间——那恰好是对基督徒[①]谦卑心理的回报。通过它，他们夫妻二人努力地补偿他们傲慢一世的父亲（岳父）因傲慢而受到的惩罚，并赎回他那因科学而吃苦受罪的灵魂。

---

① 凡尔纳在这篇故事中对主人公们所信奉的宗教（是天主教还是基督教）有前后矛盾之处，但原文如此。

嗖嗖——哗啦啦

一

嗖嗖！……风在怒吼！

哗啦啦！……雨在倾盆！

咆哮的狂风刮弯了沃尔斯涅海岸边的树木，并敲打着克里玛山的侧翼。沿着海岸线,高耸的礁石不断地被宽阔的梅加洛克吕德海海浪拍打着。

嗖嗖！……哗啦啦！……

卢克特罗小城隐藏在港口深处。城里有数百座好歹能抵御住海风的、带有深绿色观景台的房屋。城中有几条呈斜坡的街道，与其说这是街道，还不如说是铺满石子的小山沟。远处锥形的火山喷发出来的火山灰把街道全给玷污了。旺克罗尔火山离得不远，白天的时候，火山内部的挤压使含硫的蒸汽喷出，晚上则不断喷出大量的火焰。这座火山像是卢克特罗港口的灯塔，可在150盖尔兹（Kertses）[1]的范围内为在梅加洛克吕德海中乘风破浪的船指示方位，有近海航行帆船、费尔扎那帆船、韦尔利优船或巴郎兹船[2]。

城的另一头儿，有几处克里美里娜（Crimérien）时期的废墟。接着，就是一个具有阿拉伯风貌的街区，一座有白墙、圆顶、带洒满阳光晒台的宫殿。一堆偶然胡乱丢弃的土石方堆——像一堆赌博用的骰子，其圆顶因岁月久远而被削平。特别是一座叫6/4拍的建筑——这是给一座奇特的建筑物起的名字，它有个房屋顶，一面有六个窗户，一面有四个窗户。

一座钟楼——圣菲尔莱那方形钟楼俯瞰着城市。钟楼里有几口钟悬挂在钟楼墙壁的凹陷处，有时，一阵狂风刮来会让钟来回摆动起来。这可不是什么好征兆，于是，当地人便害怕起来。

这就是卢克特罗。然后，就是些破旧不堪的住房和窝棚散布于乡下好几处有染料木、欧石楠木、巴西木的地方中间，好像在不列塔尼[3]一样。但这不是在不列塔尼。那是在法国啰！我不知道。是在欧洲？我也不知道。

不管怎么说，别想在地图上找到卢克特罗——甚至别在斯捷勒[4]的地图中去找到它。

二

① 这一长度单位有可能是凡尔纳杜撰出来的。

② 均为各类型船只，凡尔纳使用的是何种文字，译者不知，故音译出来。

③ 法国一省名。

④ 此人不详。

砰！……6/4 拍在梅撒格利列街左角开着的狭窄小门被人敲了一下，并不引人注目。这是城中最为舒适的房屋之一，不过，要用在卢克特罗应还在流行的话说，是最为阔绰的房屋之一——如果平均每年可以挣上几千弗瑞泽（fretzers）[①] 才能被称为阔绰的话。

在众多野狗的叫声中夹杂有野兽的吼叫声——大概是狼吼声，其中，有一声野狗叫声呼应着敲门声。6/4 拍门上方一扇带拉窗的窗子被打开了。

“让这些讨厌的家伙们见鬼去吧！”一个人以情绪不佳、充满敌意的声音说。

一个披着件破披风、在雨中冻得发抖的女孩儿问特里福勒加大夫在不在家。

“他在与不在，这得看情况！”

“我来是为了我快要死了的父亲！”

“他要死在哪儿？”

“卡尔尼鸟山谷那头儿，离这儿有四盖尔兹。”

“他叫什么名字？”

“沃特 · 卡尔地夫。”

“沃特 · 卡尔地夫……饼干师？”

“是的，特里福勒加大夫是否……”

“特里福勒加大夫不在！”

当嗖嗖的风声和哗啦啦的雨声交织在一起发出震耳欲聋的响声时，

---

① 应是凡尔纳杜撰出来的钱币名称，像前面出现的长度单位一样。

窗子被突然关上了。

三

这位特里福加大夫是个很难打交道的人。他没多少同情心，给病人看病只收现金，而且得先付。他的于儿索夫——是獒狗和西班牙长毛垂耳狗的串儿[①]——想必比他更有同情心。6/4 拍这座房子可不是为穷人治病的地方，它是为富人开放的。此外，看各种病都有各自规定的价格：得了伤寒病得花不少钱；心包炎患者得花不少钱；充血症得花不少钱；以及其他由医生“发明”的一大堆疾病都要人破费不少。然而，饼干师沃特 · 卡尔地夫是个穷人，出身于一个悲惨的家庭。这就是特里福加大夫为什么在这样一个夜晚被打搅的原因。

“光是让我从床上起来，”他躺下的时候咕哝着说，“就得付我十弗瑞泽。”

二十分钟刚过铁锤又在敲打 6/4 拍的小门。

大夫一面抱怨着，一面从床上下来，把身子趴在窗外。

“谁在那儿？”他高声叫着。

“我是沃特 · 卡尔地夫的妻子。”

“卡尔尼乌的饼干师？”

“是的，而您要拒绝出诊他会死的！”

---

① 指杂交犬。

“那您就成了寡妇了！”

“这是二十弗瑞泽。”

“去卡尔尼乌山谷，离这儿四盖尔兹远就得给二十弗瑞泽！”

“行行好吧！”

“见鬼去吧！”

窗户又被关上了。二十弗瑞泽！真没想到！为了二十弗瑞泽，去冒得感冒、浑身酸痛的风险？特别是第二天，还有人在基尔特雷诺等他，去阔佬埃德赞格夫——一位痛风病患者——的家里出诊。每次出诊去治疗他的痛风病就得让他掏五十弗瑞泽。

想到这一令人愉快的前景，特里福勒加大夫睡得比先前更香了。

四

嗖！……哗啦！……接着，又是砰！……砰！……砰！……

这回，狂风怒吼声中加上了三下由一只特别坚定的手用铁锤敲打的声音。大夫一直睡着。他醒了，可那是什么样的心情啊！窗子开了，狂风像子弹扫射般地冲进屋内。

“为了饼干师来的……”

又是这个倒霉的家伙！

“我是他母亲！”

“让他的母亲、妻子和女儿跟他一起去死吧！”

“他的病又发作了一次！……”

“嗨！让他挺挺嘛！”

“人家又给了我们一点钱，”老奶奶又说道，“是卖给梅撒格列尔街上的东特吕我家房屋的预付款。您要是不出诊，我的孙女就没了爹，我的儿媳就没了丈夫，我，我就没了儿子！……”

听到老太太的这番话，想到她被凄风冻得血管里的血都要凝结了，她瘦弱身体中的骨髓都被苦雨所侵袭，真是让人可怜，让人受不了。

“一次发作要付二百弗瑞泽！”冷酷无情的特里福勒加回答说。

“我们只有一百二十弗瑞泽！”

“晚安！”

窗子又被关上了。

但是，经过一番思考后，他得出的结论是：路上用一个半小时，能挣一百二十弗瑞泽，出诊用半个多小时，算起来每个小时能挣六十个弗瑞泽。虽是小利润，但不可轻视。

大夫没有再睡，而是穿上了瓦尔维特尔[①]上衣，蹬上了他那双很大的水手靴，套上他那件布尔代那无袖长外套，戴上他那顶底苏卢埃帽，并戴上手套。他让靠近药典的灯亮着，药典是打开的，翻开到197页。然后，他推开了6/4拍的小门，站在门槛外。

历经八十年苦难、身体瘦削的老妇人依然站在那里，手中拄着个木棍。

“一百二十弗瑞泽呢？”

---

① 应是厂商名。不详。

“在这儿呢！愿上帝加倍地偿还您！”

“上帝？上帝的钱？有人见过他的颜色吗？”

大夫吹哨叫来了于尔索夫，让它在嘴里叼着灯笼，走上了海滨路。

老妇人跟在他身后。

五

风嗖嗖、雨哗啦哗啦的天气是什么样的鬼天气啊！圣·菲尔菲莱娜教堂的大钟因刮大风而没有敲响。啊！特里福勒加大夫可不是什么迷信的人。他什么都不信，甚至连他所从事的医学也不信，但是，能给他带来收益的事情除外。多么恶劣的天气啊，但同样也是多么难走的路啊！路上满是卵石、滑溜的海藻、发出响声的灰渣。除了于尔索夫这只老狗嘴里叼着的灯笼散发出的模模糊糊、抖动着的微弱光线之外，路面上漆黑一片。有时，在旺克罗尔火山升腾的火焰之中，似乎有些滑稽的黑影在来回晃动。人们的确不知道这座不可捉摸的火山底部究竟是什么样子，地狱中的幽灵大概在喷发出来的时候被汽化掉了。

大夫和老妇人沿着海岸边曲曲折折的道路往前走着。大海呈苍白色——一种丧葬中的白色。它闪闪发光，与拍着海浪、发出磷光——好像有人往沙滩上扔了好几罐萤火虫——的海岸线拉平。

两个人就这样往上走着[1]，一直走到起伏的沙丘之间的道路转弯处。那里杂陈着相互挤在一起的灯心草和染料木[2]发出一阵刺刀相碰时所发出的响声。

狗走到主人的身旁，好像对他说：“唉！要往保险箱里放一百二十弗瑞泽了！这么一来，你就发财了！又多了一小块葡萄园！晚饭又多加了一道菜！给你忠实的于尔索夫多加一点儿狗粮吧！给有钱人治病，并榨干他们……掏空他们的钱袋子！”

在这个地方，老妇人停了下来。她用颤抖的手指着，在黑暗之中，有一束微红的光线散射开来。这就是沃特·卡尔地夫饼干师的家。

“是这儿？”大夫问。

“是的。”老妇人回答。

“汪！汪！汪！”于尔索夫这只狗叫着。

突然，旺克罗尔火山发出阵阵轰鸣声，整个山体直至其底部的分支山梁都在抖动。一束煤烟色的烟直冲云霄，搅乱了天上的云彩。特里福勒加被震倒在地。

他像个基督徒似的发着誓，站起身来看着。

老妇人没有在他身后。她是钻到地里的某个裂口中去了，或者是飞翔于漂浮着的云朵之间了？

至于那只狗，它一直待在原地，立着后腿站着，张着嘴，嘴里叼着

---

① 此处指路面呈缓坡状。

② 蝶形花科植物。

的灯灭了。

“咱们一直挺顺利！”特里福勒加咕哝着说。

“正直的人”收到了他的一百二十弗瑞泽。应该好好地把这笔钱挣到手。

六

在半盖尔兹远的地方还有一处亮点。那是给濒死之人用的灯笼——也有可能是为死人用的。这儿的确是饼干师家的房子。是老奶奶用手指指过的。不会有错。

在嗖嗖刮着的风、哗啦哗啦下着的雨、在暴风雨的嘈杂声中，特里福勒加大夫以急促的脚步走着。

随着他不断地往前走，建在荆棘丛生荒野之中的房子愈显清晰。

看到这座房子和大夫在卢克特罗的6/4拍房子很相像，真令人奇怪。甚至连窗子在建筑物上的布局，甚至连拱形小门都一样。

特里福勒加大夫尽可能地在狂风中赶忙快走。门半开着，只需轻轻一推即可。他推开了门，走了进去，风随后把门吹关上了——是突然被吹关上了。于尔索夫这只狗在外面叫着，但不时安静下来，好像教堂里唱诗班的成员在唱四十小时诗篇①每一节之间的间隙那样。

真奇怪！特里福勒加大夫好像回到了自己家。然而，他并没有搞错，他根本没有走错路。他的确是在卡尔尼乌山谷,不是在卢克特罗城。但是，

① 《圣经》中的诗篇。

此建筑物内低矮的、呈拱形的长廊，甚至是木制旋转楼梯、甚至其经手多年摩擦都老旧了的扶手，都与他城里的住宅一个样子。

他上了楼，到了楼梯平台，来到门前，看到有一束微弱的光线从房间里渗出，和 6/4 拍那座房间里的情形一样。难道自己的大脑中出现了幻觉？在模模糊糊的光线下，他认出了自己的房间，右面是黄色的沙发，左边是老梨木做的立柜，装满了钱的保险柜——他打算把那一百二十弗瑞泽放进去。这是他那把带皮靠枕的扶手椅，那是他的坏了腿儿的桌子。而在桌子上面，灭掉的灯旁放着的那本药典打开着，是在 197 页。

“我这是怎么啦！”他咕哝着说。

他究竟怎么啦！他感到害怕。他的瞳孔放大，他的身体僵硬、紧缩起来，浑身冷汗直流，感到全身直起鸡皮疙瘩。

那么，你就赶快跑吧！灯油干了，灯就会灭——垂死之人也一样！

是的，床在那儿——他那张带立柱、天盖的长宽相等的床。带大花枝图案的床幔放下来了。一个贫苦的饼干师哪能有这种床，可能吗？

特里福勒加大夫用一只哆嗦的手抓住了床幔。他掀开床幔看着。

将死之人，头没枕到枕头上，一动不动，好像只剩下最后一口气。大夫朝他弯下腰来……啊！多么令人难受的叫声啊！门外呆着的狗发出的凄惨叫声回应着他。

将死之人，并不是饼干师沃特 · 卡尔地夫！……而是特里福勒加大夫！……他得了脑充血——是他本人！他患了血液迅速涌入脑腔的脑中风，并伴有病变的另一侧身体麻痹的症状。

是的！三个人来找的是他，一百二十弗瑞泽也是付给他的钱！由于他冷酷无情，拒绝给贫苦的饼干师治病！

特里福勒加大夫像疯了似的。他觉得自己快要死了。不幸的意外之事一刻不停地交织在一起。不仅所有的语言功能丧失，而且心脏功能及呼吸功能也要停止。不过，他还没有彻底失去意识。

怎么办？用放血疗法减少体内的血流量？特里福勒加大夫要是再犹豫，他就死定了……

像现在这样，那时候医生在治疗不应死去的脑中风患者时还在使用放血疗法。

特里福勒加大夫抓住他的急救箱，从中抽出一把柳叶刀，割破了和他长得一样的人的胳膊上的静脉血管，因为血涌不到胳膊处。他使劲地按摩着他的脑部，因为那个人的运动功能停止了。他用烧热的石头烫他的脚，因那个人的双脚变凉了。

而特里福勒加大夫，虽然能从医学中获得知识，却死在了那个人的怀抱里。嗖嗖！哗啦啦！

七

早上，在 6/4 拍的房子里，人们只发现了一具尸体——特里福勒加大夫的尸体。家里人把他装棺入殓。按照习俗，用了很大的排场把他送到卢克特罗墓地——在其他许多被葬在那里的死者之后。

至于于儿索夫那只老狗，有人说，从这一天起，它在荆棘丛生的荒野中跑着，带着那盏又被点亮的灯笼，像只丧家犬似的叫着。

我不知道这是不是真事，但在沃尔斯涅海岸这个地方，恰好在卢克特罗附近，发生了这么奇怪的事情。

另外，我重复一下，各位不要在地图上寻找这个城市的位置。因为最为出色的地理学家还未能弄清它在纬度上的位置，甚至是在经度上的位置。

Rata（拉达）　Ratonne（拉道娜）　Raton（拉东）

Ratine（拉蒂娜）　Ratanne（拉达娜）　Raté（拉代）

拉东一家历险记

仙女的故事

一

从前,有一个善良的老鼠家庭。家里的成员有:爸爸拉东、妈妈拉道娜、女儿拉蒂娜和表兄弟拉代。家里的两个佣人:厨师拉达、保姆拉达娜。然而,在这些可敬的啮齿类动物身上发生了不少奇特的冒险经历。亲爱的孩子们，我不禁要向你们叙述一下。

故事发生在仙女和巫师的时代，同时也是野兽会讲话的时代。甚至有可能是在具有划时代意义的野兽能表达情感的时代，因为那时的野兽有言语。然而，那些野兽讲的只是从前的人类所讲的话，而当今的人类已经不再讲这种话了，而且今后也不会再讲了！那么，亲爱的孩子们，请听吧，尤其要听话。我要开始讲了。

二

在这期间，在众多最美的城市中的一个城市里，而且是在城中最漂亮的房屋中住着一位善良的仙女，她的名字叫作费尔曼塔。她做了许多仙女能做的善事，人们都非常爱她。

在这一时期，似乎所有的生灵都屈从于灵魂转世说的法则。你们不要害怕这个词，因为它意味着人世间有一个大自然的生物进化系统。在该系统中，每一种生物在达到最高等级、列入人类之前都得依次在各自所处的等级上升级，因此，软体动物诞生了，有的变成了鱼，然后变成鸟类，接着又变成四足动物，再接下来就变成男人和女人了。正如你们所看到的，生物应从最原始阶段进化到最为完美的阶段！不过，要是有几个巫师施了魔法的话，人类也会发生退化，要是那样的话，人类该有多惨啊！比如说进化成人以后，又变成了牡蛎！幸好现在这种事情不会再发生了，起码在自然法则范畴内是如此。

你们也知道：这些各种进化是通过神灵得以完成的。善良的神灵让生物不断地进化，凶神恶煞的神灵让生物不断地退化，而假如后者有时要竭尽全力去这么做的话，造物主会在某个时间把它们从凶神的手中夺回来。

毫无疑问，费尔曼塔仙女是个心地善良的仙女。从没有人对她口出怨言。

然而有一天，当她待在宫殿的餐厅里——一间装饰着华美地毯和奇花异草的大厅，太阳透过窗户钻进餐厅，照射到摆在餐桌上的瓷器和银制餐具上——一个贴身侍女前来通告她的女主人，说午餐已经准备好了。

这是顿引人注目的午餐，作为仙女，她有权享用这种连美食家也挑不出刺儿的美餐。但是，仙女刚刚坐下就有人在敲宫殿的大门。

侍女立刻去开门。过了一会儿，她告诉费尔曼塔仙女说有个长得很漂亮的年轻人希望和他谈谈。

“让这位漂亮的年轻人进来吧。”费尔曼塔仙女回答说。

这位年轻人的确长得很漂亮，中上等身材，气质很好，样子也善良。这位漂亮的年轻人二十二岁，也就这么多。他穿着十分简朴，优雅地做着自我介绍。

首先，仙女对他的印象不错。她认为他是来寻求帮助的，就像她帮过的许多其他人一样。而且，她觉得自己已准备好要帮他的忙。

“漂亮的年轻人，您想让我为您做些什么？”她用非常温柔的口吻说：“别害怕，对我说。”

“善良的仙女，”他回答说，“我很不幸，我的愿望只能靠您了。”

看他犹犹豫豫的，费尔曼塔又说道：“您解释一下，您的名字是？”

“我叫拉丹，”他回答说，“我没有什么钱，但我根本不是前来向您求财的。我是为了我的幸福来求您的。”

“这么说，您认为您失恋了？”仙女微笑着反问道。

“是的，当然！”

“您说的有道理，请继续说。”

“一段时间以前，”他继续说道，“在成为人类之前，我曾出自一个接触的老鼠家庭。作为老鼠，我在家里很受关爱，对于这个家庭，我很依恋其亲密的关系！我喜欢父亲，他是个通情达理的老鼠。母亲大概有些野心勃勃的，总以不太赞许的目光看我，因为我不是富人。可女孩儿拉蒂娜总以温柔的目光注视我。最终，当一个巨大的不幸迅速地让我所有的希望破灭的时候，我都快要被接受了！”

“究竟发生什么事了？”带着极为关切心情的仙女问。

“首先，我变成了个人，而我的拉蒂娜仍然是只老鼠！”

“好吧！”费尔曼塔回答说，“您就等待她变成女孩儿后的最后一次演变……”

“可能吧，善良的仙女！不幸的是拉蒂娜被一个有钱有势的爵爷给看上了。这位爵爷大概是国王的儿子，他习惯于满足自己的突发奇想，忍受不了一点儿反抗，一切事情都得服从于他的意志。”

“这位爵爷是谁？”仙女问。

“是基撒多尔王子。他向我亲爱的拉蒂娜建议说要把她带到他的宫殿里去。他说‘在他的宫殿里她将成为最幸福的老鼠’。她拒绝了他的建议，尽管她母亲拉道娜对这一要求抱有幻想。于是，王子便试图用高价买她。但是，父亲拉东知道他的女儿有多爱我，我们俩要是分开的话，我会痛苦而死，所以他根本不同意。我不想向您叙说基撒多尔王子有多么疯狂。看到拉蒂娜是老鼠的时候就这么漂亮，他心里会想：她要是变成个女孩儿会更加漂亮！是的，善良的仙女，她会变得更加漂亮！而他会娶她为妻。对他来说，这么推理不无道理，可对我们俩来说是很不幸的！”

“有可能，”仙女回答说，“既然王子遭到拒绝……您怕什么？”

“所有的事，”拉丹重又说道，“因为，为了达到他的目的，他求了加尔达福尔来帮忙。”

“那个巫师！”费尔曼塔叫道：“那个凶神恶煞的神灵只喜欢作恶，我一直在和他斗。”

“就是他！善良的仙女！”

“这个有着令人生畏权势的加尔达福尔只想把逐渐向最高等级进化的生物降到低等级上！”

“正如您所说的！”

“幸好，由于浪费了他的神力，所以，加尔达福尔刚刚失去了一段时间的神力……”

“的确是这么一回事，”拉丹回答说，“但是，当王子求助于他的时候，他还能全部拥有它。所以，被这位爵爷的许诺所吸引，为他的威胁所恐吓，他答应替他对来自拉东一家的轻蔑态度复仇。”

“他干了？……”

“干了，善良的仙女！”

“他怎么做的？”

“他把这些善良的老鼠变形了！”

“变成什么了？”

“变成了牡蛎，他们在萨莫布里弗沙滩[①]过着呆板、单调的日子。我应该说生活在这种环境里的软体动物是品质优良的海产品，要卖三个法郎一打。当然啦，拉东一家就生活在它们中间。您看，仙女，这就是我的不幸之所在！”

费尔曼塔仙女带着怜悯以及仁慈之心倾听着年轻的拉丹所讲述的故事。另外，她从心底里同情人类的痛苦，特别是对受挫爱情的同情。

---

① 此处是指在海中水面下的滩或洲。

“我能为您做点什么？”她问道。

“善良的仙女，”拉丹回答说，“既然我的拉蒂娜被囚在萨莫布里弗海滩，那就让我也变成牡蛎吧，好让我得到生活在她身边的慰藉！”

他讲这话的时候是以一种十分痛苦的声音说的，以至于仙女非常受感动。她拉着漂亮年轻人的手说：“拉丹，我同意满足您的要求，但我不能保证成功。您知道我是不能把进化成人的人再变成低等生物的！但是，与其把您退化成软体动物——这是一个十分谦卑的状态——还不如让拉蒂娜得以进化……”

“哦！您去做吧！善良的仙女，您去做吧！”

“但是，在变成魅力十足的老鼠之前，她得再通过一个进化过程中的中间环节，其目的是有朝一日再变成一个女孩儿。因此，您要有耐心！请您服从自然的法则！同时也要有信心……”

“全指望您了，善良的仙女！”

“是的，看我的吧！我将竭尽全力来帮助您。我们得支援即将发生的激烈战斗。您目前在基撒多尔王子的掌控之中，他虽是众王子之中最愚蠢的一个，但他毕竟是个强大的敌人。而加尔富达尔如在您成为漂亮的拉蒂娜的丈夫之前诉诸武力的话，我想要战胜他是有困难的，因为他要成为和我棋逢对手的人！”

费尔曼塔和拉丹听到一声轻微的声音时，他俩的谈话就谈到了这里。这声音是从哪里来的？好像很难猜到。

而这个声音说出的是：“拉丹，我可怜的拉丹……我爱你！”

“这是拉蒂娜的声音！”漂亮的年轻人叫道：“仙女夫人！仙女夫人！请您可怜可怜她吧！”

实际上，拉丹的确像个疯子。他满大厅跑着，他在家具底下找，他打开餐具柜，心想拉蒂娜会藏在里面，可他并没有发现她！

仙女用一个手势制止了他。

于是，孩子们，一件奇怪的事情发生了：餐桌上，一个银盘子里摆放着六只牡蛎——恰好是刚从萨莫布里弗沙滩处捞的。在这六个牡蛎中间，有一个特别漂亮，她的外壳闪闪发光，缫边整齐。而且，这只牡蛎在变大、伸长、展开。然后，贝壳的两个瓣打开了。贝壳的瓣褶展现出一种挺可爱的模样来，长着像小麦般金黄色的头发，一双世上最为温柔的眼睛，一个挺直的小鼻子，一张迷人的嘴，她重复地说着："拉丹，我亲爱的拉丹！"

"是她！"漂亮的年轻人叫道。

实际上，这就是拉蒂娜。他看得很清楚。因为，我要对你们说，亲爱的孩子们，在这幸福、犹如施了魔法般的时刻，牡蛎有了人的面孔，甚至在他们属于人类之前。

在贝壳珍珠质层下面的拉蒂娜是多么的漂亮啊！好像一件放在首饰盒里的珠宝首饰。

而她是这样表达自己思想的："拉丹，我亲爱的拉丹，我听到了你刚刚向仙女夫人所讲的全部内容。仙女夫人，您屈尊答应修复那可恶的加尔达福尔给我们造成的伤害！哦，您不要弃我于不顾！因为，他之所以要把我变成牡蛎，其目的就是要我无法逃走。这样一来，基撒多尔王子就会来把我从与我的家庭联系在一起的沙滩带走，把我放进他的活鱼舱，等我变成女孩子。而对于我可怜以及亲爱的拉丹来说，我将永远消失。"

她是以一种十分哀怨的口吻说完这番话的，以至于年轻人深受感动，只能勉强回答。

“哦！我的拉蒂娜！”他咕哝着说。

在爱的冲动下，当仙女阻止他的时候，他已把手伸向了她。接着，她小心翼翼地从贝壳里取出一颗在其底部形成的极美的珍珠。

“拿上这颗珍珠。”她对他说。

“这颗珍珠，善良的仙女？”

“是的，这可是一笔财富。以后，它会对你有用的。现在，咱们把拉蒂娜带到萨莫布里佛沙滩上去。到了那儿，我把她再提高一个等级……”

“别就我一个，善良的仙女！”拉蒂娜以一种恳求的口吻说，“请您想想我的父亲、我的好母亲、我的表兄弟拉代！请您想想我们忠实的仆人拉达和拉达娜吧！”

但是，当她这么讲的时候，贝壳的两个瓣慢慢地合上了，重又恢复到平常的大小。

“拉蒂娜！”年轻人叫着。

“带上这个牡蛎！”仙女说。

拿上这个牡蛎之后，拉丹把她紧紧地贴在嘴唇上。她难道不是他在世间所拥有的最珍爱的一切嘛！

三

大海退潮了，碎浪轻轻地拍打着萨莫布里佛沙洲脚下。礁石之间有些水坑。花岗岩礁石闪着光，好像在乌木上涂了一层蜡。两个人走在海藻上——海藻夹爆裂开来，让一小股、一小股的水溅了出来。应该小心，路太滑，要是摔上一跤可就惨了。

沙洲上有多少软足动物啊！一些很像大蜗牛的海螺、缀锦蛤、贻贝，特别是数百万个牡蛎。

最漂亮的六个牡蛎藏在海洋植物的下面。在此，我弄错了，因为只剩下五个。第六个牡蛎所待的地方是空的！

现在，是这些牡蛎在阳光下张开贝壳、呼吸从远海空气中吹来的微风的时候。以此同时，传来一曲像在圣周[①]时絮絮叨叨唱出的、充满哀怨的歌。

这些软体动物贝壳的瓣慢慢地打开了。在它们透明的边纹上呈现出某种容易让人认出的样子来。

一个是拉东，父亲、一位哲学家。他善于适应在各种形态下的生活。

他想："在成为老鼠之后，大概又得变成软体动物，这并不太费劲儿。但是，自己总得找个理由，随遇而安吧！"

第二个牡蛎坐立不安，一副生气的样子。她的眼睛闪着亮光，想从贝壳里冲出去，但是白费劲！这位是拉道娜太太。她说："我，是咱们拉多波利城中的上层人物，可我却被关在这使人感到丢人现眼的牢房里！我，已经到了成为人的阶段，大概会变成公主……啊！卑鄙的加尔达福尔！"

在第三个牡蛎里，是表兄弟拉代。他孩子气十足的脸在作怪样儿。他是个十足的胆小鬼，为人有点儿胆小如鼠，有点儿声音他就会竖起耳朵。

---

① 指复活节前的一周。

我应该对你们说，很自然，作为表兄弟他也向他的表妹大献殷勤。拉蒂娜，大家都知道，她爱的是另外一个人，而拉代从心里嫉妒这另外一个人。

“啊！……啊！”他说，“在两个贝壳之间我都被挤扁了，这是什么命啊！当我是老鼠的时候，我起码可以跑，逃跑，躲开猫和捕鼠器！可在这里，只要有人来捡我及我的一打同类，卖牡蛎的人只需一把粗俗的刀就能把贝壳一下子打开。而我将出现在富人的餐桌上，我将被他一口吞掉……有可能被一口活吞！”

在第四个牡蛎中是厨师拉达。他是个对其厨艺及其自豪、对其所掌握的知识十分自负的厨师。“该死的加尔达福尔！”他叫道：“如果将来有一天，我一只手抓住他，那我就可以用另一只手掐死他。我，拉达，做了这件大好事，我就让我的名字永远地粘在两个贝壳之间，而我的妻子拉达娜……”

“我在这儿呢！”一个声音从第五个贝壳中发出：“别发愁，我可怜的拉达！我虽然没有挨着你，可我的心是和你在一起的！当你再进一阶[①]的时候，咱们就一起进阶！”

好一个善良的拉达娜！一个非常淳朴、朴实的矮胖女人。她很爱她的丈夫，

而且，和她的丈夫一样，对主人们十分忠诚。

接着，她便以一种凄惨的方式，重新又说起那令人悲伤的、絮絮叨叨的话来。有好几百个牡蛎等着获救，它们也加入到这个哀号的交响乐

① 指进化过程。

中来了。这会让你们揪心的。可对于父亲拉东和拉道娜太太来说，他们要是得知他们的女儿没和他们在一起，那他们得多么的痛苦啊！

突然，一切都变得寂静无声，贝壳又合上了。

原来，穿着巫师服装、戴着一顶老式帽子的加尔达福尔刚刚来到了沙滩。他一副受到惊吓的脸色，显得很不安。在他身旁走着的是穿着讲究的基撒多尔王子。由于他走路时总爱扭腰以显优雅，所以，人们很难想象这位爵爷自命不凡到了何等的程度。

“咱们到哪儿了？”他问道。

“咱们到了萨莫布里佛沙滩，我的王子。”加尔达福尔阿谀地回答说。

“而拉东这一家人……”

“为了让您高兴，它们一直待在我把它们嵌着的地方！”

“啊！加尔达福尔，”捻着胡须的王子又说道，“这个小拉蒂娜！我被她弄得神魂颠倒！她应该属于我！我付你报酬是让你为我效劳！你要是成功不了，那你得小心了！……”

“王子，”加尔达福尔应道，“在我的法力失效之前，我能够把这个老鼠家庭所有的人都变成软体动物，但我无法把它们变成人！只有费尔曼塔仙女才有这种神力！……”

“好吧！加尔达福尔，你为什么不和她联合起来呢？”

“我已经向她建议过多次了，我的王子。对于我们俩来说，我们可以主宰全世界！……可她拒绝我了。”

“笨蛋！”王子答道，其自命不凡的语气天下绝无。“我会成功！可说到底，这个小笨蛋牡蛎究竟在哪里？”

两个人走在沙洲上，想去加尔达福尔自以为能找到拉蒂娜的地方。

这时候，沙滩的对面出现了两个人。他们是费尔曼塔仙女和年轻人拉丹。此时，他的心中恰恰在想着包裹着他心爱之人的两片甲壳。

突然，他们俩发现了王子和巫师。漂亮的年轻人脸色变得苍白。

“加尔达福尔，”仙女说，“你来这儿干什么？还在筹划着你那充满罪恶的阴谋诡计？”

“费尔曼塔，”巫师答道，“你为什么拒绝把你的法力和我的法力结合在一起？……”

“行善的神仙和作恶的神仙联合在一起，永远也不会！”

“费尔曼塔仙女，”这时，王子说，“你知道，我被这个可爱的、看出点苗头的、拒绝了像我这样儿爷的请求的拉蒂娜弄得发疯了！好吧，当你把她变成女孩儿时，她要是属于我，那你想要什么，我就给你什么……”

“当我把她变成女孩儿的时候，”费尔曼塔回答说，“我的目的将是为了让她属于她所喜欢的人。”

“这个不成体统的家伙！”基撒多尔王子反驳说，“这个拉丹，当我把他的耳朵拉长一点的时候，加尔达福尔会毫不费力地把他变成一头驴！”

面对这种侮辱，年轻人气得跳了起来。当仙女抓住他的手时，他真想冲向王子，以便惩罚他对自己蛮横无理的言行。

“别生气，”她说，“现在不是报仇的时候。王子对你的侮辱有朝一日会让他自取其辱。做你该做的，咱们走。”

拉丹服从了。在最后一次亲吻了那个牡蛎之后，他走上前去，把她放在她过去曾经和家人待在一起的地方。然后，他和仙女离开了。

然而，基撒多尔王子和加尔达福尔很清楚他们眼前发生的事情。这时候，如果海潮尚未淹没萨莫布里佛沙洲的话，掠走拉蒂娜对于他们俩来说只是件轻而易举的事情。可现在，两个人只能避开海浪的拍打了。

很快，海水淹没了最后一处沙咀，一切都消失了，直至海平线，其轮廓与天空融为一体。

四

然而，在右侧，还能看到几个较高的礁石。潮水无法涌到其顶端，甚至当风暴推着海浪向岸边冲来的时候。

王子和巫师逃到了那个地方。在那儿，没有任何危险能够威胁他们。在地势较高的地方，他们总能找到坚实的地面。当沙洲干了的时候，他们就会去寻找那个珍贵的牡蛎，他们会把她以及她的珍宝带走。其实，王子生气了。王子们，甚至是国王们，他们虽然权势显赫，可在那个时候，他们却斗不过仙女们。如果有一天我们能回到那个幸福的时代、事情仍然是那样就好了。

但是，这会儿仙女和年轻的拉丹再次出现在沙岸的高处。基撒多尔王子和加尔达福尔马上藏了起来，以便不被仙女和年轻人发现而对他们的行动进行观察。

正如人们将会看到的那样，他们俩开始时是对的，可到后来就错了。

漂亮的年轻人站在费尔曼塔的身旁。她对他说："是的，大海在涨潮，拉东和他的家人们将要向变为人类的方向再进化一阶，我要把他们变成鱼，在这种形态下，对于他们的敌人，他们就再也没有什么可怕的了。"

“甚至有人想要捕捉他们？……”拉丹提醒仙女说。

“放心吧，我会关注他们的。”

很不幸，加尔达福尔听到了仙女讲的话，而且心中想出了一个计划。

“跟着我，我的王子。”他说，并用手指着陆地的方向。

基撒多尔王子陪着他，心里很不耐烦。

这时，费尔曼塔仙女伸出魔棍朝被海水淹没的萨莫布里佛沙洲方向指着。拉东家的牡蛎们微微地张开了贝壳。牡蛎中钻出来一些跳动着的鱼，他们全都对这一新的进化感到非常高兴。

父亲，拉东：一位正直而又令人尊敬的、身上带有谈褐色的细节状隆起的大菱鲆。而他，即使尚无人形，但你们仔细地看一下他那双长在身体右侧的大眼睛便可略知一二。

拉道娜太太：变成一条龙腾。她的腮骨上长着个坚硬的刺，刚刚形成的鱼背上长满了刺。而且，鱼身上的颜色是闪色的[①]。

拉蒂娜小姐：变成了一条漂亮而又优雅的中国鲷鱼。身上穿着件其间有黑色、红色和天蓝色的衣服，十分吸引人，身体几乎是透明的。

拉达：变成了一条易受惊吓的（海生的）白斑狗鱼。这种鱼身长、嘴长——一直长到眼睛处，样子很凶猛，像一条微型鲨，非常贪吃。

拉达娜：变成了一条体肥的鳟鱼，身上长满了眼状斑纹、朱红色斑点，在她银色的身体上有两个新月状的图纹，把这种鱼放到一位美食家的餐桌上，形状肯定不错。

---

① 即随着阳光的照射颜色有变化。

最后，是表兄弟拉代，他变成一条牙鳕，背呈暗灰绿色。但是，由于大自然的奇怪现象，或者大概是加尔达福尔的恶作剧，他只不过是半条鱼！是的，他身体的末端，非但没有形成鱼尾，反而依然嵌在牡蛎的两个贝壳之间！这难道不是太可笑了吗！可怜的表兄弟！

这时，在费尔曼塔仙女挥舞魔棍的岩石脚下，大菱鲆、龙腾、中国鲷鱼、白斑狗鱼、鳟鱼、牙鳕在清澈的海水中，排列成行，似乎在说："谢谢，善良的仙女，谢谢！"

五

加尔达福尔等的就是这个机会，好去实施他那可恶的计划。

事实上，远海处出现了一个小黑点儿，靠近海岸时才清晰地显现出来。原来，这是条小艇，艇上张着一张浅红色的大前桅帆，而它的三角帆迎着风。它在一股凉爽的微风吹拂下到了海湾深处。

王子和巫师待在船上。由于他俩的缘故，船员们不得不把所有的捕获物通通卖掉。

拖网被抛到海里去了。在大海深处来回拖着的这个拖网捞上来几百种各式各样的鱼类和软体动物，以及甲壳类动物：蟹、螯虾、黄盖鲽[①]、鳐鱼、箬鳎鱼、火鱼、扁鲨、鲮鲆、龙腾、鲷鱼、大菱鲆、狼鲈、鲱鲤、鲻鱼、羊鱼和其他好多种鱼！

---

① 欧洲产的。

因此，刚刚从贝壳牢狱中解脱出来的拉东一家处于非常危险的境地！如果，不幸他一家人被拖网拖住，那就再也逃不出来了！

于是，大菱鲆、龙腾、白斑狗鱼、牙鳕就要被水手们的大手抓住，扔进水产运输批发商的筐子里，被发往某些大城市，活奔乱跳地被摆在鱼贩们的大理石石板上，而鲷鱼会被王子带走，对于她心爱的拉丹来说，她将永远消失！

但此时天气变了。大海涨潮、并变得局促不安起来。风刮了起来，暴风雨爆发了。是狂风、是风暴来临了。

小艇被波涛打得可怕地抖动着。船上的渔夫们没有时间把拖网拖到船上；而且虽然舵工百般努力，小艇还是脱离了轨道朝海岸方向驶去，碰上了礁石，被撞得粉碎。基撒多尔王子和加尔达福尔几乎无法逃避这场海难。很不幸，多亏了渔夫们尽心竭力，他们俩才被救起来。

亲爱的孩子们，是善良的仙女激起了这场风暴，目的是解救拉东一家。她在那儿，站在一块高高的岩石上，身边陪着的是那位漂亮的年轻人，而她手中拿着的正是她那很神奇的魔棍。

这时，拉东和他的家人们在平静的海水中愉快地游动着。大菱鲆转来转去，龙腾边游边卖弄风情，白斑狗鱼强壮的下颌一张一合的。在他们中间，小鱼猛地冲了进来，鳟鱼优雅地游着，而有条鳞状尾巴的牙鳕笨拙地移动着。至于那条漂亮的鲷鱼，她好像在等拉丹立即朝她冲过去。是的，他也想这样做，可仙女拦住了他。

“不，”她说，“别在拉蒂娜变成知道讨你喜欢的外形之前！”

六

拉多波利城是座极美的城市，它位于一个王国里。王国的名字我不记得了，它既不是在欧洲，也不是在亚洲、非洲、大洋洲和美洲，尽管它位于某个地方。

不管怎样,拉多波利城周围的景色很像荷兰的景色。此城的空气清新、市容整洁，城里淌着清澈的溪流，若干条运河荫蔽在美树之下，肥美的草场上放牧着世界上最幸福的畜群。

像所有的城市一样，拉多波利城有街道、广场和林荫大道。但是，在这些林荫大道、广场、街道的旁边是用极好的奶酪造出的房屋。建筑用的奶酪是二十来种英国柴郡产奶酪、瑞士格律耶尔奶酪，面包的红色硬壳和法国多尔多涅产的玛乐依奶酪。房屋的里面雕刻成楼梯、房间和卧室的样子。正是在这样的建筑物里生活着许许多多组成共和政体的老鼠居民，它们聪明、谦逊，而且深谋远虑。

这时时间大约是七点钟，夜幕很快就要降临了。这是一个星期天。一家家公老鼠和母老鼠们散着步，呼吸着晚风吹来的新鲜空气。整整一个星期搜集家中生活必需品的工作之后，它们在周末休息。

然而，基撒多尔王子正在拉多玻利城，身边有与他形影不离的加尔达福尔。他俩得知拉东家族的成员们在变成鱼的一段时间之后又变成了老鼠。因此，他们来到这里给拉东一家设好了一个圈套。

“是的,”王子重复说，“他们新的进化仍然要归功于那个该诅咒的仙女！”

“太好了！”加尔达福尔答道，“现在抓住他们可就容易多了！鱼，轻而易举就可以溜掉！而现在，他们又变成了公老鼠和母老鼠，我们能很容易地控制他们！”

“但愿你说的是真的，加尔达福尔！”

“而一旦在您的掌控之下，”巫师补充说，“美丽的拉蒂娜将最终对您的领地爱得发疯！”

说到此，这个自命不凡的人神气活现、趾高气扬起来，并向正在散步的、美丽的母老鼠们使了个很有挑逗意味的眼色。

“加尔达福尔，”他说，“咱们别再浪费时间了！”

“全都准备好了，我的王子。而拉蒂娜只能落进我给她设计好的陷阱里。”

“陷阱在哪里？”

“在这儿！”

加尔达福尔用手指着一个放在广场角落里、用绿叶装饰起来的雅致摇篮里。

“你打算用这个摇篮抓住拉蒂娜？”

“是的，我的王子。”

“怎样捉？”

“您将会看到。而且，我向您保证，这位美女甚至今天就可以待在您领地的宫殿里。她怎么能够抵御您精神上的恩宠和您人格上的魅力呢？”

可只有傻瓜才会轻信巫师夸张的阿谀奉承！

“她在那儿，”加尔达福尔说，“过来，王子，别让她发现咱们俩！”

两个人走到邻街。

实际上，这的确是拉蒂娜，但拉丹在回家的路上一直陪着她。有着老鼠优雅的外貌和漂亮的金色外表，她是多么的魅力十足啊！年轻人对她说："啊！亲爱的拉蒂娜，你难道不已经是位小姐了吗？为了马上娶你为妻，我要是也能变成一只老鼠就好了！我不会犹豫！但是，这是不可能的……"

"好了，我亲爱的拉丹，应该等待……"

"既然你知道我爱你，而且，我将属于你，那等待又有什么关系！何况，善良的仙女保护着我们，而我们既不用怕恶毒的加尔达福尔，也不用怕基撒多尔王子……"

"那个穷凶恶及的人，"拉丹叫着，"那个傻瓜，我得教训教训他……"

"不，我的拉丹，不！别找茬儿和他打架！他是强大的！他有卫兵保护！……你会死的，而我将怎么办呢？耐心点儿，既然你应该这样去做！而且，你要有信心，既然我爱你！……"

拉蒂娜讲这一番话时是那么可爱，以至于年轻人无法反驳她。他把她拥在胸前，亲吻着她的小爪子。由于散步的时间太长，她感到有点儿累。她说："拉丹，这儿有个摇篮，我有在它下面休息的习惯！你回家去通知我的父亲和母亲，说我在这儿等他们去参加节日活动。"

拉蒂娜钻到摇篮下面去了。

突然，她听到一声短促的声音，如同一个松开的弹簧发出的声音一样……

因为在树叶下面隐藏着一个阴险的捕鼠器！拉蒂娜没有提防，刚刚碰上了弹簧。这时，一个栅栏倒在摇篮前面。现在，她被捉住了！

拉丹愤怒地大喊了一声，回应他叫声的是拉蒂娜失望的叫声和加尔达福尔获胜的高喊声：他正和基撒多尔王子朝摇篮跑来。年轻人被栅栏扣在地下，他想折断栅栏的铁条，可这白费劲儿！因此，在一种狂怒的状态之下，他想冲向王子，把他扼死……

但是，加尔达福尔做了个手势，十二三个仆人出现了。拉丹明白他会被他们逮住，他无法找到帮手。他最好前去寻找帮助，以便把不幸的拉蒂娜从劫持者的手中解救出来。

七

拉东家住在拉多玻利城中一座最为别致的房子里面。他们的房子是用上乘的荷兰奶酪制成的。客厅、餐厅、卧室全是按照品位和舒适度加以布置的。因为拉东和他的家人打算生活在城里的贵族们中间并获得大家一致的尊敬。

回到过去的光景根本没有让我们正直的、受人尊敬的哲学家自高自大。他原来是什么样的现在还是什么样子——谦虚、谨慎，一位真正的智者，拉·封丹[①]曾经让他当过他的老鼠委员会的主席。老鼠们一直都很听他们的话。只不过他得了痛风病，当这种病阻止不了他只能坐在他那把大扶手椅上的时候，他便拄着拐杖走路。他把得这种病的病因归结于他曾经在萨莫布里弗沙洲上过了几个月呆板生活中的潮湿。他现在生活

---

① 拉·封丹（1621—1695）法国寓言诗人。出自小宦吏家庭。早期写《故事集》五卷，多半取材于阿里奥斯托、薄伽丘、拉伯雷作品，歌颂爱情，反对禁欲。1668—1694 陆续写成《寓言诗》十二卷。常运用民间语言，通过动物形象讽刺当时法国上层社会的丑行和罪恶，嘲笑社会的黑暗和经院哲学的腐朽，对后来欧洲寓言作家影响很大。

的这个地方水质虽然为上佳之水，可他的痛风病变得更为严重了。这情况让他愈加生气了——这现象太奇怪——这病会让他在今后所有的变形过程中变得不干净。事实上，玄学[①]不会在得了痛风病这种富贵病的人身上起作用。只要拉东患痛风病[②]，他就得是老鼠。

但拉道娜，你们看一下她现在的情况：她，不是哲学家，却成了夫人，而且还是个贵夫人；她的丈夫却还是只普普通通的老鼠，而且还是患了痛风病的老鼠。她都快要羞死了！所以,她变得比从前更加爱找碴儿、更易怒了。她总和丈夫寻衅吵闹，对女仆人不听管教、伺候不周而大加申斥，到最后，把家里弄得鸡飞狗跳。

“可是，您得治好您的病，先生。”她说:“我知道，这病让您很痛苦！”

“我不要求更好，我的保姆。”拉东回答说：“但我担心这不可能，而且我应该认就当老鼠的命……”

“老鼠！我？一只老鼠的妻子！我将会是什么样子！另外，咱们的女儿爱上了一个房无一间、地无一垄的穷小子！真可耻啊！多丢人啊！你设想一下：有朝一日，我成了公主，拉蒂娜也会是公主！”

“那么，到时候我岂不成了王子了？”拉东反驳道，言语中不无刻薄的讽刺语气。

“您？王子？长着一根尾巴和四只爪子？您看看，漂亮的爵爷！”

---

① 这一单词来自希腊文的含义是“灵魂的转换”。按照其教义来判断：“同一个灵魂可以赋予若干个生命的再生。”与中国古代所讲的“玄学”内容大相径庭。

② 痛风病患者体内嘌呤过多，大都由于吃得太好，喝得过多（如啤酒）而引起。原来凡尔纳对此病的了解与我们现在对此病的了解极为相似。

就这样，家人们每日听到的都是拉道娜太太叽叽咕咕的诉苦之声！她在家里总想拿表兄弟拉代撒气。可怜的表兄弟的确一直准备着讨她欢喜。可这一回他的变形还是不够彻底，他上半身是老鼠，下半身是鱼，长着一条牙鳕的尾巴——这使他呈现出一种奇形怪状的样子。这么一种样子去取悦美丽的拉蒂娜或者是拉多波利城的其他母老鼠，简直是开玩笑！

“但是，我究竟对大自然做了什么，以至于它这样对我？”他喊着：“我究竟做了什么了？”

“你想把这条难看的尾巴藏起来吗？”拉道娜太太说。

“我不想，舅妈。”

“好吧，那就把它切掉。蠢货，切了它！”

厨师拉达提出愿意进行切割，但保姆拉达娜在为表兄弟说情。然而，灵巧的大厨早就会以高超的技法去处理鳕鱼尾。像这样一条鳕鱼，在一个节日的宴会上会是何等的美味佳肴啊！

拉多波利城的节日？是的，亲爱的孩子们！因此，拉东一家打算加入到充满愉快心情的公众中间去。他们就等拉蒂娜回来一起动身前去了。

这时候，一辆华丽的四轮马车停在了家门口。原来是穿着金锦缎衣服的费尔曼塔仙女的马车，她来拜访她的保护对象。她对他们的友谊毫无减弱。她之所以有时会对拉道娜太太那令人啼笑皆非的“雄心壮志”、对拉达可笑的多嘴多舌发笑，那是因为她十分重视拉东的良知，她喜欢魅力十足的拉蒂娜，并尽力让她的婚姻得以成功。而有她在场，拉道娜太太就不敢去谴责甚至不是王子的漂亮年轻人了！

于是，这家人热烈地欢迎仙女，对于她所做的，以及她将要做的事情少不了感激一番。

“因为我们非常需要您，仙女夫人！”拉道娜太太说，“啊！我什么时候也能成为夫人？”

“耐心一些！耐心一些！”费尔曼塔答道。“你们还得通过最后一级，而这需要时间！”

“可是我们不能缩短一下时间吗？”

“大自然的规律不允许这样。”

“这么说，我虽然变成了一只老鼠，可大自然也要我有个牙鳕的尾巴啦？”做出一副可怜相的表兄弟叫道：“仙女夫人，您不能让我摆脱这样的状况吗？”

“哎呀，不能。”费尔曼塔答道：“这条尾巴是您身体的一部分！它应该在下一次进化中消失。您的确运气不佳！这大概是由于您名叫拉代而让您变成这样的。不过，让我们期盼您在变成鸟的时候不会有老鼠的尾巴！”

“哦！当我们都变成那样的时候，”拉道娜太太叫道，“我愿意当鸟中的皇后！”

“而我，家禽饲养场的国王！”拉达说。

“而我，一只肥美的块菰火鸡！”保姆拉达娜天真地补充说。

“你们该是什么就是什么！”拉东反驳说：“至于我，我是老鼠，当老鼠总比我所知道的鸟儿那样翘起羽毛好，不是吗？”

“什么玩意儿啊！”他的妻子轻蔑地咕哝着说。

这时，门被打开了。年轻的拉丹出现了。他脸色发白、精神不振的样子。他讲述了捕鼠器的事，以及拉蒂娜是如何陷入加尔达福尔的陷阱的！

“啊！竟有这种事！”仙女应道：“你还想继续斗，可恶的巫师！好吧，咱俩斗斗看！”

八

是的，亲爱的孩子们，整个拉多波利城沉浸在节日的气氛中。如果你们的父母能领你们参加这次的节日活动，你们一定会玩得很痛快的。想想吧！城里到处都布置着宽大的拱形装饰——配有上千种颜色绘成的（后面用灯光照射着的）透明画，街上挂着扎满彩旗的用绿叶扎成的弓形装饰，房屋外面都悬挂着帷幔，空中的焰火和地下各个十字口角落上乐队表演的音乐交织在一起。我请你们相信！老鼠们大概又组成了一个世界上最好的合唱团。他们有种温柔的小声音，温柔得是一种无法表达充满魅力的笛声。因此，当他们唱的时候，人们会以为自己听到一个管弦乐队在演奏。对于他们的作曲家如拉西尼之辈、拉涅之辈、拉斯奈之辈以及许多其他大师们的作品。他们演绎得多好啊！

但是，赢得你们赞赏的是由世间所有的老鼠，以及所有那些不是老鼠，但配得上这个意味深长的名称的动物组成的队伍。

人们看到在这个队伍中，有些很像阿巴贡[①]的老鼠，他们的爪下带着吝啬鬼的珍贵首饰匣子；长毛的老鼠，一些爱发牢骚的老耗子——战争让他们成了英雄，他们一直在准备着杀死人类，以便再多获一条绶带；一些长鼻子的老鼠——他们的鼻子上长着一根真正的尾巴，如同非洲小丑演出的闹剧一般；一些谦逊而又端庄的教堂里的老鼠；习惯于把头伸进政府贮存在仓库里的货物的老鼠，特别是有一大群数量

① 法国名作家莫里哀《悭吝人》中的主角。

惊人的、可爱的舞蹈老鼠，他们表演的是一场精彩的芭蕾舞剧中的箭步和反箭步。

在上流社会的这次竞技中，由仙女带领着往前走的是拉东一家。这些令人眼花缭乱的节目，她什么都没看。她的心里只是惦记着拉蒂娜，可怜的拉蒂娜：她被剥夺了父母之爱，就像被剥夺了她的未婚夫之爱一样！

人们就这样来到了大广场。如果捕鼠器一直在原地、在摇篮下面，那拉蒂娜就不再会留在那里，她大概会被带到远处，一个很远的地方。

“还我女儿！”拉道娜太太叫道。这时候，她的全部“雄心”就只是找到她的女儿。

听到她撕心裂肺的喊叫声真让人同情，而且在节日的城市里蒙上了一层悲伤的阴影！

仙女徒劳地试图平息她对加尔达福尔的满腔怒火。大家看到仙女紧闭嘴唇，眼中往日贯有的温柔目光也消失了。

这时，广场深处响起了一片热烈的喝彩声。这是一队由全副武装的士兵为先导，由王子、公爵、侯爵，最后是由一群衣着华丽的爵爷们组成的游行队伍。

主要的一帮人中领头的是基撒多尔王子，他以保护者的姿态向所有那些向他讨好的小人物微笑着、打着招呼。

接着，在后面排着队的侍者们中间，一位可怜而又漂亮的老鼠步履艰难地往前走着。她就是拉蒂娜，她被人团团围住，看得很紧、无法想逃跑的事。她美丽的双眼中满是泪水。我无法向你们说她是多么的痛苦。加尔达福尔走在她身旁，目光不离她身。啊！这回他可是把她抓个正着！

“拉蒂娜，我的女儿！……”

“拉蒂娜，我的未婚妻！”徒劳地走到她身边的拉道娜和拉丹高喊着。

应该看一下基撒多尔王子向拉东一家打招呼时的冷笑，而加尔达福尔投向费尔曼塔仙女的目光是多么具有挑衅意味。她败了，成了个无能为力的女魔法师！加尔达福尔，虽然丧失了神力，可最终还是得胜了，只用了一个天然的陷阱，一个简简单单的捕鼠器。而与此同时，众领主们在祝贺王子捉到了一个新猎物。这个傻瓜听了这么多的恭维话后，露出了一副自命不凡的样子来，我得让他好好思考思考。

突然，仙女展开双臂，挥舞着她手中的摩棍，一个新的变形发生了。

如果说父亲拉东由于患痛风病依然是只老鼠，可拉道娜太太已经变成了一只虎皮鹦鹉，拉达变成了孔雀，拉达娜变成了一只鹅，而表兄弟拉代变成了鹭。可这一次，他还是运气不佳，他的尾巴非但没有变成一个漂亮的鸟尾，反而仍然是条可怜而又可悲的老鼠尾巴，它在鸟羽中摆动着。

以此同时，一只鸽子从爵爷堆中轻轻飞起，原来这是拉蒂娜！

人们会判断出基撒多尔王子是多么的迟钝，以及加尔达福尔的心中是多么的愤怒！而他们所有的人，大臣们和奴仆们全去追赶扇动着翅膀飞走了的拉蒂娜。

但是，景物全都变了。这里不再是拉多波利城的大广场，而是在一棵令人赞叹的大树周围。千只鸟儿从天空中的各个方向飞来，欢迎它们新的空中兄弟们！

这时候，对自己身上的羽毛感到骄傲、对自己的叫声感到高兴的拉道娜太太沉湎于最为优雅的嬉戏之中。而变成一只鹅、满心羞愧的保姆拉达娜却不知何处藏身。

而拉达呢，拉达——请称其为堂拉达[①]——正在孔雀开屏，好像他终身为孔雀一样。而认为那条老鼠尾巴依然长在身上的可怜表兄弟却咕哝着说："仍然是拉代！……永远都是拉代！"

天空被特别漂亮的火烧云所映照，好像沐浴在北极光的壮丽景色之中。树上的树叶变亮了，这时同样多的星饰在微风的吹拂下在轻轻抖动，风的吹拂让它们的千般颜色变得更加艳丽。

这时候，有一只鸽子飞过天空，发出阵阵欢快的叫声，她在空中非常优雅地划出了好几个弧线，并轻轻地落在年轻人的肩上。

这是魅力十足的拉蒂娜，人们能听到她拍打着翅膀所发出的声音。她在他耳边喃喃的说："我爱你，我亲爱的拉丹，我爱你！"

九

我们这是在哪里，我亲爱的孩子们？我们一直待在一个我不知道名字的地方，而且我也无法说出这个地方的名字！不过，这个地方太美了，我劝你们来这里看看。这地方有由许多热带树木所构成的一望无际的景色，有佛教建筑样式的庙宇——在蓝天中显得有些生硬，很像是在印度，

① "堂"是西班牙、葡萄牙用于男子名字前的尊称，即"阁下""老爷"的意思。如中国读者所熟知的塞万提斯（西）所著的名著《堂吉诃德》中的主人公堂吉诃德即如此。

她的居民是印度人。人们甚至能看到当地居民跳进圣河去膜拜维世努[①]并从河中取出他的酒杯。

让我们走进这处供沙漠旅行者歇脚的地方。这是一种巨大的开门迎客的客栈。拉东一家全都来到这个地方。按照仙女费尔曼塔的建议，这一家人开始旅行。实际上，最为肯定的是当他们全家不足以自卫的时候，他们被迫离开拉多波利城以逃避王子的报复和巫师的怒火。拉道娜、拉达娜、拉蒂娜和拉代只是些普普通通的飞禽。愿他们都变成野兽，到了那时，它们可就不是那么容易对付了！

是的，保姆拉达娜变成了只普普通通的家禽，一只鹅。她可是个受惠不多的人。因此，她独自一人在客栈的院子里散着步。人们听到她那哀怨的叫声，连心肠最硬的人听了也会为之动容。她甚至似乎在诉说着她的不幸。

“哎呀！哎呀！变成了一条优美的鳟鱼之后，又变成了一只只知道欢乐的母老鼠，现在又变成了一只鹅，一只家鹅。一直在家禽棚里养着的鹅，不论什么样的厨师都能往她肚子里填些普普通通的栗子。”

想到此，她叹了口气补充说：“谁知道我丈夫有没有做这道菜的想法！因为他现在瞧不上我了！您怎么能让一只威严的孔雀对一只普普通通的

---

① 印度维世努神（Wishnou），传统译为“毗湿奴”，印度教主神。性格温和，对信仰虔诚的信徒施予恩惠，而且常化身成各种形象拯救危难的世界。传说毗湿奴躺在大蛇阿南塔盘绕如床的身上沉睡，在宇宙之海上漂浮。每当宇宙循环的周期一“劫”（相当于人间43亿2千万年）之始，毗湿奴一觉醒来，从他的肚脐里长出的一朵莲花中诞生的梵天就开始创造世界，而一劫之末湿婆又毁灭世界。毗湿奴反复沉睡、苏醒，宇宙不断循环、更新。

鹅有丝毫的尊敬！啊！我真不幸！”

接着，她一面思考着，一面把鹅掌放到嘴巴上：“我要是只火鸡就好了，那还会高贵些！不！拉达觉得我不再合他的口味了！”

当自高自大的拉达走进院子里的时候，他的表现显得太过分了。此外，这是只多么漂亮的孔雀啊！他抖动着身上轻柔及活动着的、涂着最为光辉灿烂的颜色的羽冠。他竖起好像绣上花朵、缀满宝石的羽毛。他大大展开了他那极漂亮的羽毛扇和覆在尾部箭羽上丝一般柔软光滑的鬓毛。这么一只令人赞叹的鸟怎么能对一只长着灰白色羽毛、穿着褐色大衣、不怎么吸引人的鹅卑躬屈膝呢？

“我亲爱的拉达！”她说。

“谁敢对我提名道姓？”孔雀答道。

“我！”

“一只鹅！这只鹅是什么东西？……”

“我是你的拉达娜！”

“啊！呸！太可怕了！请您走您的路！”

“我亲爱的拉达……”

“不，我对您说，我不知道您是谁！而且，我也不想知道！”

的确，虚荣心能让人说出许多蠢话！

因为，对这个骄傲之人，儆戒正从天而降！难道说他的女主人拉道娜表现出更多的良知？她对拉东、她的丈夫的态度和拉达对待拉达娜的态度不同样是那么的倨傲吗？

恰好在这时候她走了进来，身边有她的丈夫、她的女儿、拉丹和表兄弟拉代陪着。

变成一只长着蓝灰色羽毛、脖子下长着有色彩变化的金绿色羽毛、胸部呈金褐色、每个翅膀都带着柔和的白色斑点的鸽子让拉蒂娜心花怒放。

正因如此，当她在漂亮的年轻人身旁转着发出悦耳的声音时，拉丹在用多么贪婪的目光注视着她！

令人尊敬的拉东拄着拐杖，以赞赏的目光注视着他的女儿。他觉得她是多么的漂亮啊！但是，可以确定的是拉道娜太太也变得更加漂亮了。

啊！大自然真是鬼斧神工，把她变成了一只雌鹦鹉！她说着，说着！她让尾巴层层叠起,让堂拉达本人心生嫉妒。你们要是看到她待在阳光下，让脖子下的黄色绒毛在阳光下闪闪发光，看到她优雅地抖动着她那绿色的羽毛和淡蓝色的飞羽就好了！事实上，这是东方鹦鹉令人赞叹的一个样本。

“唉，你对你的命运感到满意吗，老伴儿？”拉东问。

“这里不再有老伴儿！”她以一种干巴巴的声音回答说：“我请你酌量一下您的表达方式。而且，也请您不要忘了我们之间的差距！”

“我？你的丈夫？……”

“一只老鼠，一只雌鹦鹉的丈夫！您疯了，亲爱的！”

当拉达走到拉道娜太太身旁的时候，她还在自命不凡地昂着首挺着胸。

这时，拉东对他抱有好感的女佣做了个小小的友好手势。

然后，他自言自语地说：“啊！女人们！女人们！当虚荣心让她们晕头转向的时候，你们再看看她们——甚至在她们没有晕头转向的时候！——但是，咱们得明理啊！”

当家里出现这种情况时，表兄弟拉代怎么样了？坦率地说，对于他所面临的不公正命运，他有某种抱怨的权利。怎么！身上老是带着一条不属于他所在的那类动物的尾巴！变成老鼠后身上还带着一条牙鳕的尾巴，变成鹭以后身上还带着条老鼠的尾巴！不过，事情若如此下去的话，随着他在动物演变过程中的进化，这将是件令人可叹的事情！

因此，这个不幸之人不停地呻吟着，他的舅舅和表妹都想安慰他。——他们两个都是好心肠。可是白费劲儿，不起作用。

他一直待在院子里的一个角落处，一只脚沾地，好像一只正在思考的鹭。与此同时，他露出他那带有小黑褶的肚子、灰色的羽毛和忧郁着耷拉的羽冠。

“不，拉东舅舅！”他答道，“不，拉蒂娜表妹，别管我！”他想藏起来，好让人根本看不到他那条伸出来的啮齿类动物的尾巴！实际上，他很想快快变成人，希望最终能摆脱掉这条属于动物界的尾巴。

于是，问题在于应继续旅行，去欣赏这地方的美景。

可拉道娜太太只知道孤芳自赏，堂拉达亦然。他们俩全然不去欣赏这无以伦比的景色。他们所要找的是一块冰，好让自己照照看，并让众人凝视自己一番。

所以，他们俩宁愿朝着城镇方向走，以便在那里去展示他们的优雅之态，并去体验一下众多恭维者的奉承之词。对于与他们俩的表现截然相反的拉丹及他温柔的鸽子来说，单独待在一起对他俩极富魅力。

最终，当一位新来的人来到这供沙漠旅行者歇脚的庭院大门的时候，大家仍然在谈论着以上话题。

这是当地众向导中的一位，身上穿着流行的印度服饰，他是为旅行者提供服务的。

“朋友，”拉东问他，“有什么新奇的东西可看？”

“有个不可思议、无以伦比的东西可看。”向导回答说：“那就是沙漠中大型的人面狮身像。”

“沙漠！”拉道娜太太轻蔑地说。

“我们不是来游览沙漠的！”堂拉达说。

“哦！”向导答道，“一处当今独一无二的沙漠，因为今天是斯芬克斯[①]节，世界各地的人都前来观赏！”

这可是一个鼓动我们爱虚荣的禽类前去参观它的好说法。另外，对于拉蒂娜和她的未婚夫来说，不论去什么地方，只要他们俩能在一起就没有什么了不起的！至于表兄弟拉代和那只拉达娜鹅，沙漠深处正好是他们想要躲避的好地方。

“上路吧！”拉道娜太太说。

“上路！”向导应道。

过了一会儿，所有人全都离开了供沙漠旅行者歇脚的庭院，根本没怀疑这位向导就是巫师加尔达福尔。他乔装改扮让人难以辨认，他想把这一家人吸引到一个新的陷阱之中。

① 人面狮身像。

十

多么富丽堂皇的狮身人面像啊！它可比埃及的狮身人面像漂亮多了，可埃及那座雕像在全世界出名。这座狮身人面像的名字叫罗米拉杜尔狮身人面像，它是世界第八奇迹[①]。

拉动一家刚刚来到了一处宽阔的、由浓密的树林围绕着的平原的边缘——平原后面矗立着一座终年积雪的山脉，俯瞰着它。

身处这个平原的中央，请你们想一想在大理石上雕刻的一个动物吧。它躺在草地上，面孔笔直。两只前爪交叉着，一只爪放在另一只爪的上面。身体很长，像座山岭。它的身长起码有五百法尺[②]，宽度有一百法尺，而它的头高出地面八十法尺。

这座狮身人面像的模样让人难以理解，有别于其他狮身人面像。它从来没有泄露过它保守了几千个世纪的秘密。然而，它那宽阔的头颅却向任何想要参观它的人开放。人们可以从它那在两脚之间开的一个门处进入。内楼梯可直通它的眼部、耳部、鼻部、嘴部，并一直通到它头部竖起的头发森林处。

此外，为了让你们了解一下这个怪物之庞大，你们得知道单是它的眼眶就可以舒舒服服地容纳下十个人，耳室中可以容纳三十个人，它的鼻

---

① 古代世界七大奇迹为：埃及金字塔、巴比伦的空中花园、菲迪亚斯所做的奥林匹亚宙斯神像、以佛所的阿泰密斯神庙、哈利卡纳苏斯陵墓、罗德鸟巨像、亚历山大灯塔。所谓第八奇迹都是后来人们对于一些特殊的历史奇迹给予的评价，如中国的秦兵马俑也一度被称为“世界第八奇迹”。

② 法国古尺，一法尺为 33 厘米。

软骨之间可容纳四十个人，嘴里可以容纳六十个人，人们可以在那里跳舞。而且，一百来人可以待在它那犹如美洲森林般茂密的头发中。既然他怕搞错，不愿意回答任何问题，所以，从世界各地来的人都不问他什么问题。但是，参观他就像参观在马热尔湖[①]中的一个岛上所建的圣·查尔的雕像一样。只不过那座雕像虽然十分有名，但远不及这座狮身人面像。

亲爱的孩子们，请允许我不过多地着重描述这个给人类的才华带来荣誉的奇迹。不论是埃及的金字塔、巴比伦的空中花园、罗得岛上的巨像、亚利山大港的灯塔，还是埃菲尔铁塔均不能与罗米拉杜尔狮身人面像相比。当地理学家最终确定这座雄伟雕像的具体位置时，我会告诉你们的。而且，我很想让你们在假期去参观它。

但加尔达福尔对它很熟悉，而且，是他把拉东一家带到这里的。当他对拉东一家说当地民间有一场大型竞技时，他卑鄙地把这一家人全部骗了。他将使劲儿气气孔雀和雌鹦鹉。因为他俩几乎不关心富丽堂皇的狮身人面像！的确，加尔达福尔并不担心拉道娜太太和堂拉达必然会对他进行的指责。

如你们所想，巫师和王子二人早就制定好了一个计划。因此，王子也来到了这里，在附近森林的边缘处，身边有上百名士兵。一旦拉东一家被关进狮身人面像里面，他们就会被抓住，就像用捕鼠器捉住他们一样。

如果上百人都捉不住五只鸟、一只老鼠和一个年轻的坠入情网者的话，那就说明这家人是被某种超自然的神力所护佑着的。

---

① 瑞士和意大利两国之间的一个湖。

在等他们的时候，王子来回走动着。他显得极不耐烦。在他试图绑架拉蒂娜的“事业”中，他失败了，这让他怒火中烧。啊！要是加尔达福尔的神力得以恢复，他得对这个家庭进行什么样的报复啊！巫师的神力依然发挥不出来，还需要几个星期他才能恢复神力。

不过，这一回，他们已经采取了所有的必要措施。看来，不论是拉蒂娜、还是她家人，他们全都逃脱不了迫害他们的人的阴谋诡计。

这时，巫师已出现在一小队人的前面；而王子，由卫兵们护卫着，已经准备好介入。

十一

父亲拉东虽患有痛风病，却以很快的步子走着。鸽子在空中兜了几个大圈儿，不时地落在拉丹的肩膀上。鹦鹉从一棵树上落到另一棵树上，她飞得很高，以便看到向导向他们许诺过的人群。当拉达娜用她那双鹅掌在地上摇摇摆摆地走着的时候，孔雀仔细地耷拉着尾巴，生怕被树刺给刮破了。在他们的身后，走来了鹭。他低着头，狂怒地甩着他那根老鼠尾巴。他曾努力试图把尾巴塞到他的衣袋里——我是说在他的翅膀下面。但是，他本不该这样做，因为尾巴太短了。

终于，旅行者们来到了狮身人面像的脚下。他们从未见到过这么漂亮的雕像。

然而，拉道娜太太和堂拉达却问向导说：“您许诺过的世界最大的竞技比赛在哪里举行？”

“你们一到达这怪物的头顶，”加尔达福尔说，“竞技就要开始了。从它的头顶处，你们可以俯瞰人群。另外，方圆几法里远的地方都能看到你们。”

“好吧，咱们马上进去吧！”拉道娜太太说。

“咱们进去吧！”加尔达福尔应道。

所有的人全都走进狮身人面像里面去了，没有起疑心。在巨兽的两爪之间开着的门在他们身后被关上之后，他们甚至没有发现向导依然留在外边。

由于光线顺着内楼梯巨兽的脸部开口处透进，所以巨兽内的光线半明半暗。

过了一会儿，人们可以看到受人尊敬的拉东在狮身人面像的双唇之间漫步。拉道娜太太在巨兽的鼻头处卖弄风情地嬉戏着，飞来飞去。堂达拉待在巨兽的头顶处，来了个孔雀开屏，一时间把阳光都遮住了。

年轻的拉丹和年轻的拉蒂娜待在右耳室中。他们俩在那里低语着最为温柔的事情。

待在右眼处的是人们无法看清其朴素羽毛的拉达娜；在左眼处是人们无法发现其可怜尾巴的拉代表兄弟。

为了观看直至天际的壮丽景观，拉东一家的各个成员散布于巨兽内部的各个点上。

当时，天气极好，空中没有一朵云，地表上没有一点雾气。

突然，一团黑点儿出现在森林旁。它往前移动着，越来越近了。难道是罗米拉杜尔狮身人面像的崇拜者们所组成的人群？

不！这是些带着矛、箭、弓、弩全副武装的人。它们排成紧密的小方阵向前走着。他们只会有不良的企图。

实际上，基撒多尔王子是他们的头儿，紧跟其后的是已经脱掉向导服装的巫师。拉东一家感到没有希望,除非家庭成员中所有的人都有翅膀，飞过天空。

“逃吧，我亲爱的拉蒂娜！”她的未婚夫叫着：“逃吧！……让这些无耻之徒抓我吧！”

“我永远也不会抛弃你！”拉蒂娜应道。

不过，他们这样待着也太不谨慎小心了。一支箭想必能射中鸽子，而且也能射中鹦鹉、孔雀、鹅、鹭。最好还是藏到狮身人面像的深处。当夜幕降临时，他们大概可以躲过卫兵的追逐，从某个秘密的出口逃走，而无须害怕王子的弓弩手。

啊！费尔曼塔仙女未能在这次旅行中陪伴着她的保护对象们是多么地令人遗憾啊！

然而，年轻人的脑子里想出了个好主意。作为所有的好主意来说，这个主意也太不简单了。那就是在里面把门关上，而且门立即被关上了。

真险啊，因为基撒多尔王子、加尔达福尔和卫兵们在距狮身人面像几步远的地方停下来之后，为了勒令被困者们束手就擒，已开始向他们喊话了。

一声强有力的“不”字从怪兽的嘴里发出。这是王子他们那一伙人所得到的唯一的回答。

于是，卫兵们携带者许多巨大的石块向门猛攻。很明显，那个门毫不屈服。

但是，就在这时候，一片薄雾笼罩住狮身人面像的头发。而当它散开的时候，仙女费尔曼塔拨开了最后一片涡状云，站着现身于罗米拉杜尔的头上。

面对这一令人惊讶的现身，卫兵们停了下来，然后就往后退。但加尔达福尔可以让他们再次进攻。因为在他们的猛攻下，门板已开始晃动。

没有任何可以期待的事情了，只需等待一种超自然力量的干预，而它产生于其全部的神力之中。

实际上，仙女在用她那根在手上晃动着的魔棍朝地面方向指着。

突然，谁也没有想到会有一群野兽冲垮破门，蜂拥而出。

一只母老虎、一头熊、一只豹朝卫兵们猛冲过去。母老虎，是拉道娜，她身上长着淡黄的皮毛。熊，是拉达，他鬃毛竖起，爪子张开。豹，是拉达娜，她使劲儿跳着。这最后一次变化让他们三个人都变成了野兽。

与此同时，拉蒂娜变成了一只优雅的母鹿，而表兄弟拉代变成了一头驴，他以可怕的声音叫着。但是，你们看看他的厄运！他仍保留着鹭的尾巴，这条尾巴长在他的屁股上！很显然，他无法摆脱自己的命运！

然而，看到这三头凶猛的野兽，卫兵们没有片刻的犹豫，因为他们全都像身上着了火似的。什么都无法阻止他们，更何况基撒多尔王子和加尔达福尔一开始的时候就给过他们儆戒。可被野兽活吞，对于他们来说好像划不着。

但是，王子和巫师虽能逃到森林里去，他们那二十来个卫兵就没有这么幸运了。因为老虎、熊、豹已经拦住了他们的去路。因此，可怜的恶棍们只想在狮身人面像里头找个避难之处。很快，人们看到他们在巨兽的嘴里挤成一团。

对于一个坏主意来说，其实这就是一个坏主意。而当他们发现的时候，为时已晚。

实际上，费尔曼塔仙女重又挥动起她的魔棍。同时，人们听到了一阵可怕的吼叫声——如同扩展到天际的雷电的闪光一样——蔓延开来。

狮身人面像刚刚变成了狮子。

而这是一头怎样的狮子啊！它的鬃毛直立、双眼喷出火焰。接着，它那可怕的下颌开始咀嚼……过了一会儿，基撒多尔王子的卫兵全被这可怕的野兽的獠牙嚼了个粉碎，一个也没剩。

于是，费尔曼塔仙女轻轻地跳到地上。虎、熊、豹全都走了过来，趴在她的脚下——好像在女驯兽师的目光注视下，老老实实地趴在她脚下的野兽那样。

而正是从这一时期起，狮身人面像成了罗米拉杜尔的狮子。

十二

过了一段时间，拉东一家终于获得了人形，一直既是痛风病患者又是哲学家的父亲除外，他仍然是只老鼠。处在他的位置上，其他人恐怕会很气愤，会高喊命运的不公以及可憎的身份。可他却满意地微笑着，他说“自己很高兴没有改变生活习惯”。

不管怎样，他就是只老鼠，是个富足的爵爷。由于他的妻子不同意住在他那座拉多波利城中用奶酪建成的老房子里，他便住进了一个大城市、一个尚不出名的国家首都里的一座豪华宫殿里。但他并不以此为自豪。自豪，不如说是虚荣心在作怪，他让她——拉道娜太太成了一位公爵夫人。应该看看她在她的多个房间里转悠的样子，她终于可以在房间里用冰块当镜子照照自己了。

此外，这一天，拉东公爵极为仔细地用刷子刷身上的毛。而且，他想梳洗多少次，仆人们就给他梳洗多少次。至于公爵夫人，她盛装打扮，身穿带有花枝图案的长裙，裙料上混有天鹅绒、中国绉纱、斜纹软绸、长毛绒、绸缎、锦缎、棉缎和马海毛，裙子的拖裾上缀有煤玉、蓝宝石、珍珠，裙长有几古尺①，这样的装束可以替代她在成为女人之前长在她身上的各种尾巴：脖子上戴着闪闪发光的钻石项链、衣服上装饰着连心灵手巧的阿什内②也织不出来的更为精巧、更为贵重的花边，头上带着饰有层层花朵的伦勃朗③式的帽子。总之，她佩戴着所有时髦饰物。

不过，你们要问了，为什么要有这么奢华的打扮？原因如下：

原来，就在今天，人们要在宫殿的小教堂里举办魅力十足的拉蒂娜和拉丹王子的结婚盛典。是的，他成了取悦其岳母的王子。可如何取悦呢？为了这场婚礼盛典，他买下了一个王子的爵位。好吧！这种爵位虽然目前价格有点儿下降，可也得值好大一笔钱。可能吧！所以，拉丹为了买下这个爵位，付出了一部分卖珍珠的钱。你们没有忘记那颗著名的、藏在拉蒂娜贝壳里的珍珠吧？它得值好几百万呢！

于是，他成了富人。不过，你们根本不同担心，财富改变不了他的品位，以及他的未婚妻——和他一结婚就成了公主——的品位。不！她母亲虽然成了公爵夫人，可她永远都是你们所认识的谦逊的女孩子，而拉丹王

---

① 一古尺合 1.8 米，后为 1.2 米。

② 罗马文学中的人物。她是一位有着非凡织绣本领的少女，曾向密涅瓦挑战织布技巧，因落败而自杀，密涅瓦为了救她，将其尸体救醒为蜘蛛，上半身为女人，下半身为蜘蛛，像蜘蛛一样长有八只脚，生活在一张巨大的蜘蛛网内不停地织布。

③ 荷兰画家。

子则比以往更加钟情于她！她穿着饰有菊花花环的白色婚纱，显得非常漂亮！

不用说，仙女费尔曼塔来参加这场在一定程度上是她杰作的婚礼了。

因此,这可是拉东一家的大日子。堂拉达也是豪服盛装。作为前厨师，他自然而然地成了政治人物。他身穿与其身份相符的服装，漂亮的可不一般，这得让他花上一大笔钱。因为，要是让他换个主意，可以用这笔钱给他做件元老院议员的服装——那才真正的划算呢。拉达娜，她不再是鹅了，这让她非常满意。她成了一位侍从女官。她的丈夫让她原谅了他往日对她的倨傲举止。他又全身心地属于了她，看到有些爵爷在自己妻子身边乱转，他甚至有点儿嫉妒了。

说到表兄弟拉代……他一会儿就要进去了。你们可以随心所欲地观察一下他。

宾客们聚集在灯管有如繁星密布、花香四溢、摆设着一些最为昂贵的家具、挂着窗幔的大厅里——现在，人们不再这样做了，因为窗幔可以遮住窗子而不使其显得累赘，而且还能透光。

人们从附近的各个地方前来参加拉丹王子的婚礼。爵爷们、贵妇们想要成为这对可爱夫妇的随行人员。

王室总管通知说婚礼庆典的诸事具备。于是，人们所能见到的最令人赞叹的一小队人呈纵队开始向前移动，朝小教堂方向走去。

这时，人们听到了一阵应该是隐藏在花园树丛下的乐队奏出的和谐乐曲。花朵们好像也在演奏着雄伟、欢快的进行曲，祝贺着年轻的夫妇。

这些重要人物成纵队行进应该不少于一个小时。最后，在队伍中走在最后的一群人中间出现了表兄弟拉代。

毫无疑问，他是一个长得极为漂亮的年轻人，身穿最新流行款式的衣服：一件宫廷大衣、一顶饰有羽毛、每行一次礼就会让羽毛扫到地面上一次的帽子。

请注意：表兄弟现在可是侯爵，他不会给家里带来一丝的污点。他的脸色极好，优雅地做着自我介绍。所以，他并不缺乏众人对他的恭维。总之，这是个性格极好的人，并以某种谦逊的态度去接待宾客。尽管如此，他的脸上还是带着某种悲伤的痕迹，他的态度显得有点儿困惑。他通常总是低着头，并在有人靠近他的身旁时目光旁移。他为什么如此持重？他现在不就是个男人，而且不是和宫廷里任何一位公爵和王子一样的人吗？

所以，他向前走进了以一种有节奏的步伐、一种盛典中的行进步伐、呈纵队前进的队伍中属于他这种身份的人群之中。他大概喜欢走在队伍的后面。不，他应该紧跟着其他的爵爷们。可到达大厅角落的时候，他不得不转回身去，重新赶上众人的队伍，真可怕！……

原来，在他的衣服——宫中舞会中所穿的长礼服的下摆之下露出个尾巴，一条驴尾巴！他徒劳地想要藏住在他先前的进化中的这条可耻的证据！……但命中注定，他永远也摆脱不掉这条尾巴！

瞧，孩子们，人生出来不顺利，到头来再想顺起来也挺难。今后，表兄弟是人。他已达到了进化中的最后阶段！他别再打算在一次变形中把尾巴去掉！他得保留这条尾巴直至生命的终结！

可怜的表兄弟拉代！

十三

拉丹王子和拉蒂娜公主的结婚庆典就这样进行着。婚礼是以极为豪华、配得上这对天作之合的年轻人——这位英俊的年轻人和这位漂亮的女孩儿——身份的方式进行着！

呈纵队前进的队伍从小教堂返回的时候，依然是按去时的顺序，而且一直是按规矩、按同样的队形、同样的举止和仪表进行着。到最后，一位贵夫人都觉得在上流社会中都没有碰到过这种程度的场面。

按照灵魂转生学说的法则，如果有人提出这些爵爷们只不过是些新贵作为反驳理由，说他们全都经历过多次令人感到耻辱的阶段，他们曾经当过没有思想的软体动物、没有智慧的鱼类、没有头脑的鸟类、没有推理能力的四足类动物，我要回答的是看到他们有如此得体的举止，人们大概绝对不会怀疑他们曾经经历过的演变过程。何况，美好的举止也像学习地理学或者历史学一样，学到手的只要专心去做就行了。然而，想到过去的人类会是什么样子，当今人类表现的更为谦逊一些实乃明智之举，而人性也能从中得到好处。

结婚庆典仪式过后，在宫殿的大厅里举行了一场盛宴。真想不到宾客们能在这里吃到由本世纪一流厨师制造的奥林匹斯[①]诸神所吃的食物。而且，宾客们在这里还能喝到从最好的奥林匹斯酒窖里取出的仙酒，但这还不算完。

① 希腊山名，古希腊人视其为神山，希腊神话中众神都住在山顶上。

最后，节日以舞会的形式结束。舞会上有穿着东方服饰的、漂亮印度寺院中的舞女和优雅的埃及舞女[①]。她们前来以她们令人陶醉的舞蹈让受人尊敬的宾客们赞叹不已。

拉丹王子早就决定要与拉蒂娜一起举办一场舞会。在跳四对舞的时候，拉道娜公爵夫人觉得自己是在一位有王室血统的爵爷的臂膀之中。堂拉达与一位女大使一起跳舞，而拉达娜则被一位大选侯[②]的亲侄子带进了舞场。

至于拉代表兄弟，是不是应该全力以赴，他犹豫了很久。然而，不与人交往会让他付出代价，但他就是不敢邀请魅力十足的女士们。和她们跳舞即便没用手，把胳膊伸出去也会令他感到很兴奋。到最后，他决定邀请一位令人愉快的、十分高贵的公爵夫人跳舞。这位友善的女士接受了他的邀请……大概是有点儿轻松地接受了。于是，又有一对新舞伴投身到干戈尔[③]的华尔兹舞曲的旋转中去了。

啊！舞会产生了何等的效果啊！很快，舞场内再也没有呆在一旁观看的人！由于跳华尔兹舞时女士们都得提起裙裾，表兄弟拉代徒劳地想要捡起在他手臂之下的驴尾巴。这只驴尾巴由于离心力的作用从他身上甩了下来。于是，这位公爵夫人的手被松开了，像条皮带似的抽打着其他的人，盘绕在他们腿上，连累得众人摔跟头。最后，拉代侯爵和非常可爱的公爵夫人也摔了跟头。

---

① 指跳肚皮舞的舞女。

② 史上选举罗马帝国的封建诸侯及大主教。

③ 约瑟夫 · 干戈尔（1809—1889），奥地利作曲家、乐队指挥。

当表兄弟撒腿跑开，发誓——但有点晚——再也不能让人把他拖进舞场的时候，应该把羞愧难当、处于半昏迷状态的公爵夫人抬走才对。

这令人气恼的一幕结束了庆典。当一束礼花在夜空中展开它那使人眼花缭乱的花束时，宾客们就要离开了。

十四

拉丹王子和拉蒂娜公主的房间肯定是宫殿里最漂亮的房间之一。王子难道不认为它是他所拥有的珍宝吗？我徒劳地对它进行描述。亲爱的孩子们，它和你们所能想象的同样令人赞叹，可你们的想法和实际仍有差距。

于是，庆典结束后，宫里的人以极为豪华的排场把这对年轻的夫妇带到这里。公爵和公爵夫人陪着他俩，而费尔曼塔仙女不想离开英俊的年轻人和漂亮的女孩儿，他俩可是她所保护的可爱的小孩子。他们二人大概既不害怕在此地并未出现的基撒多尔王子，也不害怕加尔达福尔巫师了。他们夫妻二人躲过了这两个人对他们的伤害……然而，仙女表现出某种不安，像个神秘的预感。但这是个建立在什么之上的预感，解释起来，她感到困惑。

毫无疑问，拉达娜在场，她在为年轻的女主人服务。不再抛弃自己妻子的堂拉达，以及此时此刻看见自己一直深爱着的、肯定会令其心碎的女人的表兄弟拉代也都在场。

但是，在他们之前，已经有两个人钻进了这个房间而没有被发现。这甚至曾在仙女费尔曼塔的心中产生过奇怪的预感。她虽十分强大，但没有双眼隔墙透视术这种本事，因为这种本领只属于更为高级的神仙所有。

不过，这两个人，你们明白吧，是基撒多尔王子和巫师加尔达福尔。

而下面就是他们两个人的谈话内容：

“加尔达福尔，你记得你答应过我的事！”

“是的，我的王子！而这回，什么也阻止不了我去绑架拉蒂娜，以及给您报仇！”

“我就指望你了，而当她成为基撒多尔公主时，我认为她将无须后悔！”

咱们看吧，这个妄自尊大的人总有他的一番“高论”，他身上的这些特性是改不了的！

“这正是我的看法。”加尔达福尔这个马屁精答道。

“你今天很自信？”王子又问。

“请您作评价！”加尔达福尔一面掏出表看，一面回答说：“过一会儿，我作为巫师的神力被剥夺的期限将止。再过一会儿，我的魔棍将再次变得和费尔曼塔手中的魔棍一样有魔力，但是会换一种方式。如果说费尔曼塔可以让拉东一家进级至人类，那我能将他们降到极为粗俗的动物行列中去。”

“好吧，加尔达福尔，让他们变成野兽！这事就拜托你了！”

“不过，加尔达福尔，我听说拉丹和拉蒂娜不是单独待在房间里！……”

“而我若能在侍者们到来之前施展我的全部魔力，他俩就不会待在那里了！”

“要达到这一目的，还需要多长时间？”

“一小会儿！……”

“一小会儿！……而他们正在上楼梯！……”

“快点儿，我的王子，您再忍忍！”加尔达福尔说：“我躲到那个房间里去。当时机成熟时，我再现身。至于您，您躲到大门后面，当我喊‘拉丹，轮到你了！’的时候，您再开门。而您将看到一场好戏！”

“一言为定！但是，你尤其不要姑息你那个愚蠢的对手！”

“放心吧！”

两个人全都不见了。

人们看到有多大的危险仍在威胁着这个已经遭受苦难的谦逊家庭。他不能对此持怀疑态度！他不知道王子和巫师离他们有多近！他不知道目前加尔达福尔已恢复了他的神力，他要对它进行可恶的应用！

至于费尔曼塔仙女，她一直惶惶不安，只是急于看一下加尔达福尔是否藏在什么地方，藏在窗幔后还是藏在家具下面。

她看着……

没有人！

现在，拉丹王子和拉蒂娜公主来到了这个房间里。他俩将要单独待在里面，她彻底地放下心来。

突然，当仙女要向这对年轻的男女说“祝你们幸福”的时候，门被猛地推开了。

“还没到时候呢！”一个让所有人都心惊肉跳、凶狠的声音叫道。

加尔达福尔出现了！仙女看到魔棍在他手里微微抖动的时候，她心里明白，他作为巫师的神力又恢复了。费尔曼塔对这个不幸的家庭再也无能无力了！

因此，所有的人都惊呆了！他们先是一动不动，接着一起往后退，紧紧地靠着仙女，以便面对可怕的加尔达福尔。

“善良的仙女，”他们叫道，“您要抛弃我们吗？善良的仙女，请您保护我们！”

“保护你们！”加尔达福尔回应说，“费尔曼塔，你已经耗尽了替他们出力的神力，而我又重新找回了我失去的神力！啊！你想斗一斗吗？好吧，你将在斗争中失败！现在，你的魔棍对于他们来说屁用不管，而我的魔棍……”

说到此，加尔达福尔摇动着魔棍，它划了几个圈儿，在空中呼啸而过，好像具有一种超自然的生命。

拉东和他的家人们准备着往后退。他们明白，既然仙女再也无法通过高级进化来拯救他们，这就意味着她已经被解除了武装。

“是的，”加尔达福尔叫道，“费尔曼塔仙女，你造了一些人。而我，我将造一些野兽！”

“饶了我们吧，饶了吧！”拉蒂娜一面向巫师伸出双手，一面喃喃地说。

“决不饶！”加尔达福尔答道。

而且，他接着补充说：“第一个让我的魔棍碰上的人将要变成令人讨厌的猴子！”

说到此，加尔达福尔朝这帮不幸的人走去。他们在他靠近的时候散开了。

你们若是看到他们在房间里乱跑，无法从房间里逃出去，是因为所有的门都被关上了。拉丹拉着拉蒂娜，并没有想到威胁着她的危险，因为他试图用自己的身体为她筑起一道保护墙。

是的，对于他本人来说是个危险，因为巫师刚刚补充说：“漂亮的年轻人，拉蒂娜不久以后就只会厌恶地对待你了！”

听到这一番话，拉蒂娜昏倒在母亲怀里。拉丹从门边闪开，可加尔达福尔却朝他猛冲过去，嘴中说道：“轮到你了，拉丹！”

他朝他身上猛地捅了一魔棍，好像用剑刺人一样。

这会儿，门开了，王子出现了……是他被捅了一魔棍，而这本来是针对年轻的拉丹的。

基撒多尔王子被魔棍捅了一下，他现在只是一头黑猩猩。

这时，他是多么的气恼啊！他，对自己美貌的外表是如此的自负，如此的充满傲慢及狂妄，可现在却变成了一个长着一副怪脸、长长的耳朵、隆起的嘴、长至膝盖的双臂、一身竖起黄毛的猩猩！

房间的壁板上挂着一面镜子，他照着！……他发出了一声可怕的声音。他紧紧地扑到因其愚蠢的行为而惊愕不已的加尔达福尔身上。他抓着他的脖子，用他作为猩猩强有力的双臂掐着。

这时，像在所有的仙国中所发生的那样，地板裂开了，一股蒸汽从下面喷出，坏蛋加尔达福尔消失在一团滚滚的火焰之中。

接着，基撒多尔王子推开窗子，蹦蹦跳跳地越过窗户，到附近的森林里去找他的同类去了。

十五

在谈到为了完全满足嗅觉、味觉甚至视觉的需要，在这令人眼花缭乱的背景当中的一次神化之中，所有这一切即将结束之时，我可不想让任何人感到惊讶。眼睛去欣赏一下在东方的天空之下最美的风景。耳朵里充斥着天堂般的月儿声音。鼻子去吸一下由无数朵鲜花所散发出来令人陶醉的香气。嘴上沾满最好吃的水果的香味吧。

最后，非常幸福的家庭成员们全都心醉神迷起来，以至于拉东、父亲拉东本人感觉不到痛风病带给他的痛苦！他痊愈了，而且把他那根好拐杖扔给了魔鬼！

“啊！”公爵夫人拉道娜叫道：“这么说，您不再是痛风病患者了，亲爱的？……”

“不是了！”拉东说：“我现在已经解脱了！……”

“而您将在人类的行列中就座！……”

“父亲！”拉蒂娜叫道。

“啊！拉东先生！”拉达和拉达娜在祝贺他的时候补充说。

费尔曼塔仙女立即走上前来说：“实际上，拉东，现在变成人全靠您自己了。而您想要这么办的话，我可以……”

“人？仙女夫人？……”

“是的！”拉道娜夫人反嘴说：“男人和公爵，就像我是女人和公爵夫人一样！……”

“不！”我们的哲学家回答说：“我现在是老鼠，将来还是。依我看，当个老鼠还不错，正如诗人梅南德尔曾经说过的，好像多个世纪之前，狗、马、牛、驴，全都比当个人强，请您别不高兴！”

十六

孩子们，以上就是这个童话的结局。拉东一家再也没有什么可怕的事了。今后，不论是被基撒多尔王子掐死的加尔达福尔，还是基撒多尔王子，他们都不用再害怕了。

由此可见，他们现在感到十分幸福而且是在品味着人们所确切说出的“毫不掺假的幸福”。

另外，对于他们一家人来说，费尔曼塔仙女表现出的是一种真爱。况且，他们也不应该忘记她的恩德！

既然拉代表兄弟没有达到完全的进化，那也就只有他才有抱怨的某种权利。他不甘心，这条驴尾巴让他很失望，他想把他藏起来，可白费劲儿……它总是露出来！

至于好好先生拉东，他不顾拉道娜公爵夫人不停的责备，拒绝上升到人类行列之中的不当行为而情愿终生为鼠。当爱吵吵闹闹的贵夫人以她太多的指责让他感到厌烦的时候，他只满足于用著名的寓言作家所用的一句话重复地说：“啊！女人啊！女人！徒有漂亮的脸蛋儿！脑袋却空空如也！”

我们顺便提一下，拉达和拉达娜两个人愈加夫妻和睦。

至于拉丹王子和拉蒂娜公主，他们俩非常幸福，而且有了许多孩子。

就这样，仙女们的故事总的说来就结束了。而我坚持以这种手法结束这个故事，因为这是最好的。

高音Rē（2̇）先生和低音Mi（3̣）小姐

圣诞节的故事

一

在卡尔费尔玛特学校，有三十来个孩子。二十来个六至十二岁的男孩儿，十来个四至九岁的女孩儿。如果你们想要知道这个城镇的确切地址，按我的地图册中第47页的描述，它位于瑞士一个信奉天主教的州中，该州离康斯坦斯湖不远，在阿彭策尔山脉的脚下。

“哎！那边儿那个，您，约瑟夫·穆勒？”

“瓦尔吕吉斯先生？……”我答道。

“我上历史课的时候，您在写什么？”

“我在记笔记，先生。”

“好。”

实际上，当老师向我们讲述——都有一千次了——纪尧姆·戴尔以及残暴的热斯雷[①]的故事时，我正在画好好先生的肖像画。没有人像他那样拥有这么多的关于这方面的历史知识。不过，他唯一有待澄清的一点是：我们的母亲夏娃从好树和坏树上摘下的苹果和同样为世人所议论的埃勒维杰[②]的主人公[③]曾经将其放在自己亲生儿子头上的具有历史重要性的苹果究竟属于什么品种：是（法国产的）斑皮苹果还是（法国产的）一般苹果。

卡尔费尔玛特镇令人愉快地位于被人们称之为“万”的地方——在大山正面凹陷处。只有到了夏天阳光才能照射进去。学校位于镇子的尽头处，在一片树荫的掩映之下，一点儿都没有“初等教育工厂”的凶相。她表面上很愉快、气氛很好，有个种满植物的庭院、一个带棚的防雨运动场以及一个小钟楼。钟楼里的钟声响起时，听起来就像一只栖息在树枝之间的鸟儿在歌唱。

这个学校是由瓦尔吕吉斯先生和他的姐姐均摊盈亏而开办的。他的姐姐是一位老姑娘[④]，比他还严厉。两个人只教阅读、写作、算数、地理、历史——只教瑞士的地理和历史——等课程。除了星期四和星期天，我们每天都有课。我们早上八点钟到校，随身带着篮子和绑在一起的书。篮子里装的是中午吃的食物，有面包、冷肉、奶酪、水果，外带半瓶掺

---

① 热斯雷是瑞士历史上传说中的人物。他曾经命令纪尧姆·戴尔用弓箭去射放在他亲生儿子头上的苹果。而他的儿子被纪尧姆·戴尔射死了。

② 是戈尔王国——古罗马人称被赛尔特人所占据的两个地区的名字——所占据的差不多是当今瑞士国土的东南部地区。

③ 此处应指残暴的热斯雷。

④ 指女性年龄已大但并未结婚。

了水的酒。书，就是学习用书：有听写用的书、算数书、历史书。下午四点钟是放学回家的时候，我们拿着只剩下最后一点面包屑的空篮子。

“贝蒂·卡莱尔小姐？”

“瓦尔吕吉斯先生？……”小姑娘答道。

“您好像没有专心于我所做的听写？请问我们读到哪儿了？”

“在纪尧姆拒绝向军帽敬礼的时候……”贝蒂结结巴巴地说。

“不对！……我没有念到‘军帽’，而是念到‘苹果’，究竟是什么品种！”

在向我投送了我非常喜欢的善良目光之后，贝蒂·卡莱尔小姐羞愧异常地低下了头。

“如果这段历史用歌曲去唱，”瓦尔吕吉斯先生以讽刺的口吻接着说，“而不是用听写的形式，以您对歌曲的爱好，大概会让您有更多的乐趣！但是，一位音乐家永远也不敢把这样的主题应用到音乐之中去！”

我们学校的老师大概说的有道理？什么样的作曲家试图让这样的琴弦抖动起来呢！……然而，谁知道？……在将来？……

但是，瓦尔吕吉斯先生继续做他的听写。班上的同学，不论大小，全都全神贯注地做着听写。我们好像听到纪尧姆射出的箭呼啸着穿过教室……从最近的假期算起，已是第一百次了……

二

瓦尔吕吉斯先生肯定把音乐艺术视为十分低等、局限于狭窄的艺术范围之中去了。他的看法对吗？我们当时还是太小了，不能对以上观点有自己的看法。请想想，我当时属于大一点儿的小孩儿，还没有上十年级[①]。然而，我们中间有十二三个孩子很喜欢当地歌曲，包括守灵时唱的老歌，也有排钟[②]齐鸣时唱的节日歌曲，还有当卡尔费尔玛特教堂中的管风琴为其伴奏的对经唱谱中的赞美圣母歌。在这种时候，教堂里的彩色玻璃都会颤动起来，儿童唱经训练班的孩子们用假声唱起了歌，手提香炉[③]来回摆动着，而短句经文（日课经中领唱的）、经文歌、应答轮唱的颂歌（弥撒或祭礼中）好像在香烟缭绕之中飘荡……

我不想吹牛，吹牛的感觉并不好。我虽是训练教区儿童唱经班学校的头几名之一，但这不应由我亲口说出。现在，你们若是要问我为什么，我，约瑟夫·穆勒，纪尧姆·穆勒和玛格丽特·哈斯的儿子，目前，继我父亲——卡尔费尔玛特教堂唱经班的领班——之后，人家给我起了个绰号叫“高音 $\dot{2}$”（R ē），而为什么她，贝蒂·克莱尔——让·克莱尔和珍妮·罗斯——上述地点小酒馆的老板——的女儿被起了个绰号叫作“低音 $\underset{\cdot}{3}$”（Mi），我来回答你们。不过，请你们耐心些，一会儿你们就全知道了，欲速则不达，孩子们。不过，可以肯定的是我们俩的声音令人赞叹地结合在一起，直到我们两个人也最终结合在一起。而我现在已是青春年少之人。孩子们，当我写这个故事的时候，知道了一些我当时不知道的事情——甚至在音乐方面。

---

① 瑞士中、小学都归各州管理，实行9年义务制教育，中、小学生均免费上学。小学：多数州6年制，少数州4年或5年制；初中：多数州3年制，少数州5年或4年制；高中：4年制。

② 用排钟宣告盛大节日的开始。

③ 在教堂举行各种宗教仪式中神父们手中所拿好。

是的，高音$\dot{2}$（Rē）娶了低音$\underset{\cdot}{3}$（Mi）为妻，我们非常幸福，我们以我们的工作和良好的品德使我们的事业蒸蒸日上！……如果一个唱诗班的领班行为不端的话，谁会相信他？

四十多年前，我们就一直在教堂里面唱歌，因为我得对你们说，小男孩儿和小女孩儿一样，全都属于卡尔费尔玛特教堂的训练教区儿童唱经班学校里的学生。现在，这个已过时的习俗根本看不到了。不过，当时的做法是对的。谁曾不安地想知道天堂音乐会中的塞拉芬①是男性还是女性呢？

三

我们镇的（教堂）唱诗训练班由于他的领导——管风琴演奏家埃格里扎克而名声不小。他是位杰出的教视唱的老师，他在教我们练声的时候是多么熟练啊！他在教我们格律、音符的价值、曲调、音阶的构成等知识的时候教得多棒啊！威严的埃格里扎克真是太厉害了，太厉害了！人们说这是一位天才的音乐家，已做出一个非比寻常的、分为四部分的

① 头等天使，其形象为长着三对翅膀。

赋格曲[①]！无人匹敌的擅长对位法[②]的作曲家。

由于我们对此知道得并不太多，所以有一天我们向他问起了赋格曲的问题。

“一首赋格曲？”他一面抬起呈低音提琴贝壳形的脑袋，一面回答说。

“是一段乐曲？”我问。

“孩子，是一段出类拔萃的乐曲。”

“我们很想听听！”一位有副漂亮嗓音的男高音，能把高音升高、升高……一直升到直入云霄的名叫法里那的意大利小男孩儿说。

“是的！”一个名叫霍克的德国小男孩儿补充说。他是个男低音，降、降……他的音域可以低到地底下。

“来吧，埃格里扎克先生？……”其他的人，男孩儿们和女孩儿们重复说。

---

① 为拉丁文“fuga”的译音，原词为“遁走”“追逸”之意。西洋复调曲式之一。一般包括三部分：显示部、展开部、再现部。主要类型有单赋格曲、二重赋格曲、三重赋格曲。从16至7世纪的经文歌和器乐里切尔卡中演变而成，赋格曲作为一种独立的曲式，直到18世纪在J.S.巴赫的《平均律钢琴曲集》中才发展到了成熟阶段。在此处，凡尔纳把赋格曲分为四部分。

② 对位法是在音乐创作中使两条或者更多条相互独立的旋律同时发声并且彼此融洽的技术。“对位”一词源于拉丁文punctus contra punctum（音符对音符之意），即根据一定的规则以音对音，将不同的曲调同时结合，从而使音乐在横向上保持各声部本身的独立与相互间的对比和联系，在纵向上又能构成和谐的效果。对位法是尼德兰的僧侣克巴尔德所发明的。最初他发明的是一种复音唱歌法，唱法经不断的改进和复杂化，逐渐形成为“对位法”。十五六世纪的百余年间，为对位法全盛时期。对位法在巴洛克时期的音乐中得到了广泛的应用，其中以约翰·塞巴斯蒂安·巴赫所作的《赋格的艺术》以及《音乐的奉献》最为闻名。

Myrbach

“不，孩子们！等我完成了这首赋格曲之后，你们就了解了……”

“什么时候能完成？”我问道。

“永远完成不了。”

大家相互看着，对他微微一笑。

“一首赋格曲永远也结束不了，”他对我们说，“人们总能往里面加入新的部分。”

因此，我们根本没有听到过埃格里扎克先生著名的赋格曲。但他为我们把吉·达雷佐[①]（Guy d’Arrezo）的诗篇改成了音乐。你们知道，这篇《圣经》中的诗篇头几个音节已给音阶的音符以名称：

Ut queant laxis

Resonarefibris

Miragesti orum

Famulituorum,

Solvepolluti,

Labi reatum

在这一时期，7（Si）还没出现，只是到了 1026 年，某个叫圭多（Guido）[②]

---

① 此人译者不祥。

② 圭多·阿雷佐（Guido d’Arezzo）（约 997—1050），中世纪最重要的音乐理论家、作曲家。在前人的基础上发明了四线谱，扩展了前人用横线表示音高的原理，确立了用红、黄、绿、黑不同颜色标记的四线记谱法，这为五线谱的诞生奠定了重要的基础。确立了六声音阶的唱名法，并设计了手掌图，标记不同音名帮助记忆。论述音阶和教会调式体系，采用了八度概念，放弃古希腊四音列的理论。

的人才在音节中增加了这个不可忽视的音符。我的观点是他做得太好了。的确，当我们唱这段《圣经》中的诗篇时，人们好像自远方而来，仅仅是为了听这首诗。至于这段奇怪的文字是什么意思，在学校里没人知道，甚至于连瓦尔吕吉斯先生也不知道。我们认为它出自于拉丁文，但并不确定。不过，这段《圣经》诗句似乎应该以最新判断加以演唱，会讲所有语言的圣灵[①]大概会把它翻译成伊甸园[②]里的语言了。

毫无疑问，埃格里扎克先生被看作是一位伟大的作曲家。很不幸，他一直为一令人遗憾的残疾所困扰。而且，随着年龄的不断增大，他的病有加重的倾向。他的听觉迟钝。我们早就发现了,可他并不想承认。另外，为了不让他生气，我们和他讲话时总是大声地说，而我们的假声总能让他的耳膜震动起来。但他离彻底变聋的时候为期不远了。

这终于在一个星期天、信徒们进行晚祷时发生了，最后一首晚祷赋格曲刚刚奏完，埃格里扎克先生便沉醉于在管风琴上任性地弹奏着他所能想象出来的乐曲。他弹啊，弹啊，不停地弹着。怕他伤心，大家都不敢出去。但是，这么一来,连累鼓风手[③]也不能停下来。管风琴缺气……埃格里扎克没有发现。琶音合弦、琶音在他的手指下被紧紧地连在一起，或者是缠绕在一起，没有落下一个音。然而，在他作为艺术家的心灵里，他永远听得见……

大家听见了。不幸刚刚降临在他身上。没有人敢告诉他实情。然而，鼓风手已从管风琴台的狭窄梯子上走了下来……

---

① 基督教三位一体之一。

② 犹太教、基督教《圣经》故事中人类始祖居住的乐园。

③ 相当于给管风琴拉风箱的人，因为管风琴是气动乐器。

埃格里扎克不停地弹奏着。整整一个晚上就这样弹着，第二天依然如此，他的手指游走于沉默的键盘之上。应该有人把他从管风琴上拉下来……可怜人终于明白了……他聋了。但这并没有阻止他弹完他的赋格曲。他听不到了。事情就是这样。

而从这一天起，卡尔费尔玛特教堂里的大管风琴就再也没有响过。

四

半年过去了。十一月到来了。天气非常冷。一件白色大衣铺盖在山上，并一直拖到街道里。我们鼻子通红、脸颊发青地到了学校。我们在广场的拐角处等着贝蒂，她头戴翻下的软帽，模样实在可爱！

“是你，约瑟夫？”她说。

“是我，贝蒂。今天早晨真冷。裹好你的皮大衣，扣好衣扣。”

“好吧，约瑟夫，咱们跑跑怎么样？……”

“好，跑跑。把你的书给我，我替你拿着。小心别感冒。得了感冒，你的漂亮嗓子要变哑，那就太不幸了……”

“而你，也是一样，约瑟夫！”

实际上，我们遇到过这种倒霉事。我俩往手上哈了几口气之后，为了让身体暖和暖和，我们便撒腿跑了起来。很幸运，教室里面很暖和。炉子里面的火着得呼呼响。我们可不给它节约木柴。因为山脚下的柴火多得很，都是风负责把它们“砍”下来的。我们不过费点劲儿去捡。炉中的柴火烧得多么欢快啊！我们围在讲台上皮帽遮住眼睛的瓦尔吕吉斯先生的周围。炉火燃烧时发出的噼噼啪啪的响声陪伴着我们，就像是纪尧姆·戴尔故事中的火枪在射击。而我一直在想，如果那些事情发生在冬天，热斯雷如果只有一顶窄边软帽，他要是把它挑在竿头，一定会得感冒的！

当时，我们都很用功，阅读、书写、算数、背诵、听写都做得不错，老师很满意。相反，音乐课停了。学校找不到任何可以替代老埃克里扎克先生的人。当然，不久以后，我们会忘掉我们所知道的一切！卡尔费尔玛特再来一位儿童唱经训练班的领导历来可能性极小！我们的嗓子，管风琴也是一样，已经生锈了，得修理、修理、修理……

本堂神甫先生一点都没有掩盖他的忧虑。现在，管风琴不再陪伴他。这个可怜人，他唱跑调的地方恰恰是在做弥撒的序诵部分！调门逐渐降低，当调门到了 supplici confessione dicents[①] 的时候，他在徒劳地找他穿的宽袖白色法衣下的便条，但没有找到。他的这一举动让好几个人笑了起来。而我，这让我心生怜悯——对贝蒂来说也是一样。没有什么可哀怨的，就像现在去教堂祈祷一样。在诸圣瞻礼节[②]中，没有任何好听的音乐，而当要唱《荣耀归主颂》《真挚来临》《逾越赞》的圣诞节临近的时候呢？……

本堂神甫试图用一个方法试试，那就是用蛇形风管这种乐器去代替管风琴。因为蛇形风管起码不会跑调。而且困难并不在于弄到这件十分古老的乐器。在教堂圣器室里的墙壁上就挂着一件这样的乐器，它挂在

---

① 特利腾拉丁弥撒经文中《童贞圣母序言》最后一句经文中的字。该经文最后两句为“天堂和天上众天使及诸圣都聚集，与色辣芬天使一同歌唱庆祝。随同他们，我们恳求你，让我们的声音也被能悦纳，于是我们卑微地赞美说”。

② 天主教徒在 11 月 1 日过此节。东正教徒则在圣灵降临节后的第一个星期天过此节。

那里已有些年头了。但是，到哪里去寻找那个会吹蛇形风管的人呢？实际上，人们难道不能用那位管风琴鼓风手吗？他现在可是无事可做。

“你有气儿吗？”一天，本堂神甫问他。

“有。”这位正直的人答道:“不过,我是用我的风箱而不是用嘴吹气！”

“没关系，试试看……”

“我试试！”

他试着，他吹着蛇形风管。但是，从这件乐器里发出的声音糟透了。这难道是他发出的声音？分明是林中野兽发出的声音！这样一来，问题可就不好解决了！所以，应该放弃使用这件乐器的想法。今年的圣诞节大概会和刚刚过去的诸圣瞻礼节一样令人悲伤了。因为，如果管风琴少了埃格里扎克，儿童唱经训练班的演唱也就没有了。对于我们来说，再也没有人给我们上课，没有人能在音乐课上打拍子，而当某天晚上我们的镇子发生变革之时，卡尔费尔玛特人会深感遗憾的。

十二月十五日，天气干冷干冷的，一阵冷风夹带着一片嘈杂之声向远方飘去。此时，发自山顶的一个喊叫声就能传至村庄。从卡尔费尔玛特村发出一声枪响，离村子一法里多地的瑞斯夏尔登都能听到。

一个星期六，我去克莱尔先生的小客栈去吃晚饭，因为第二天不上学。上了一个整整一个星期的学，总得允许每个星期天休息一下，对吧？纪尧姆·戴尔也有权休息一下。因为，受到瓦尔吕吉斯先生整整一周的提问，他该累了。

小客栈在小广场的左角，几乎正对着小教堂。在客栈里，人们能听到小教堂尖顶上风向标被风刮得吱嘎吱嘎的响声。在克莱尔的客栈里有六七位顾客，都是住在附近的人。而这天晚上，恰好是贝蒂和我给顾客们唱一首萨尔维阿底的漂亮夜曲。

于是，晚餐结束时，店里的人开始收拾餐具，摆好椅子。当我们刚要开始唱的时候，远处传来了一个声音。

“什么声音？”一个人说。

“这声音好像是从教堂里传出来的。”另一个人回答说。

“但这是管风琴发出来的声音……”

“怎么可能！管风琴在独自演奏！……”

然而，乐声清晰地扩展开来，一会儿是强音，一会儿是弱音。有时，声音是渐强，好像是从管风琴上的大簧管音栓里发出来的。

天气虽然很冷，可还是有人推开客栈门。老教堂漆黑一片。没有任何一点儿光线从教堂殿中的彩色玻璃窗透过。大概是风从教堂的某个墙缝里刮进去了。我们搞错了，可当客人们就要重新开始聊天的时候，教堂里又接着传出了这么大的响声，这样一种怪事不大可能弄错。

“有人在教堂里演奏！”让·克莱尔叫道。

“肯定是魔鬼。”珍妮说。

“难道魔鬼会弹奏管风琴？”客栈老板反驳说。

“为什么不？”我心中想着。

贝蒂拉着我的手。

“魔鬼？”她说。

然而，广场上的几个门被慢慢地打开了。有些人出现在窗户上。大家相互问着。客栈里有个人说：“本堂神甫要找一位弹奏管风琴的人，他把那个人请来了！

我们怎么没有想到这样简单的解释啊？这时候，本堂神甫恰好刚刚在他的住宅门前出现。

“发生什么事情了？”他问。

“有人在教堂里面弹奏管风琴，神甫先生！”客栈老板向他喊道。

“好！埃格里扎克又把手放到键盘里去了。”

实际上，耳聋并不妨碍他把手指触摸到琴键上去，老先生有可能突发奇想想要和鼓风手一起重新登上管风琴台。应该去看看，可教堂的门关着。

“约瑟夫，”神甫先生对我说，“去一下埃格里扎克家吧。”

我朝埃格里扎克家跑去，手里拉着贝蒂的手，因为她不想离开我。

过了一会儿，我们俩又返了回来。

“先生在家。”我气喘吁吁地回答说。

真的，他的女仆向我证实他作为聋子躺在床上睡觉，管风琴弄出的嘈杂之声也无法吵醒他。

“那么是谁在那里？”不太自信的克莱尔太太说。

管风琴的琴声不停地响着，好像从它里面发出一阵风暴的声音。十六度音程在满风[①]状态下工作着。管风琴上巨大的混合音栓发出了密集的音响。甚至三十二度音程，它包含有最低音符的音程——也夹杂到这场嘈杂的音乐会中了。广场像被一场音乐风暴横扫过一般。有人想到：教堂只不过是管风琴的巨大肚子，它的钟楼像是管风琴的低音之栓，可以发出神奇的低音 4 来。

---

① 指管风琴风箱的最大送气量。

我说过教堂的门是关着的，但是，转了一圈儿我发现恰好在克莱尔小酒馆对面的教堂小门半开着。溜进教堂的人大概是从这里进去的。

先是本堂神甫，接着是刚刚和他汇合在一起的教堂执事。他们俩走了进去，出于谨慎，他们俩顺便把手指浸在圣水罐中，并在胸前画十字。接着，所有跟着他俩的全都如法炮制。

突然，管风琴不出声了。奇怪的管风琴演奏者奏出的片段停止在第四音节和第六音节的合弦处，消失在昏暗的教堂穹顶之下。

难道是所有进入教堂的这些人打断了弹琴的艺术家的灵感？有必要相信这一判断。但是，现在，刚刚还充满和谐之音的殿堂重又回复了平静。我说的是“平静”，因为，站在殿内的立柱之间的我们全都默不作声，心中有一种感觉——好似在一道强烈的闪电闪过之后，人们等待着雷鸣发出惊天巨响时所感受过的感觉。

这种状况没持续多久。应该知道遵循什么。教堂执事及其他两或三位最为勇敢的人朝着直通大殿深处管风琴台的螺旋式楼梯方向走去。他们登上阶梯，但是，走到廊台处没见到那里有人。琴键盖是盖着的！风箱还有一半儿气，因为没有出气孔，所以无法将气全部排干净——一动不动地待在那里。风箱的操纵杆朝着天。偷偷地溜进教堂的那个人极有可能趁着混乱和黑暗走下旋梯，消失在小门处，并穿过镇子，逃之夭夭。

没有关系！教堂执事认为，出于谨慎，进行驱魔法事大概是合适之举。但本堂神甫拒绝了这一建议，而他是对的，因为他是主张使用驱魔术的。

五

第二天，卡尔费尔玛特镇又多了一位居民——而且甚至是两位。人们可以看到这两个人在雪天里看散步，沿着大街来回走着，一直走到学校。而到最后，又转回克莱尔的客栈——他们在客栈定了一间有两张床的房间，但他们根本没有说明要住多长时间。

“可能住一天，一个星期，一个月，一年！”他们俩中一位主事儿的人说。

这个人所说的这番话是贝蒂在广场上和我会合时对我说的。

“大概是昨天弹管风琴的那个人？”我问道。

“当然啰，大概是他，约瑟夫！”

“和他的鼓风手一起？……”

“大概，胖小子。”贝蒂答道。

“他们怎么样？”

“和所有的人一个样！”

和所有的人一个样，这很明显，既然他们长着个脑袋扛在肩膀上、上半身长着两条胳膊、双腿下长着两只脚。但是，是个人就会拥有所有这些东西，而且模样也会长得不会像任何人。快到十一点钟，当我最终发现这两个非常奇怪的陌生人时，这才是我所确认的。

一个人，年纪有三十五岁至四十岁，皮包骨似的，很瘦，像只脱了淡黄色长礼服的鹭鸟，两条海军预备班学员似的细腿，裤脚下露出一双尖脚，头戴一顶装饰着羽毛的宽帽。他的脸庞瘦长、无须，眼睛眯缝着，虽然很小却目光敏锐，眼底发出火炭般的光亮，牙齿白而锋利，一个尖尖的鼻子，手指很长很长，把这些手指按在琴键上，可以奏出八个半音程。

另外一位是个矮胖子，身上的肉全都长到两个肩膀上，长到上半身了。在一顶灰毡帽下，是他头发蓬乱的肥头，一副犟牛似的面孔，一个呈 4（fa）谱号的肚子。他是个年龄有三十来岁的小伙子，本事挺大，能痛打镇里最为凶悍的人。

没有人认识这两个人。他们是第一次来到此地。当然了，他们俩不是瑞士人，但不如说是东方人。他们那边儿是高山峻岭之地，是匈牙利那头儿。事实上，这些情况是我们稍后才知道的。

预付给客栈老板克莱尔一个星期的住宿费之后，他们俩胃口极佳地吃了午饭，好吃的东西一点儿没剩。而现在，他们要出去转转，一个在前，另一个在后，摇摇晃晃地走着、看着、闲逛着、低声唱着、手指不停地动着，有时会用一个奇怪的手势，把手拍在脖梗儿处，并不停地说："天性啊！……天性！好！"

矮胖子走路的时候扭着腰，抽着像萨克管形状的烟斗，一股白色的烟从烟斗里冒了出来。

当那个高个子发现了我，并向我做手势，让我走近他的时候，我一直瞪着眼睛看着他们。

说实在的，我的确有些害怕，但我最终还是走了过去，他以一种唱诗班小孩儿所发出的假声对我说："小家伙，神甫家在哪里？"

"神甫家……本堂神甫的住所吗？……"

"是的，你能带我们去吗？"

我想本堂神甫有可能会申斥我把陌生人带到他家去。尤其是那个大个子，他的目光盯得我发呆。我本想拒绝，可这不可能。于是，我溜向本堂神甫的住宅。

我和他们俩相隔五十步远。我给他们指了神甫家的门。紧接着，我撒腿就跑，而铁锤[①]继敲了个四分音符之后，又敲了三下八分之一音符。

广场上，有一些同学在等我，瓦尔吕吉斯先生和他们待在一起。他问了我具体情况，我叙述了刚才发生的事情经过。他们看着我……你们想想吧！他和我说了话！

但是，关于那两个人来到卡尔费尔玛特镇要干些什么事，我所能讲的不会很多。他们为什么要见本堂神甫？他会怎样接待那两个人？他和他的女佣人——是个守教规的老妇人，脑袋有时有点儿糊涂——不会发生什么意外吧？

所有这一切下午就会有答案。

那个奇怪的家伙——大个子的那个——名叫埃发拉那，是匈牙利某某地人……身兼艺术家、调音师、制造管风琴这种乐器的人[②]，像人们所说的管风琴制造者，负责乐器修理等多重身份，他从一个城市走到另一个城市，并挣些从事这些职业用以养家糊口的钱。

人们猜是他在那天晚上和另外一个人——他的助手兼鼓风手——从旁门溜进教堂。他们俩曾引起老教堂的共鸣，与此同时也掀起了几场音乐风暴。但是，在听到管风琴奏出的乐曲中，人们听出琴在某几个地方出了毛病，得修理一下。而让他去修理，他要的价非常便宜。他所拥有

---

① 应是敲门用的锤子，比如说《嗖嗖嗖！哗啦啦！》那一篇中也有与此相同的描述。

② 此处单词是乐器制作人的意思，是指除弦乐器之外的制作者。

的一些证书足以证明他应对这类工作的才干。

“修吧……修吧！”急于接受这一提议的神甫回答说：“愿上帝加倍赐福于我们，感谢他给我们派来一位管风琴制造者，他要是赐给我们一位管风琴演奏者，那可是上帝更加倍赐福于我们了！”

“这样的话，那位可怜的埃格里扎克呢？……”埃法拉那师傅问道。

“聋得像一堵墙。您认识他？……”

“他！谁不认识赋格曲先生？”

他已有半年既不在教堂演奏管风琴，也不在学校教课了。我们在诸圣瞻礼节期间做了一次没有音乐的弥撒，圣诞节时大概也是如此……

“放心吧，神甫先生。”埃法拉那师傅回答说：“用上半个月的时间，修理工作就可以完成。而如果你乐意，到了圣诞节的时候，我来演奏管风琴……”

说到这儿，他挥动着他那手指很长的手，把指骨弄得咯咯作响，把手指往长了拉，好像在拉长橡胶手套。

神甫说了些好听的话来谢谢这位艺术家，并问了他对于卡尔费尔玛特教堂的管风琴有什么看法。

“它很好。”埃法拉那师傅答道：“但不完整……”

“那它缺少什么零件？它难道没有二十四种演奏手法，更不要忘记它还有一种仿人声演奏手法？”

“神甫先生，它缺少的恰恰是我所发明的一种管风琴上的音栓，是我竭尽全力往这种乐器上装配的一种零件。”

“什么样的零件？”

“童声音栓。”挺直了长长身板的怪人回嘴说：“是我想出的改进……

这将很理想：那么，我的名字将会超过法布里之辈、克朗之辈、埃拉赫·施米特之辈、安德烈之辈、卡斯坦多尔费尔之辈、阿登尼亚地之辈、科斯坦佐之辈、格拉吉阿代之辈、塞拉西之辈、南希尼之辈、卡利多之辈、塞巴斯蒂安、埃拉德之辈、阿贝之辈、卡瓦里·科尔之辈这些制琴师们的名望……”

神甫应该明白，在即将举行的晚祷时，他所列举的众多术语是不会结束的。

管风琴制作者在弄乱了头发的同时补充说：“我要能成功地修好卡尔费尔马特的管风琴的话，那任何一座教堂里的管风琴都无法与其相比，不论是贝加莫[①]的圣·亚历山大教堂的管风琴，弗里堡[②]教堂的管风琴，哈勒姆[③]、阿姆斯特丹教堂里的管风琴，法兰克福教堂里的管风琴，温嘎特恩[④]教堂里的管风琴，巴黎圣母院中的管风琴，玛特莱那教堂的管风琴，博韦[⑤]教堂的管风琴……

他在讲这一番话时，是以一种受到神灵启示的样子，带着一副随心所欲在空中划着各种曲线的姿势说的。当然，他大概吓坏了所有其他的人，神甫除外——他说上几句拉丁语，总能把魔鬼化为乌有。

幸好，晚祷的钟声敲响了，埃法拉那师傅带上了他那顶用手指可将帽上的羽毛弄弯的帽子，骄傲地行了个礼，去广场和他的风箱手会合。

---

① 意大利一城市名。

② 瑞士城市名。

③ 荷兰城市名。

④ 德国巴登—符滕堡州一小镇名。

⑤ 法国城市名。

尽管如此，当他走的时候，老保姆以为自己闻到了一股硫磺的味道。

事实上，炉子又重新着了起来。

六

不言而喻，从这一天开始，让全镇人激动的严重事件不再是什么问题了。这位名叫埃法拉那兼有重大发明的伟大艺术家，自称可在我们的管风琴上加上个童声音栓。这样一来，在圣诞节的时候，在鼓号、管风琴低音之栓和笛子的伴奏下，继神甫们及朝拜出生耶稣的三博士[①]之后，人们将会听到围在初生耶稣和圣母周围的天使们发出的清脆、纯真的歌声。

从第二天起，修理工作开始了。埃法拉那和他的助手开始工作了。在课间休息的时候，我和其他几个同学过来看看。他们俩让我们登上管风琴台，条件是一点儿都不能妨碍他们的工作。管风琴的琴盖被打开，沦落到其原始形态的地步，一台管风琴也不过是支潘[②]笛。用皮老虎和音色栓安装到一个风箱上，也就是说用一个活动音栓来控制进风口。我们的管风琴是个大型管风琴，包括二十四种主要的演奏手法。四个有五十四个琴键的键盘[③]。而且还有一个专门为两个八度音程设置的根顶音脚踏键盘。这个由木制或锡制簧片、黄嘴构成的管子森林在我们的面前显得有多大

① 按照《新约全书》的描述，是一些前来向初生耶稣致敬的人物。

② 希腊神话中的畜牧神。

③ 管风琴的第一键盘为伴奏键盘，第二键盘为主音管键盘，第三键盘为上部音管键盘，第四键盘为增音键盘。

啊！在这个茂密的“花丛”中间，我们会迷路的。而从埃法拉那师傅口中说出的一些词汇是多么的奇怪啊！例如：高音音栓、牧笛音栓、十六英尺簧管音柱、主要音栓。当我想到它里面有木制的十六音步、锡制的三十二音步时，那感觉也是一样，感到很奇怪！在这些管子里头，大概能把整个学校的学生，也包括瓦尔吕吉斯先生全都塞进去！

我们带着一种近似恐怖的惊愕看着这堆乱七八糟的一堆东西。

“嗯，”欧克一边说，一边往下偷偷地看了一眼，“这像台蒸汽机……”

“不，不如说是座炮台，”法里那答道，“一些大炮向你发射音乐的炮弹！”

我，我没有找到可供比较的东西。但是，当我想到那阵阵的狂风——双风箱可以通过巨大的管子送风——时，我打了个寒颤，哆嗦了好几个小时。

埃法拉那师傅在这一堆乱七八糟的环境中工作着。而且，从未感到困惑过。实际上，卡尔费尔玛特的管风琴状态较好，只需一些不大重要的修理。更确切地说，无非是清理一下多年的灰尘而已。不过，这项工作最大的难点在于调节重音音栓。这个器件就在那儿，在一个罩子里面，一组水晶笛子大概能发出美妙的声音。埃法拉那师傅既是一位灵巧的管风琴调节师，又是位出色的管风琴演奏者。直至此时，他已经失败了，可他希望最终能够成功。然而，我发现他不停地摸索着，试试这儿，然后又试试那儿。当这儿仍不行的时候，他便像一只被女主人惹火了的鹦鹉一样叫了起来。

“吆！哎呀！……”这些叫声让我浑身发冷，而且，我感到头发都竖起来了。

我坚持这一观点，就是我所亲眼见到的事情让我的印象深刻之极。在管风琴——这个敞开肚皮的巨兽——巨大罩子的内部，他的机件装置铺展开来，这一切折磨得我够呛，直到觉得身体有魔鬼附身。我夜里做梦时梦到了它。白天的时候，它的样子也不时地萦绕在我的头脑中。特别是那个能发出童声的箱子，我都不敢碰它，似乎让我觉得它是个装满小孩儿的囚笼，埃法拉那师傅培养着他们，好让他们在作为管风琴演奏家——他的手指下唱歌。

“你怎么了，约瑟夫？”贝蒂问我。

“我不知道。”我答道。

“大概是因为你登上管风琴台的次数太多了？”

“是的，有可能！”

“别再去那里了，约瑟夫。”

“我不再去了，贝蒂。”

可就在当天，我还是不由自主地去了那里，强烈的愿望驱使我消失在这个由管子构成的森林之中,溜到最暗的角落中去。跟着埃法拉那师傅，听着他在这个大箱子的底部用锤子敲打所发出的声音。我警惕自己不把我看到的一切告诉家里人，因为我的父亲和母亲全都以为我疯了。

七

圣诞节前一个星期，我们在上上午课，女孩儿们坐在一起，男孩儿们坐在另一边。瓦尔吕吉斯先生上了讲台，他的老姐姐坐在她常常坐着的角落，用毛衣针织毛衣——真正的厨房用铁钎。当门被打开的时候，先生刚刚讲到纪尧姆·戴尔侮辱了热斯雷的帽子。

是神甫先生进了教室。

按照礼仪，我们全体起立。

可是，在神甫身后，埃法拉那师傅出现了。

在他作为管风琴制作师所特有的敏锐目光注视下，所有的人都低下了头。他到学校干什么来了？为什么神甫先生陪着他？

我以为自己的心里在想他正用特别的目光盯着我看。他大概认出了我，我感到局促不安。

然而，瓦尔吕吉斯先生却走下讲台，刚刚走到了神甫先生的面前便说："谁让我有幸……"

"老师先生，我要向您介绍一下埃法拉那师傅，他想要我们让他拜访一下您的学生们。"

"为什么？"

"他问我在卡尔费尔是否有一个儿童唱经训练班，瓦尔吕吉斯先生。我肯定地回答了他，而且，我还补充说在可怜的埃格里扎克领导它的时候，它就很杰出。于是，埃法拉那师傅就有了听一听的想法。因此，今天早上我就把他带到您的课堂里，同时请您原谅……"

瓦尔吕吉斯先生根本没有接受这一道歉，可我觉得神甫先生所做的一切真是好，纪尧姆·戴尔这回可在期盼着。

于是，瓦尔吕吉斯先生做了个手势，大家全都坐了下来。神甫先生坐在一把我给他找来的扶手椅上。埃法拉那师傅坐在女孩儿围坐的桌角旁——为了给他腾出地方来，她们立刻往后退了退。

坐得离他最近的是贝蒂，我看得很清楚，亲爱的小姑娘对坐在她旁边划着轻盈弹奏的琶音的大长手和长手指感到害怕。

埃法拉那师傅以他那刺耳的声音讲话，他说："儿童唱经训练班的孩子们全都在这儿了？"

"不是全部。"瓦尔吕吉斯先生答道。

"多少个人？"

"十六个人。"

"是的，"神甫说，"男孩儿和女孩儿，在他们现在这个年龄段上，嗓音是一样的。"

"不对，"埃法拉那师傅马上反驳说，"而一位行家的耳朵是不会听错的！"

我们对这一回答感到特别惊讶！恰好，贝蒂的声音和我的声音十分相似。当我们说话的时候，其他人无法分清我的声音和她的声音的区别。不过，不久以后，这种现象应有极大地改变，因为变声会改变两个不同性别的成年人的音色。

不管怎么样，不应该和埃法拉那师傅这样的人讨论这个问题，而且每个人姑且承认有这种看法。

"让儿童唱经班的孩子们往前走！"他举起像乐队指挥的指挥棒一样的胳膊命令说。

包括我在内的八个男孩子，包括贝蒂在内的八个女孩子排成面对面的两行。于是，埃法拉那师傅更加仔细地观察着我们，这种情况我们在埃格里扎克时期从没有经历过。我们得张开嘴，伸出舌头，长时间地呼气、吸气。直至给他亮出嗓子眼儿和声带——他好像要用手指捅一下。我当时心中在想：他要是像调大提琴和小提琴一样来调我们。我们的确全都不大放心。

神甫先生，瓦尔吕吉斯先生和他的老姐姐全都呆呆地在那里，不敢说话。

“注意！”埃法拉那师傅喊道：“C大调自然音阶[①]，视唱。这是个定音叉。”

“定音叉？”我猜想：从他口袋里掏出来的带两个分叉的小镊子和老好人埃格里扎克的那个一模一样。它的振动会给卡尔费尔玛特，就像在其他地方一样，一个正规的6（la）音……

这的确是另一个惊奇。

埃法拉那师傅刚刚低下头，他用弯着的拇指在后脖梗上猛地拍了一下。

哦！太令人惊讶了！他的上脊骨发出了一声金属响声，而这个声音恰好是与那六百三十五个一起正常振动的6(la)音。

埃法拉那师傅的身体就是个天然的定音叉。当他的食指在臂间颤动的时候，他就给我们定了个音[②]上小三度的1（do）音。

“注意！”他重复说：“毫无用处的节拍！”

而我们则视唱着1（do）音阶，先是上行音节，然后是下行音节。

“不好……不好！”当最后一个音符唱完之后，埃法拉那师傅喊叫说：“我听到十六种不同的声音，而我只应该听到一个声音！”

---

① 从理论上讲，音阶中七个基本音级之间的关系是：全、全、半、全、全、全、半。C大调音阶，就是我们最常见的do-rē-mi-fa-sol-la-si-do。他们各音之间的关系就是do全音、rē 全音、mi半音、fa全音sol全音、la全音、si半音、do。C大调是以do为主音。

② 音乐中的七唱名之一，法国七唱名的表达方法为：do-rē-mi-fa-sol-la-si-do，中国的表达方法为1.2.3.4.5.6. i 。

我的观点很难表达出来。因为,我们一直有合唱唱得非常准确的习惯,这让我们总能得到大家的许多称赞。

埃法拉那师傅不停地摇着脑袋，他以不满的目光不时地左顾右盼。我觉得他的耳朵有某种特异功能，竖起耳朵来就和狗、猫和其他四足动物一样，灵得很。

“咱们再来一遍，”他叫道，“现在，一个唱完另一个再唱。你们每个人都有各自的音符，生理上的音符，也可以这么说，应该永远只在合唱中出现的唯一的一个音符。”

唯一的一个音符——生理上的！“生理”这个词是什么意思？好吧，我本想知道这个怪人，他的生理音符是什么，也想知道本堂神甫先生的生理音符是什么——他有本漂亮的、然而却是错误百出的有关这方面知识的文集。

我们开始唱了起来，心中不免惴惴不安——这个令人害怕的人不会虐待我们吧？与此同时，我们也有某种好奇心，想要知道我们各自的音符是哪一个，像一朵鲜花种在花坛里一样，我们将要种植在我们嗓子眼儿里的音符究竟是哪一个？

欧克第一个开始唱，在试唱了音节中的各个音符之后，埃法拉那师傅确定他的生理音符是 5（sol）作为他最正确的音符，从他的喉咙中所能发出的最为颤抖的音符。

欧克之后,轮到法里那了,他看到自己的音符被永远地定在 6（la）上。

接着，我其他所有的同学都经历了这一详细的测试，而他们最喜欢的音符均得到了埃法拉那师傅的正式确认。

于是，我走上前去。

“啊！是你，小家伙。”管风琴演奏师说。

他抓住我的头，把我的头转过来转过去，让我担心他这么不停地转来转去会把我的头给拧下来。

“咱们看看你的音符。”他又说道。

我唱了从 1（do）到 i(do) 的整个音阶，先是从低到高，然后从高到低。埃法拉那师傅显得一点儿都不满意。他命令我再来一遍……但我没有再唱，我觉得自己受到了莫大的侮辱，难道说训练教区儿童唱经学校里的佼佼者之一，我连自己的音符都没有吗？

“好！”埃法拉那师傅叫道：“半音节……或者是你想要唱的半音节中的自然音节！我大概能从这里头找到你的音符，你要在整个节拍中保持住它！”

“而它是？”我有点儿发抖地问。

“是高音 $\dot{2}$（rē）！”

而我一口气拖了个高音 $\dot{2}$（rē）的长音。

神甫先生和瓦尔吕吉斯先生很高兴地做了个满意的手势。

“轮到女孩儿们了。”埃法拉那师傅命令说。

而我，我想：“要是贝蒂也有个高音 $\dot{2}$（rē）的音就好了！这不会让我感到惊讶的，既然我们俩的音结合得这么好！”

女孩儿们一个接一个地接受测试。这个女孩儿有个天生的 7（si）音，那一个女孩儿有个天生的 $\underset{\cdot}{3}$（mi）音。当轮到贝蒂进行测试的时候，她十分害怕，站立在埃法拉那师傅的前面。

“唱吧，小姑娘！”

于是，她便以她那十分温柔、十分令人愉快的响亮之声唱了起来，以至于大家会说这是只金翅鸟在歌唱。但是，同她的朋友约瑟·米勒所发出的声音一样，贝蒂也应求助于半音音节，以便找出她的音符来，而到了最后，她终于被赋予了低音 $\underset{\cdot}{3}$（mi）的音符。

我光是感到心中抑郁，不过思考了一番之后，我只有鼓掌庆贺。贝蒂有了个低音 $\underset{\cdot}{3}$（mi）；我，高音 $\dot{2}$（r ē ）。好吧，这不是一样吗？……

“你怎么这样啊，小家伙？”皱着眉头的管风琴演奏师问我说。

“这让我非常高兴，先生。”我大胆地回答说：“因为贝蒂和我，我们有同样的音符……”

“同样的！”埃法拉那师傅叫道。

他以一个非常舒展的动作站起身来——以至于他的胳膊都快要碰到天花板了。

“同样的音符，”他重复着说，“啊！你以为一个高音 $\dot{2}$（r ē ）和一个低音 $\underset{\cdot}{3}$（mi）是一样的吗？你太无知了，你可真的算得上长了个驴耳朵！……难道你们的埃格里扎克是以这么愚蠢的方法教的你们？而您竟受得了这个，神父？……您也是，老师……而您也是，老小姐！”

瓦尔吕吉斯先生的姐姐真想找个墨水瓶，好把它扔到他的头上。他虽怒火中烧，但却继续说道：“这么说你根本不知道音差是怎么一回事。这个第八度音不是让高音 $\dot{2}$（r ē ）和低音 $\underset{\cdot}{3}$（mi），高音 6（la）的低音 7（si）以及其他的音有所区别吗？啊！难道说这里竟没有一个人珍视第八度音吗？卡尔费尔玛特人难道只长着硬如羊皮纸、坚硬如角、失去功能的耳膜吗？”

我们都不敢动。房间里的窗户在埃法拉那师傅的尖嗓下颤动起来。由于我的缘故而导致如此的场面让我感到很遗憾，在贝蒂的嗓音和我的嗓音之间只不过在第八度音中有这种差异而觉得十分伤心。神甫先生的两眼瞪着我，瓦尔吕吉斯先生看了我几眼！……

但是，管风琴演奏师突然安静了下来，并说："注意！每个人都在音节的各自位置上！"

我们明白了这究竟意味着什么，每个人都按自己的音符站好了自己的位置。贝蒂作为低音 $\underset{\cdot}{3}$（mi）站在第四位。而我，作为高音 $\dot{2}$（rē）排在她的后面紧随其后。可以说，我们这么排列着就像一支潘笛，或者最好说像只能发出一个音的管风琴的琴管。

"半音半阶，"埃法拉那师傅说，"正确！或者不然的话……"

我们没有让他说我们第二遍。同学们，由唱 1（do）的同学开始唱。然后，其他人接下去。贝蒂唱她的低音 $\underset{\cdot}{3}$（mi）。接着，我就唱我的高音 $\dot{2}$（rē），管风琴演奏师的耳朵似乎很赏识这种区别。调门升高三次之后，我们又相继降低了三次。埃法拉那师傅显得较为满意。

"好，孩子们！"他说："我终于把你们变成了一个活键盘！"

由于神甫先生带着一副不大信服的神气摇着头。"为什么不？"埃法拉那师傅回应说："我成功地把他们制成一台小猫钢琴，当我掐住猫尾巴的时候，可以根据他们所发出的喵喵的声音加以选择！一架猫钢琴，一架猫钢琴！"他重又说道。

我们开始笑了起来，不大知道埃法拉那师傅讲这一番话时是否很严肃。但是，稍后，我得知当他谈到这架猫钢琴，当猫的尾巴被一种机械装掐住，猫钢琴发出喵喵的声音的时候，他的话其实说得没有错！上帝啊！人类怎么没有发明出什么东西来！

这时，埃法拉那师傅拿起帽子向大家敬了礼，在原地转了个圈儿，走了出去并说道："别忘了你们的音符，特别是你，高音$\dot{2}$（rē）先生！你也是一样，低音$\underset{\cdot}{3}$（mi）小姐！"

而我们俩的外号由此而来。

八

以上就是埃法拉那师傅参观卡尔费尔玛特学校的经过。对于他的这次参观，我的印象十分深刻。我觉得高音$\dot{2}$（rē）不停地在我的声道深处振动。

然而，管风琴的修理工作持续进行着。再有一个星期就要到圣诞节了。只要有空间的时候，我就到管风琴台那儿走走。这可是我的强项。我甚至能够尽我之力去帮助管风琴制作师和他的风箱手——从他的嘴里可套不出一句话来。现在，管风琴的音栓状态良好，风箱处于运转状态，琴橱做了翻新。在殿堂的昏暗之中，管风琴里面的铜件闪闪发光。是的，节日的准备工作即将完毕，著名的童声发声装置大概除外。

事实上，正是由于这一问题使得管风琴的工作存在缺陷。这从埃法拉那师傅的气恼神情中看得很清楚。他一直试着，一直重新试着……事情进行得不顺利。我不知道他的音栓缺什么零件，他也不知道。从他怒火万丈的表现来看，可以看出他的失望情绪。他责怪管风琴、风箱手，我这个可怜的、无能为力的高音$\dot{2}$（rē）！有那么几次，我以为他都快被击垮了，而我溜掉了……如果盛大的（[宗教]为死者自死亡之日起每日举行的）年度大弥撒没有以它所应有的盛况举行的话，让在满怀希望之中的卡尔费尔玛特居民感到失望，那他们会怎样去想呢？绝不能忘记全体唱诗班成员——既然他们的唱诗班被瓦解了——是不应该在这个圣诞节中演唱的，而人们也只能简化到只听管风琴乐声的地步。

总之，庄严的时刻到了。在最后二十四小时，变得愈加失望的埃法拉那师傅陷入了狂怒的状态之中，以致人们会因此而害怕。他应该放弃那个童音吗？我不知道，因为他让我害怕到如此地步，以至于我都不敢再把我的双脚踏上管风琴台上，甚至不敢再进入教堂。

圣诞节晚上，人们习惯于让孩子们在傍晚就睡下，而他们一直睡到做弥撒的时候。这样能让他们在午夜做弥撒的时候熬夜。因此，放学以后，我来到了低音3（mi）小姑娘的门前——我来到她家就是这样叫她的。

“别忘了做弥撒。”我对她说。

“不会忘。而你，约瑟夫，你也别忘了你的祈祷书。”

“放心吧！”

我回到家中，爸爸、妈妈在等我。

“你去睡吧。”妈妈对我说。

“是，”我答道，“可我不想睡觉。”

“没关系！”

“然而……”

“按你妈妈说的去做。”我的父亲反驳说：“该起床的时候我们再叫你！”

我服从了。我拥抱了我的父母，上楼走进了我的房间。我把干净衣服放在一把椅子的椅背上，我那双上了油的皮鞋放在门旁边。洗完手和脸之后，我只需从床上跳起来穿上衣服和鞋就行了。

我一下子钻进毛毯里，熄灭了蜡烛。由于雪覆盖在我家邻居的屋顶上，房间里并不是漆黑一片。

毫无疑问，我已不再是把一只袜子放进壁炉的炉膛里、满怀从袜里找到一件圣诞礼物希望的年龄了。但回忆使我觉得那是个好时光。可它一去不复返。最后一天，三或四年前，我亲爱的低音 3（mi）在她的拖袜里发现了一个漂亮的银十字架……别把这件事说出来，但这是我把它放进她袜里的！

接着，这些令人愉快的往事从我的头脑中逝去。我想起了埃法拉那师傅。我看到他坐在我的身旁，他的很长的长礼服、他的两条长腿、两只长手、长脸……我把头塞在枕头下，我总能看到他，我觉得他的手沿着我的床来回地摸着……

总之，辗转反侧一阵子之后，我睡着了。

我睡了多长时间？我不知道。但是，突然，我猛地醒了，有一只手放在了我的肩上。

“好了，高音 $\dot{2}$（rē），起床吧……是时候了……你想错过弥撒吗？”

我糊里糊涂地听着。

“这么说我得像人们从烤炉里把面包拉出来一样，把你从床上拉起来啦？”

我的毛毯被猛地掀起。我睁开双眼，眼睛被一盏提在手上的提灯弄得很刺眼。

我被吓得够呛！这的确是埃法拉那师傅本人，他对我说：“好了，高音 $\dot{2}$（rē），穿衣服！”

“穿衣服？……”

“除非你不想穿衣服去教堂做弥撒！”

“难道说你没有听见钟响？”

实际上，钟声使劲地响着。

“喂，高音 $\dot{2}$（rē），你想穿衣服吗？”

我很不情愿，可用了一小会儿时间我就穿好了。的确是埃法拉那师傅帮我穿的，他在帮我穿衣服的时候动作很敏捷！

“走吧！”他一面拿起提灯，一面说道。

“可我的父亲……我的母亲呢？”我提醒说。

“他们已经去教堂了。”

他们根本没有等我就去了教堂让我感到很惊讶。最后，我们下了楼。家里的门是开着的，接着，又关上了。我们来到街上。

天气干冷干冷的！广场上一片雪白。天空中布满了星星。广场紧里头，教堂的身影清楚地显现出来，它钟楼上的尖顶好像被一颗星星照亮。

我跟着埃法拉那师傅。但他非但没有朝教堂方向走去，反而是一会儿来到这条街，一会儿走到另一条街。他在一些开着门的房屋前面停下脚步，无须去敲门。我的同学们就从这些房屋中走了出来，身着节日盛装，欧克、法里那，所有属于教堂唱诗班的同学们。接着，就该轮到女孩们的家了，去的第一家是我的低音 $\underset{\cdot}{3}$（mi）小姑娘家。我拉着她的手。

“我害怕。”她对我说。

我不敢回答。出于担心、怕她更加害怕的考虑，我说：“我也害怕！”

最后，我们全齐了，所有的有 7 个音符的同学们。总之，就是整个半音节的自然音阶！

不过，管风琴演奏师究竟有什么计划？缺少他的童声发声装置，他难道想用教堂唱诗班的成员组成一个音栓？

不管我们乐意与否，就像乐队中的乐师们——当乐队指挥挥舞指挥棒的时候——都得服从乐队指挥那样，我们得服从这位神奇之人。教堂的旁门就在眼前，我们两个两个地穿过小门。冰冷、黑暗、静悄悄的教堂大殿里还没有人。而他，他曾经对我说过，我的父亲和母亲在这里等我！我要问问他，我敢问他。

“别出声，高音 $\dot{2}$（r ē ）。”他回应我说：“帮低音 $\underset{\cdot}{3}$（mi）登上管风琴台。”

这就是我所做的。我们全都走进了狭窄的旋转楼梯里，并到了管风琴琴台的地板处。突然，它亮了起来。管风琴的键盘被打开了，风箱手待在他的岗位上。他好像被他风箱里全部的气给充满了，显得那么的巨大！

在埃法拉那师傅的手势下，我们按顺序排好了队，他伸出胳膊。风箱柜被打开了，然后又在我们的头上面被关上了……

我们十六个人全被关在有巨大间隙的管子中间了，我们分开站着，但一个挨一个。贝蒂站在她作为低音 $\underset{\cdot}{3}$（mi）的第四个位置上，而我站在作为高音 $\dot{2}$（r ē ）的第五个位置上！因此，我猜到了埃法拉那师傅的想法，大概不会有疑问。由于他未能调节好他的童声音栓，他便想出了用教堂唱诗班的成员们组成该音栓，当风从风管口吹到我们身上的时候，每个人唱出各自的音符！这不是猫，而是我、贝蒂和我所有的同学们通过键盘上的键，将要动作起来！

“贝蒂，”我叫道，“你在吗？”

“是的，约瑟夫！”

“别害怕……我在你身旁！”

“安静！”埃法拉那师傅叫道。

而大家都安静了下来。

九

不过，教堂里的人逐渐多了起来。透过我所在的仿金凤鸟叫声铜管的间隙，我能看到信众们涌入了现已是灯火通明的教堂大殿里。这些家庭不知道他们的十六个孩子已经被囚在管风琴里！我分别听到人们在殿中走路的脚步声、椅子的碰撞声、鞋子和木拖鞋发出的清脆撞击声，以及在宽阔的教堂里这种特别洪亮的声音。信众们坐在座位上，等待做午夜弥撒，钟声一直响着。

“你在吗？贝蒂？”我仍然在问贝蒂。

“是的，约瑟夫！”一个颤抖的小声音回答我说。

“别害怕……别害怕，贝蒂。我们在这儿仅仅是为了做弥撒……做完以后……他就会把我们放了！”

实际上，我想事情根本不会是这样的。埃法拉那师傅永远也不会放走他的笼中鸟。某种魔鬼般的力量会长时间地把我们留在管风琴里……有可能是永远地留在里面！

最终，教堂里祭坛的铃声响了，神甫和他的两名助手走到了祭坛的阶前。仪式将要开始。

但是，我们的父母们怎么不担心我们呢？我发现我的父亲和母亲坐在他们的座位上，平静地坐着——克莱尔先生和克莱尔太太也是平静地坐着——我的同学们的父母们全都平静地坐着……原因无法解释……

然而，当一股涡流穿过管风琴风箱的时候，我正想着这个问题。所有的管子都像在狂风吹动下的森林一样颤抖着，风箱卯足了劲儿地鼓着气。

埃法拉那师傅在等着弥撒开始时，唱圣歌的时候刚刚开始。管风琴一组组同音色大管子，甚至是管风琴的脚踏键盘全都发出了雷鸣般的轰鸣声。这个通过一个了不起的、加强了有三十六个音步的低音音栓的低音强度的最终和弦结束了。接着，神甫先生加上了 l' Introït: Dominus dixit ad me: Filius meus es tu. ①。而埃法拉那师傅发动了发出小号声音的音栓对《荣誉归主颂》这首歌曲的新攻击。

我满怀恐惧地等待着风箱鼓出的狂风吹进我们的管子里。但是，管风琴演奏者把我们藏着，大概要在弥撒进行的中间……

祈祷之后，要念《福音书》②。念完《福音书》后，《升阶经》③是在由同音色的一组大音栓的伴奏下，唱上两遍绝妙的《哈利路亚》④而结束。

这时候，在念《福音书》⑤和主日讲道这段时间里，管风琴静了下来。在这期间，神甫先生祝贺管风琴演奏者把卡尔费尔玛特教堂消失了的声

---

① 子时弥撒进堂咏：经文来自圣经《圣咏 2：7》：我要传报上主的圣旨：上主对我说："你是我的儿子，我今日生了你。"

② 基督教《圣经·新约》中的使徒书信，在有《福音书》前做弥撒时念《圣经·新约》片段。

③ 在特别弥撒中演唱的弥撒曲。

④ 在特别弥撒中升阶经之后演唱的弥撒曲。

⑤ 在做弥撒和晨课时念的。

音还给了它……

啊！我要是能够喊叫，能够通过管子的间隙把我的高音 $\dot{2}$（rē）传出去就好了！……

现在，神甫在念《奉献经》。当他说了 Lœtentur cœli 和 exultet terra ante faciem Domini quoniam venit[①]，令人赞叹的序曲开始了。应该承认，这曲调实在太优美了。在它那以无法解释的魅力而构成的和声中，天堂处于欢喜之中，天堂上的唱诗班似乎在歌颂着神奇的孩子们的光荣。

这只持续了五分钟，而我觉得有五个世纪。因为，我预感到童声合唱的表演方式将在举扬圣体[②]时出现。为此，伟大的艺术家们保留了展示其天才的卓越的即兴作品……

实际上，我此刻的感觉与其说是活着还不如说是死了。我觉得没有一个音从我的由于等待的煎熬而发干的嗓子里冒出来。但当支配我的琴键在管风琴演奏者的手指下演奏出感人的乐曲时，我一点儿都不想要那令人无法抵御的气流充满我的身体。

最后，这个令人十分担心的举扬圣体的仪式开始了。有点儿刺耳的钟声响了起来。信众们在做全面静思的时候，教堂的大殿里一片静寂。当两位助手把神甫先生的祭披[③]稍稍举起的时候，信众们全都躬身低头……

好吧，我虽是个谦恭的孩子，可我也不是个让人捡回来的孩子！我

---

① “面对施恩的主，赞美上帝，颂扬大地。”

② 做弥撒时，神父将圣体饼（代表耶稣的身体）举起。

③ 天主教举行弥撒时主祭神父穿在最外层的祭服。共分白、黑、红、绿、紫五种礼仪颜色；有些地方在特殊（喜庆）日使用紫红色或金色。

只想脚底下能马上爆发出一场风暴来！……

于是，我低声问，以便能听到她的声音。

“贝蒂。”我说。

“你要干什么，约瑟夫？”

“小心！快轮到咱们了！”

“啊！老天爷啊！”小可怜叫道。

我没有搞错，我听到一声干巴巴的响声。这是直通童声的管子上调节风箱进气量的活动尺发出的声音。在领圣体仪式结束的时候，一个温柔、动人的曲调在教堂的穹顶之下升了起来。我听到了欧克的 5（sol）音，法里那的 6（la）音。接着，就是我亲爱的站在我旁边的人发出的低音 $\underset{\bullet}{3}$（mi）。然后，一个小心安排的气流充满了我的胸膛，这股气流穿过我的嘴里，带走了高音 $\dot{2}$（rē）。我想静下来，可人家不允许。我只不过是管风琴演奏者手中的工具而已。他的手指在键盘的琴键上弹着，我的心脏瓣膜好像微微张开了一样……

啊！这真令人心醉！不，他如果继续这样去做，从我们口中发出的就不再是音符，而是喊叫之声，痛苦的喊叫之声了！……当埃法拉那师傅用一只可怕的手使劲儿地弹着减七度音程的和弦——我在这个和弦中占着第二的位置，天生的 1（do）、高音（rē）、高音 4（fa）、天生的 6（la）！……——的时候，我该如何去描述我所经受的酷刑啊！……啊！……而作为一个残忍之人，无情的艺术家们让我无休止地待在这个位置上。我变得不省人事，我感到自己死了、失去了意识。

没了高音 $\dot{2}$（rē），按照和弦规则，这个著名的减七音度是无法实现的。

十

“怎么，你怎么了？”我父亲对我说。

“我……我……”

“好了，起床吧！是去教堂的时候了……”

“到时候了？……”

“是的……起床，你要误了弥撒了，而你知道，没有弥撒就没有聚餐[1]。”

我在哪儿？发生什么事情了？难道说这一切仅仅是个梦……被囚禁在管风琴的管子里，举扬圣体的片段，我心碎，我的嗓子发不出高音（rē）的音……是的，孩子们，自从我入睡直至我的父亲刚刚把我叫醒，由于过分激动的构想，我梦到了这一切！

“埃法拉那师傅呢？”我问。

“埃法拉那师傅在教堂里，”我的父亲回答说，“你母亲已经到教堂了！……哦，穿衣服吗？”

我像喝醉了似的穿好衣服，耳朵里一直听得到令人痛苦的、没完没了的这个减七度音程和弦。

我到了教堂。我见到所有的人都坐在他们惯常所坐的位子上。我母亲、克莱尔先生、克莱尔太太，我亲爱的小贝蒂，她穿得挺暖和的，因为天气很冷——全都坐着。钟楼上的钟还在钟楼窗上反音板的后面嗡嗡作响，

① 圣诞节子夜弥撒后举行。

而我能听出它的最后声部。

穿着节日盛装的神甫先生走到祭坛前，等着管风琴奏响《胜利进行曲》。

真是令人惊讶！管风琴非但没有奏出应该放在应答轮唱圣诗[1]之前的庄严和弦，反而沉默着。什么声音都没有！没奏出一个音符！

教堂执事登上了管风琴台……埃法拉那师傅不在那儿。人们在找他。找了半天白找了，管风琴演奏者失踪了。鼓风手也不见了。他大概是因没有成功地安装上童声发声音栓而发怒了，他早就离开教堂，然后就离开卡尔费尔马特镇，连工钱也没要。实际上，人们永远也不会看到他再次出现在镇子上。

我承认，我没有因此而生气。孩子们，因为我曾经和这位怪人相处过一段时间。就一个梦而言，我远未摆脱其梦魇，要是把我放进一个小棚里，我会发疯的！

高音 $\dot{2}$（rē）先生要是真疯了，那他十年之后就不可能娶上低音 $\underset{\cdot}{3}$（mi）小姐，举行上天——如果是上天赐予的话——赐予的婚礼了。这证明：正如埃法拉那师傅所说的，调试的八度音程，两个同音异名音符之间的音差虽有差异性，但人们毕竟能够高兴地把它们结合在一起。

---

① 天主教弥撒开始时诵唱的诗歌。

骗　子

美国风尚

去年三月，我登上了航行于纽约至奥尔巴尼航线上的“肯塔基号”汽船，在每年的这一期间，在这两个城市之间有大量的船舶航行，这极大地促进了商业的发展。纽约的商人通过他们的公司，维系着与最边缘的州的商业联系，并这样将来自旧大陆[①]的所有商品推销出去。各式各样的、各种吨位的商船、快速商船具有令人神奇的速度，从英国航行至美国只用十天的时间。荷兰的圆头船、地中海的三桅船宽大的船舱里全都装满了来自旧大陆的商品。然后，它们不顾加斯戈涅湾[②]的风暴、直布罗陀海峡的洋流、芒什海峡的狂风、北海的暗礁，把它们运来的货物安全

① 指欧洲大陆，而新大陆则是对美洲大陆的称呼。

② 法国一老省名。

地卸在港口，用以交换两大美洲[①]这一神奇国度的珍贵木材、咖啡、大米、蔗糖、金砂和美元。

纽约这座新兴城市的商业活动并不令我感到惊讶。同样，它的活力也不能让我对它青睐有加。从各地来的旅客涌向这个城市。一些人斥责着替他们搬运行李的搬运夫；另一些人像真正的英国游客一样，只带着个毫不起眼的、装着个人衣服的袋子。这种人走起路来急匆匆的，手中拿着雨伞，头上戴着圆帽，去定游船最后的位子，他们的思维方法具有100% 美式的灵活性。

已经敲过的头两下钟声在迟到的旅客们中间引起了恐慌，“肯塔基号”船在最后一匹登船者的重压下压弯了腰——一般来讲，而且到处都一样，这是些旅行会让他们恢复原有状态，并不会给他们带来任何伤害的人。不过，这群人最终还是安顿了下来，把行李摞在了一起。旅客们挤作一团。这时，经过锅炉管冒出火舌的锅炉发出了隆隆的响声，而“肯塔基号”的甲板在旅客们的脚下呻吟着。太阳竭力想穿破云雾，露出头来，让三月份的天气——它让您不得不把衣领竖起，把双手插进裤兜里，同时说道：“今天天气不错！”——稍微暖和一些。

由于我的旅行根本不是商务旅行，由于我的旅行箱可以装下我所需用的全部旅行必需品和多余的用品，由于我的思想中既不关心去尝试去算计什么[②]，也不用操心去看管行李。所以，我便沉湎于所有的沉思之中了。截至目前为止，让我感到遗憾的只有一件事情，那就是我的一位旅

① 指南美洲和北美洲。

② 这里是指商业金融方面的。

伴，我的老朋友爱德华·维扬——直到此时，在我的环美国旅行中他一直跟着我——认为自己不得不在纽约待上几天。一个他敢于说出的家庭义务迫使他离开我几天，但他将很快地与我在弗朗西斯·威尔逊家会和——他是奥尔尼巴城最富有的商人之一，而且还是法国领事。因为我们有给他的最为恳切的推荐信。为了不冒犯这位杰出的爱德华，以我的聪明才智，我曾带着不应让他在头脑中产生不愉快的想法而对他的义务和家庭满怀诚意。因为，对于他的义务而言，作为艺术家的他很难履行其责任。至于他的家庭，曾在法国居住过二十年，但没有给他留下与他祖先所在国家的一丁点儿联系。

于是，我独自一人动身了。当我发现距我三步远的地方，以世间最具魅力的神情微笑着的梅勒薇尔夫人的时候，我正在不经意间回想起在旅途之中遇到的这位旅伴中的亲密朋友，我们一起谈到的某个令人愉快及可供消遣的话题。我就这样地漫游于我的思绪之中，一直在寻思着爱德华在纽约时会对什么样的金丝发、什么样的蓝眼睛动心。

“怎么！是您，夫人！”我既兴奋又惊讶地高声说道：“您像勃朗峰[①]上一位真正的英国女人一样，去面对一艘哈德逊湾[②]的汽船所会面临的种种危险和人群！”

“有可能，亲爱的先生。”她回答我说。同时，依照英国方式她把手伸给了我：“但我不是独自一人，我的善良的老阿尔西诺埃寸步不离我的身旁。”

---

① 阿尔卑斯山的主峰。

② 在加拿大。

她坐在一个毛制的小包上，给我指着她那忠实的黑人女仆——她感动地端详着她。“感动”这个词在这种情形下值得一提，因为，只有黑人女仆才会这样地端详主人。

“阿尔西诺埃，梅勒薇尔夫人，我可以帮帮并援助你们，我很高兴地认为我有责任在这次跨海航行的过程中充当你们的保护人。”

“如果这是一种责任，”她笑着回答我说，“那我可没有从您身上得到任何恩惠。但您怎么没对我谈起您昨天从我丈夫那儿动身的情况呢？”

“我根本不知道我为什么会动身。”我回答说：“仅仅因为客轮上的钟声在早晨六点钟的时候把我吵醒，我才突然决定前往奥尔巴尼的。您看这与什么事情有关联，我若在早上七点醒来的话，我大概会在前往费城的路上了。但是，您，梅勒薇尔夫人，昨天晚上，您让我们觉得您是世上最爱待在家里的女人。”

“所以，您大概根本没有想到在您面前的梅勒薇尔夫人会去欣赏迪阿兹[①]、德拉夸[②]的画，去弹肖邦[③]的钢琴练习曲，会把鲜花和叫好声都投给了松达格[④]。她可是亨利·梅勒薇尔公司的高级职员，纽约的船东，她是前往奥尔巴尼查看她的一批货物的存贮情况的。您，咱们旧大陆高度文明国家的公民，您不懂这些。”

“我，”我答道，同时想到应该为我的祖国捍卫其尊严！“然而，法

---

① 西班牙裔法国画家。

② 法国画家（油画）、水彩画家、素描画家、石版画家。

③ 波兰著名作曲家。

④ 德国女歌唱家。

国的商业可以骄傲地被提及，因为马赛的商人，某某城的商人。”

“但是，”梅勒薇尔夫人以某种敏捷的方式重又说道，“美国人比您的同胞们还要更加马赛化呢。”

“然而……”我又开口道……但我停了下来。我要说的所有的话从“然而”二字开始，而我竟要维系一场可笑的辩论。所以，我换了个话题，因为我决心永不捍卫我的祖国，起码在谈到商业问题时是这样。

“无论如何，”梅勒薇尔夫人接着说，“亨利今天上午离不开纽约，而我得替他去，我请您相信，账簿不会管理得不好，账也不会记得不准确。因为，和结算保单一样，我同样十分精通草拟租船契约。”

“梅勒薇尔夫人将会让我此后对任何事情都不再感到惊讶了，与这相似的事情在法国也有。可如果让法国妇女都去做她们丈夫的事情，那她们的丈夫就得立刻去做他们妻子的事情了，他们将成为弹钢琴、剪花、以及刺绣一些女用内衣吊带的人了！”

“您可没有大肆吹捧您的同胞们。”梅勒薇尔夫人笑着反驳说。

“正相反，既然我假设他们的女人们给他们刺绣女用内衣吊带！这可是罗马人的美德！”

这时候，我们听到了第三次钟响。最后一批旅客匆匆忙忙地来到“肯塔基号”的甲板上，在正在拿起长篙准备撑船让船离开码头的水手们的喊叫声中，我向梅勒薇尔夫人伸出胳膊，并领着她向稍稍靠后、人群不是那么太拥挤的地方走去。

“我已经给了您去奥尔巴尼的推荐信了吧？”她对我说。

“您大概希望我第一千次为这事感谢您吧？”

“当然不是，因为这几封推荐信对于您来说已经彻底没有用了。这些信是写给我父亲威尔逊先生的。不过，我正要到他那里去，那您就不再需要我用信把您推荐给他了，但我可以以我父亲的名义接待您。”

“夫人，您有原始人的大慈大悲之心。因而，我有理由相信，要做一次令人愉快的旅行是要看机遇的。不过，您和我，我们差点儿动不了身。”

“为什么会这样？”

“某个行为极其怪异——在发现美洲大陆之前，只有英国人有这种特权——有此偏好的旅客想要为他自己一个人包下整个‘肯塔基号’船。”

“那么，这个人是带着大象、舞女伴随左右去旅行的印度王子啦。”

“肯定不是，我曾见到过他与拒绝依从他请求的船长争论，可我没有见到大象参与会谈，这个怪人似乎是个非常乐观的大胖子，他一心想要的是他自己的行动自由吧。对于他的情况，我了解的就这么多。咳，就是他！梅勒薇尔夫人！我认识他！您看见那个一直在指手画脚、叫嚷着跑到码头上来的人了吗？他还得耽误我们的时间，因为船已经开始离开码头了！”

实际上，这是一个中等个儿、大脑袋、长着大红色络腮胡子的男人。他身穿双领礼服，头戴宽边儿高卓[①]帽子。他气喘吁吁地跑到刚刚撤掉活动桥的码头上，不停地指手画脚喊叫着，毫不理睬围在他身边人群的笑声。

“喂！‘肯塔基号’上面的人！活见鬼！我已经订下船位、登记过了、付了款了！可你们把我留在了岸上！那么，谁去找警察做笔录！见鬼，船长！我要您在大法官和陪审员面前负责任！”

---

① （南美洲潘帕斯草原上的）加乌乔牧人。

“迟到者活该倒霉！”登到一个绞车卷桶上的船长喊道：“我们应该准时到达目的地。况且，大海开始退潮了。”

“见鬼！”大胖子吼道：“我将从您那里得到两万美元，外加损害赔偿！包比，”他一面朝着陪着他的两个黑人中的一个转过身去，一面高声说道，“你负责行李，并跑到圣·尼古拉旅馆去。而达勾巴，你去解一条小艇的缆绳，去追赶这艘该死的‘肯塔基号’船。”

“没有用！”下令松开最后一根系泊缆绳的船长叫道。

“大胆些，达勾巴！”鼓励着他的黑人仆人的大胖子说。此人在邮船拖着他和船一起往前走的时候，牢牢地抓住了缆绳，而且他还把一根紧绷的、码头上的缆绳上的系缆环猛地转动了一下。与此同时，这个固执的旅客，在众人狂热的掌声中，坐在一条小艇上，只撑了几篙便到了“肯塔基号”的舷梯前，冲上了甲板，朝船长跑去，激烈地质问他，发出了十个男人才能发出的喊叫声，说出了比二十个碎嘴婆还要滔滔不绝的话。在对话过程中，船长找不到一丁点儿论据。此外，由于看到该旅客已经行使了自己应该有的权益，坚信自己不用再担心这一切，便重新拿起他的喇叭筒，朝机房走去。就在他要下达起航的信号时，大胖子又跑到他的面前叫道：“我的包裹呢？活见鬼！”

“您的包裹，怎么了？”船长回应说。

“它们大概到了。”

令人心烦的又一次推迟起航让旅客们发出了阵阵的咕哝声。

“你们怨谁？”不屈不挠的旅客叫道：“我难道不是一个美国的自由公民吗？我叫米德·奥古斯塔斯·霍普金斯，而这个名字对于你们足以说明问题！”

我不知道这个名字在观众群中是否会产生什么实际影响，但“肯塔基号”船长被迫靠岸去装货包、旅行用箱、包裹和美利坚合众国的自由公民米德·奥古斯塔斯·霍普金斯的其他东西。

“应该承认，”我对梅勒薇尔夫人说：“这是个怪人！”

“不如他的箱子怪！”她一面回答我，一面用手指着有两辆卡车运到码头上的两个巨大箱子。它们有二十英尺高，全用油布盖着，用绳子牢牢地绑着。箱子的上面和下面均用红油漆标示着“小心易碎”这几个字。字是用一英尺大的字母写出的，这让待在距箱子百步远、负责管理监督的人员感到害怕。

这两个巨型箱子的出现突然引起了阵阵低声的埋怨。可在费了好大劲儿并明显地延误了邮船启航时间、把这两个箱子弄上甲板之后，霍普金斯先生[①]还是在不停地指手画脚，赌着气、气喘吁吁的。可“肯塔基号”终于可以离开码头了，并在其两侧不停地来来往往的各类船只中间航行，前往哈德逊湾。

奥古斯塔斯·霍普金斯的两个黑仆人在他们主人箱子旁边的固定位置上站着。这两件东西是激起旅客们极大好奇心的焦点。大部分人挤在箱子的周围，禁不住产生了可以提供对海外情况的一种想象的所有古怪联想。梅勒薇尔夫人本人好像特别关心此事。而我，作为一个法国人，我佯装对此事漠不关心。

“您怎么成了个这么古怪的人？”梅勒薇尔夫人对我说：“您就不担

① 凡尔纳此处使用的是带有贬义的“先生”一词。

心这两个大物件里面究竟装着什么东西？至于我，我的好奇心极强。何况，这两个大家伙的主人的旅行方式很不正常。”

“我得对您承认，”我回答说，“这一切，我不太担心。看到这两个大家伙的到来，我做了个把握不是很大的假设，我心里在想：或者，它们里头装着一整幢房屋以及它的房客；或者，他们里头什么也没有。然而，在这两个最为奇怪的情况之中，我没有表现出特别的惊讶。不过，梅勒薇尔夫人，您要想的话，我可以去搜集点儿信息，并把它们传达给您。”

“好极了！”她回答我说：“您不在的时候，我来核对一下这些清单。”

我让我的这位特殊的旅伴以纽约银行出纳——据说是些只需对一行数字瞥上一眼便知总额是多少的人——的速度去重新核对一下账单。

想着这些迷人的年轻女士们身上所具有的两重性、这种奇怪的安排时，我朝所有目光所关注的、所有的谈话内容所涉及的目标和对象走去。

这两个箱子虽然完全挡住了船前舵工的视线和哈德逊河的河道，可船却依然满怀绝对的信心、不顾险阻地向前行驶着。虽然河中的航船应有很多，因为从没有一条河流，其中也包括英国的塔米兹河、像在美国的江河中一样有这么多的船只在航行。在某一时期，按法国海关统计：法国有一万两千至一万三千艘船；英国达到了四万艘船只的水平；而美国已至少有六万艘，其中有一千八百艘是蒸汽船：他们在所有可供航行的海域中乘风破浪地航行。通过以上数字，人们可以判断出美国的商业规模，同时也可以解释出为什么美国的江河会是发生许许多多船舶事故的舞台。的确，这些灾难、船只相撞、海难等等事故在那些大胆的商人眼里没有什么了不起的，甚至赋予保险公司一项可能会做赔本买卖的新业务活动，

如果它们的保费不是太过高的话。在美国，在同等体积和同等重量的条件下，一个人不如一袋煤或一包咖啡有价值、有重要性。从道德层面上讲，这有可能是真事。但是，从自私——我就自私——的角度来看，由于我把煤矿、咖啡园给了我的小人儿[①]，所以在我乘坐蒸汽船做快速的、穿越各种障碍的旅行中，我还是有所担心的。

奥古斯塔斯·霍普金斯老板好像并不分担我的恐惧。他应该是宁愿错过一笔买卖也要乱蹦乱跳、胡说八道并消沉下去的那一类人。他毫不留意哈德逊河岸边的美景——很快就要在大海的方向上消失了。在纽约——起点，和奥尔巴尼——终点之间，对于他来说，只有十八个小时的不安和这段时间的浪费。岸边挺有意思的巡逻小艇、以优美的风景装饰起来的一个个城镇、散布于各处的绿树林——就如同摆在首席女演员脚下的鲜花，春日里首次散发出阵阵花香，船在非常美丽的河上生机勃勃地航行。所有这一切都无法把这个人从对其投机的种种忧虑中吸引过来。他在“肯塔基号”船上来回走着，嘴里没完没了地咕哝着。或者，迅速地坐在一个货包上，从他那有许多口袋的上衣的一个衣袋里掏出一个塞满了许多票据、又长又厚的钱夹，我甚至看到他在故意炫耀着那些由商业官僚们开具的“废纸”。他在一张巨大的地区间交通图上贪婪地搜寻着，并摊开一大堆由世界上所有国家注明了日期的票据——上面有尽可能多的邮局所盖的邮戳。他以令人关注的顽强贪婪地浏览着地图上面密集的线路，而我认为他的行为是非常引人注目的。

① 法语中表示亲昵的一种说法。

因此，我觉得自己无法从他的嘴里问出什么来。何况有好几个好奇心很重的人想从在那两个神秘的大箱子旁站岗的黑人嘴里套出点儿话来，好让他说话时露个底儿，但他们纯粹是瞎耽误工夫。这两个智利的黑孩子根本就是一言不发，与往日喋喋不休的表现截然相反。此外，黑人们，按照他们的原则，是很该抱怨的。他们两人中的第一个发了疯似的吐出一个十分清晰的音，因为从这一天开始，他们说，他们成了奴隶，而且被强迫劳动。按照他们的观点，有些黑人就成了有什么想法都不说的猴子，因此也就免去了去做奴隶的苦役。

当我身处一群人——其核心人物是“肯塔基号”的船长，他正在高谈阔论——之中时，我正准备回到梅勒薇尔夫人身旁，向她汇报我个人的观察结果。船长所谈涉及霍普金斯。

“我向各位重复地说一下，”船长说，“这个怪人总是这样。他从纽约溯哈德逊河而上直至奥尔巴尼已是第十次了。这十次他总是故意迟到，这十次他总是运相同的货物。所有这些事情是怎么一回事，我一无所知。有人说这位霍普金斯先生在奥尔巴尼几英里远的地方开办了一家大型企业，有人从世界各地给他发来不为世人所知的货物。”

“他应该是东印度公司的主要代理商，”一位在场的人说，“他刚刚在美国开了家商行。”

“或者不如说是位加利福尼亚金沙矿的有钱的矿主，”一个大胖子商人回答说，“私下里应该有提供设备的……”

“或者是几个招标工程的投标人。”第三个人反驳说。《纽约先驱报》似乎在最近这几天让他对此事有所猜疑。

“咱们得赶快点儿，”另外一个人说，“快看一下一家新的有五亿资本的两合公司[①]将要发行的股票，我要第一个去买一百股每股一千美元的股票。”

“为什么要第一个？”大胖子商人重又说道：“在这笔交易中，您已经得到一些承诺了！但我已准备好抛出总数为二百股的股票，如果需要的话！”

“在我之后如果还有股票的话，”远处某个对此感兴趣的新加入者——我没有看清他的脸——喊着：“这大概涉及建一条从奥尔巴尼到旧金山的铁路，而这一标的的中标人将是我的好朋友、政府的银行家。”

“您怎么会扯到了铁路的话题！这位霍普金斯先生是前来试图对穿越安大略湖[②]的电报设施进行实验的。他的大箱子里装的是以英里长来计量的电线和马来树胶。”

“穿越安大略湖！这可是笔一本万利的好买卖，这位先生在哪里？”好几位投机鬼附身的商人高声喊道：“这位霍普金斯先生应该好好地对我们讲一下他那个大型企业的事！第一批股票归我！”

“请让我买第一批股票！霍普金斯先生，我出一千美元保费！三个月以后，这批股票就能翻两番。”

请求、答复、争吵交织在一起，场面乱成一团。我对投机买卖一点儿都不感兴趣，可我还是跟着围在“肯塔基号”上的这位主角身旁的投

① 由无限责任公司股东和有限责任股东组成的公司。

② 加拿大的湖泊。

机商们[①]身边。霍普金斯很快就被密集的人群围了起来，对于这些人，他甚至不屑一顾。一长串数字，说明有数量可观的一行又一行“零”在他的大钱夹上越拉越长，加法、乘法在他的铅笔下充斥着，越来越多。几百万几百万的数字如急流般快速地从他的嘴里脱口而出。他似乎深受狂热计算的折磨，因此，他的身边安静了下来，而不顾由商业精灵在所有这些美国人的头脑中所掀起的风暴。

奥古斯塔斯·霍普金斯老板进行了大量的计算。在计算过程中，他弄断了三次铅笔，写出了个庄严的1字——它率领着由八个零组成的一支醒目的军队。最后,在做完计算之后,他嘴里说出了以下两个神圣的字:“一亿。”然后，他迅速地折起他的那些单据，放进他那可怕的钱夹里，并从衣袋里掏出了镶了两排钻石的怀表。

“九点！已经九点了！”他叫道：“这艘该死的船不走了！船长！船长在哪里？”

说着，霍普金斯突然穿过里三层外三层围着他的人群。他发现船长趴在机舱口，正在向机械师下达几个命令。

“您知道吗，船长！”他拉着船长的胳膊说：“您知道船晚点十分钟就会耽误我一大笔生意！”

“您对谁说晚点？”船长用和他一样的谴责口吻说道：“当您是船误点的唯一原因时！”

“您要是不是那么固执地把我放在陆地上，”霍普金斯提高了一个调

① 此处是指对公债股票进行投机的商人。

门反驳说，“您就不会浪费一年之中的这一期间的宝贵时间了！”

“您要是留意提前让您和您的箱子上船，”船长愤怒地反驳说，“我们就可以利用涨潮[①]，那我们现在就航行在前面足足三千海里的地方了！”

“我根本不考虑这些！我得在晚上十二点之前到达奥尔巴尼的华盛顿旅馆。我要是在十二点之后到达的话，对于我来说，我还不如没有离开过纽约！所以，您要是不赶快的话，我将要起诉你们——您和您的公司——让你们赔偿我的利息损失！”

“您让我安静一下！”由于愤怒而变得面红耳赤的船长叫道。

“只要我发现您有不合逻辑的担心并节约燃料，我就不能肯定您会不会让我处于失去发十次大财的危险之中！加油吧，司炉！往锅炉里加上满满四五铲煤！而您，机械师，把我的脚放在您锅炉的阀门上，好让我们把延误的时间追回来。”

霍普金斯朝机房里扔了一个里面有几个闪闪发光的美元的钱包。船长陷入了愤怒，但我们这位发了疯似的旅客找到了个比他嚷嚷的声音更高、时间更长的办法。至于我，知道了他对机械师所做的给锅炉加装安全阀、以加大蒸汽压力、加快航行速度的建议只会炸掉船上的锅炉、毫无它用时，就离开了这个是非之地。

说我的旅伴们找到了这个非常简单的临时措施纯属没用。同时，我对梅勒薇尔夫人也将只字不提——她会对我虚构出来的担心笑得流出眼

---

① 在前面霍普金斯要将船长告到法院里的一段话中，船长说过“大海退潮了”，与这里所说的“涨潮”有矛盾之处，但原文如此。或者读者可以认为船长说话前后不一是在给自己找说辞。

泪来。

当我和她汇合在一起的时候，她的许多计算已经结束，而她那充满魅力的脸上再也没有因对商业上的担心而出现皱纹。

“您离开了那个烦恼的商人，”她对我说，“而您又回到了‘世界妇女’的身旁。因此，您可以不必担心地向我汇报您有关对他身心的观察，对我谈谈艺术和情感方面的话题，我会理解您所讲的。”

“在我看到了、听到了这一切之后，”我叫道，“您谈论到艺术、梦想和诗歌！我承认这些对我来说是办不到的。对此，应该有我的朋友维扬那种多变的、情感外露的感情状态才行。可我，我的内心世界里满都是商人的理想。我只听得到美元在我耳边发出的声响，只看得到它们在我眼前闪烁着的灿烂的光芒，只看到在这条漂亮的河上有一条商品流通的快速路，在充满魅力的岸边纤夫们络绎不绝，在这些漂亮的城镇中的蔗糖仓库和棉花仓库星罗棋布，所有这一切在我看来都成了一个投机的目标。而我，我在严肃地思考，想在哈德逊河上修个大坝，好利用它的水流去推动咖啡磨的转动。”

“这么说，您是让工业这只牛氓给叮了。”梅勒薇尔夫人应道。

“您来亲自判断一下。”我向她叙述着我所亲眼目睹的各个场景。她认真地听着我的叙述，由于这些想法和美国人的聪明才智不谋而合，她开始沉思起来。而一个巴黎女人是不会让我把话说到一半的。

“好吧，梅勒薇尔夫人，您对这位霍普金斯先生有什么看法？”

“这个人，”她严肃地回答我说，“应该极具搞投机买卖的大手笔。他建立了一个巨型企业，或者直率地说他在巴尔的摩最近举行的博览会上风头出尽，像个要把戏的人[①]。”

我试着从这一回答中尽可能找出最具精神启迪的方法来，而我们的谈话就这样在旅行的剩余时间里继续下去。

这次旅行在没有其他事端发生的情形下结束了。只有霍普金斯不顾船长的反对想要移动一下他的一个巨大箱子，差一点儿把它弄到河里去。这次争论让人更加清楚地认识到他那些生意的重要性，以及他那些箱子的价值所在。他吃午饭、晚饭，不像一般人那样以恢复体力为目的，而是大把大把地花钱。最后，到达目的地的时候，他就不是一位不打算叙述这位与众不同之人诸多奇才的旅客了。

“肯塔基号”船在午夜十二点这一命中注定的时刻之前在奥尔巴尼港靠了岸。当奥古斯塔斯·霍普金斯老板大声叫嚷着把他那两个神奇的大箱子卸下船之后，在一大堆人的簇拥之下，踌躇满志地走进华盛顿旅馆的时候，我一面把手臂伸给梅勒薇尔夫人，一面暗自庆幸我们平安无事地到达了目的地。

弗朗西斯·威尔逊先生以赋予其殷勤好客、以更高价值的那种优雅及真诚接待了我。我虽然千恩万谢，但还是不得不接受他的安排，住进了这位可敬商人的住宅里一间漂亮的蓝色房间里。我无法给这个大宅院起个旅馆的名字——其宽敞的房间与院内装满了来自世界各地商品的仓库相比而相形见绌。一大群职员、工人、普工、办事员密集在这个真正的城市里，

① 指马戏团里要把戏的人。

连勒阿弗尔或波尔多[①]的商社留给我们的印象都无法与之相比。虽然主人家诸事忙碌，可我却像个主教似的被人家伺候着，甚至不需要我去要求什么、想干什么。这让我不禁想起了印度仆人侍候人的故事。一旦被黑人侍候过，人们就会被服侍得舒舒服服的——除了自己照顾自己之外。

第二天，我在秀丽的、单是其名字就让我一直很着迷的奥尔巴尼城中散着步。我在这里又重新看见了纽约的活力，这其中包括：商业活动、高额的利润、商业人士引人注目的满满的日程安排。这种工作上的热情、这种从工业和投机行为中所发现的所有矿井里赚取出钱财来的需要，并没有在新大陆的商人们身上表现出他们的海外同行们身上所表现出来的那种卑鄙无耻及令人可憎的面目来。在他们的行动方式和投机方式中，有某种给人以极大好感的商业情感。我们看到这些人需要挣更多钱，因为他们同样会花出去很多钱。

在十分奢侈的晚餐席间及在夜晚的时候，我们通常在聊天。由于我们相互间不太熟悉，所以谈话的内容没有立刻切入某一主题。我们谈到了这座城市，它的娱乐、它的剧院。我强烈地感到威尔逊先生对世界范围内的所有这些娱乐活动都非常熟悉。但是，当我们最终谈到欧洲早已有人加以关注的城市里面存在的怪诞之处的时候，我还是觉得美国人就像那句“布列塔尼人就是布列塔尼人”[②]中所说的那样，秉持的是美国人的思维方式。

---

① 法国的两个地名。

② 布列塔尼是法国西部的一个大区，下辖三个省。当地居民有自己传统的习俗和文化传统。凡尔纳在此应指美国人在维系着自己独有的习俗与传统。

“您是在影射我们和著名的劳拉·蒙黛斯[①]的关系。”威尔逊先生对我说。

“大概吧。”我回答说：“只有美国人才会这么认真地对待兰斯菲尔德[②]的伯爵夫人。”

“我们之所以这么认真地对待她，”威尔逊先生严肃地回答说，“是由于她做事认真。因为，即便是最重要的买卖，当它们被轻率地处理时，我们也就不会给予它任何的重视。”

“这大概让您受刺激了。”梅勒薇尔夫人以一种讽刺的口吻说：“就是因为劳拉·蒙黛斯在百忙之中参观过我们的女子寄宿学校！”

“我坦率地承认，”我回答说，“实际情况让我觉得很奇怪。因为那个魅力十足的舞蹈家根本不是什么可供推荐给年轻人的典范。”

“我们的女孩子，”威尔逊先生反驳说，“是以一种你们想象不到的、比较独立的方式培养的。当我们的女主人公接受参观这些寄宿学校的申请时，她既不是以巴黎舞蹈家的身份，也不是以巴维埃尔[③]兰斯菲尔德伯爵夫人的身份在这种地方抛头露面的。但是，一个出名的女人，亲眼见到她的真容只会令人愉快！对于带着好奇心关注着她的寄宿学校的女孩子们来说，她的到来不会产生任何不好的影响。这是一个节日、一次欢愉、一次消遣。，然这位出名的女人表现出了这种意愿，那么反对不会给任何

---

① 1821年2月17日—1861年1月17日。爱尔兰舞蹈家、演员，欧洲贵族的宠妓，巴伐利亚的路德维系国王封她为兰斯菲尔德的伯爵夫人。1848年德意志革命期间被迫逃往法国、英国、美国，巡回演出。

② 德国地名。

③ 德国一地名。

人带来伤害的任性之举则根本不符合我们的风俗和习惯。”

“对于要让我们更好地理解对方的观点这个本意来说，亲爱的威尔逊先生，我们的谈论却让我们的观点风马牛不相及。我们就好像两个说话爱打岔的人，一个谈起了新奥尔良，另一个却扯到了费城。很明显，咱们俩永远也扯不到一起。”

“说得很对。”梅勒薇尔夫人应道：“不过，我们三个人一直平静地待在费城，可您为什么去了新奥尔良？”

“我错了，梅勒薇尔夫人。我仅仅在支持一个与您相反的意见，因此，今后我会全力以赴去做所有让您高兴的事情。劳拉·蒙黛斯的古怪行为至多也不过是出自你们的热心肠，而并非是一种投机的结果。”

“哪儿不好？”

“弊端，就在于此。就是那些异乎寻常的喝彩会给在美利坚合众国进行巡回演出的大艺术家们带来伤害。当他们从美国回国后，他们就不可能有这样的待遇。”

“那么，他们抱怨过吗？”威尔逊先生情绪激动地问道。

“正相反。”我回答说：“比如说珍妮·兰德[①]，当她在这里看到最值得称道的人们套上马车置身于公众的节日之中时，她怎么可能对接受一次欧洲式的接待而深感荣幸？在将来的某一天，什么样的大肆吹捧能抵得上她作为一位成功的企业家所创建的那些著名的医院呢？”

---

① 瑞典女高音歌唱家，被人们称为“瑞典夜莺”。她是瑞典第一个并且可能是最伟大的享有国际声誉的歌唱家。1850 年至 1852 年间在美国举办了 93 次大规模音乐会，大获成功，并把音乐会的收入捐赠给了慈善机构。

“您讲这种话就像一个心生嫉妒的人。”梅勒薇尔夫人反驳说：“您是在抱怨这位著名的艺术家从未想到过要去巴黎演出。”

“当然不是这样，梅勒薇尔夫人。此外，我并不建议她去巴黎，因为在那里她不会得到像在这里你们给予她的那种欢迎。”

“您是着迷了。”威尔逊先生说。

“在拉克拉威利之后，不太厉害。”

“您大概对那些医院太痴迷了。”梅勒薇尔夫人笑着说。

谈话以一种诙谐的语气持续着。过了一会儿，威尔逊先生对我说：“既然您对广告和展览这么感兴趣，那您来得可真是时候。明天将要举行松达格夫人音乐会的第一批票的拍卖活动。”

“一次恰好涉及建设一条铁路的拍卖活动？”

“大概是，而截至目前为止，开出了最为大胆的买方出价的买主只不过是个普普通通、名不见经传的奥尔巴尼制帽商。”

“这么说，他是个音乐迷了！”我回嘴说。

“他！这位托尼·特纳！他讨厌音乐！他认为音乐之声最假、最令人讨厌。”

“那么，这个老顽固为什么？”

“为了在公众的脑海中留下更多印象。这就是广告。因为，人们会读到他，不仅在城里、而且在美国的各个州。在欧洲和在美国一样，人们会买他的帽子，他把劣质货发出，他将向全世界供货！”

“您对我讲的这些真是令人难以置信。”

“您明天就会看到这一点，如果您想买一顶帽子的话……”

“我不会去他的店里买帽子。他卖的那些帽子大概会让人厌恶！”

“啊！脾气暴躁的巴黎人！”梅勒薇尔夫人一面大声说着，一面把手伸向我，并站起身来。

我辞别了东道主，而我将在睡梦中梦到这些美国文明的奇迹。

第二天，我带着一脸的曾给最为冷漠的美国公民带来荣誉的严肃参加了为松达格夫人音乐会而举行的著名的第一张票的拍卖会，帽商托尼·特纳成了此行的古怪行为的主角。发生了这一幕情景的剧院大厅吸引了所有人的目光。他的朋友们围着他、恭维着他，好像他拯救了他祖国的独立。其他人鼓励着他。不过，对于他，以及与他同样体面的几位竞争者来说，胜负大局依然未定。

拍卖开始了，剧院里不挨在一起的单人座位票从四美元起拍，价格迅速地上升到二百五十美元或三百美元。托尼·特纳觉得自己肯定能叫道最后，他只要在他的竞争对手叫出的钱数上稍稍加一点就行。因为，就这位勇敢的竞买者而言，他只需高出竞买对手一美元就能取胜。如果需要，他打算出一千美元以获得这个宝贵的座位。因此，出价为三百、三百零一、四百、四百零一、五百、六百。数字以明显的速度交替上升着，所有参与拍卖的人的注意力被刺激到了极点，一阵阵赞赏的叫声在为每个稍稍果敢一些的竞买者欢呼叫好。在他们看来，第一张座位票的价格是无限的，而他们很少为其他人感到不安。总而言之，这是一件事关荣耀的事。

突然，一声比一声拉得更长一些的“乌拉”①的欢呼声响彻拍卖会场。帽商以极大的声音喊道：“一千美元！”

---

① “万岁”的意思，呼喊声。

“一千美元！”拍卖师重复道：“有没有人再往上加？音乐会的第一张票，一千美元！”拍卖会现场没有人吭声。

在把这些各类的喝彩之声分割开来的安静时刻，大厅里好像有一种隐隐约约的激动情绪在蔓延开来，尽管我本人一直对这里发生的一切印象非常深刻。特纳相信自己胜券在握了，他以满意的目光扫视着赞赏他的人。他手里拿着一沓美国六百家银行中的一家所发行的钞票，并在拍卖师又喊了一声“一千美元”的时候挥动着它。

“三千美元！”有个人喊出了让我头昏目眩的一声。

“乌拉！”人声鼎沸的大厅里人们高喊着。

“三千美元！”拍卖师重复着。

在这样一位竞买者的面前，帽商早就低下了头，从整个大厅炽热的氛围中溜走了。

“三千美元成交。”拍卖师说。而我看到奥古斯塔斯·霍普金斯老板，这个自由公民，朝他走过去。很明显，他成了名人，只差给自己做几首充满溢美之词的赞歌了。

我艰难地溜出大厅，费了好大的劲儿才在一万人——在门口处等着看获胜的竞买者——中间为自己劈开一条道路。实际上，他一出现人群中便爆发出了一大片向他致敬的欢呼声。自昨日起，他再一次在热情的群众中间被簇拥进华盛顿旅馆。然而，他却以一种既谦逊又傲慢的神情向大家致敬，而晚上，他在人们一致的要求下、在狂热人群的喧闹声中出现在旅馆的阳台上。

“好吧，您怎么看待这件事？”晚饭过后，我把白天所发生的事情告诉了威尔逊先生时，他问我说。

“我认为我作为法国人，并作为巴黎人，松达格夫人非常优雅地给了我一个供我支配的座位而无须我付给她一万五六千法郎。”

“我想到了。”威尔逊先生回答我说：“但是，如果这位奥古斯塔斯·霍普金斯先生是个精明强干的人，那他这三千美元会给他带来十万美元的效益！一个荒唐到他这种地步的人，要想挣上个几百万，只需弯下个腰就可以了。”

“但他会是个什么样的人，这个奥古斯塔斯·霍普金斯？”梅勒薇尔夫人问道。

而这正是整个奥尔巴尼城和她所要问的问题，一系列事件应负责向她做出回答。实际上，几天之后，一些尺寸大小和形状非同一般的新箱子又会被从纽约发出的汽船运到这里来。其中一个房子样的大箱子将如人们所愿，或十分谨慎、或轻率地被置放在城郊的一个狭窄街道上。不久，这个箱子就不能往前移了，它得像个石制的区内居民似的一动不动地全天二十四个小时地待在那里。全城的居民都走向这一事件的舞台。霍普金斯利用聚集起来的人群做了一个令人瞋目结舌的讲话。他大声申斥着路管所的工程师，却绝口不提改变城中道路的线路好给他的大箱子腾出路面的事。

很显然，不久他就得二者选其一。或者掀开箱子——里面装的东西会引起人们极大的好奇心，或者拆掉已成为其路障的房屋。奥尔巴尼城里好奇心强的人们早就倾向于第一选择，但奥古斯塔斯·霍普金斯永远也不会听别人议论些什么。不过，事情不能一直处于这种状态。这一街区的交通堵塞已经形成，警察威胁要用法律手段强行拆开那该死的箱子。但霍普金斯一面直截了当地说出了具体困难，一面买下了妨碍他的那座房屋。接着，他让人把这座房屋拆了。这让我联想起他的这种新的表现是否会把他的名望推向顶点。他的名字和他的故事会在城中所有的沙龙里传播。问题只在于他是个体圈子里的人。还是个小团体圈子里的人。奥尔巴尼城中咖啡馆里有关这位神秘之人的计划是什么的赌注被确定了下来。新闻里则对此做了最为大胆的假设。只不过由于古巴和美国两个国家之间出现了困难因而暂时地转移了公众的视线。我甚至认为一位商人和此城的一位官员的决斗已经发生，而霍普金斯已然在这种情况下胜出，当上了冠军。

所以，当音乐会举行的时候，我是以一种比我的主人公冷静一些的方式参加的。由于他的出席差一点儿就改变了举办这场音乐会的初衷。而这位漂亮的松达格夫人的演唱天才实在太杰出了，观众们全都听得如醉如痴。

但最终，秘密很快就被揭开了，而奥古斯塔斯·霍普金斯也不再试图掩盖真相。原来，他这个人只不过是个普普通通的企业家，他想在奥尔巴尼城郊建个“水晶广场”式的商业群。他想独自开办一家——他的那些截至目前似乎只有各级政府才拥有垄断权的巨型企业之一的企业。他想要为全世界的工业建一处举办万国博览会的地方。

为了这一目标，他在距奥尔尼巴城三英里的地方购买了一大片荒地。在这部分闲置的土地上，只矗立着威廉姆要塞的废墟——它过去曾是设于加拿大边境、保护英国海外商行的要塞。霍普金斯早就购买了所有的物资，并从那时起就着手招聘工人，开始他的巨型工程的建设工作。他的那些巨大的箱子大概是机械设备、建筑用工具。所以，这个消息一传到奥尔巴尼证券交易所就引起了商人们的极大关注。

他们中的每一个人都试图与这位大企业家维持好关系，从他嘴里得到有关股份的承诺。可霍普金斯却含糊其辞地搪塞着所有这些热情的请求。然而，对于这些臆想出来的股票，股市中出现了一个杜撰出来的谎言，而从这一时刻起，股票交易大规模地扩展开来。

“这个人，”一天，威尔逊先生对我说，“是个十分精明的投机者。我不知道他是个百万富翁还是个乞丐，因为要想搞一个这么大规模的工程，应该是傻瓜或者罗斯切尔德财阀[①]才行，但他肯定能发大财。”

“亲爱的威尔逊先生，我不知道在这二者——即敢于搞类似项目的人，或支持并吹捧这类项目而并不从中提出更多要求的本地人——之间应该相信哪一位或者最为由衷地赞赏哪一位。”

“可人们就是这么成功的，亲爱的先生。”

“或者破产。”我答道。

“好吧。”威尔逊先生回答我说：“您知道，在美国，一次破产富了所有人，而不会毁了任何人。”

我无法找出反驳威尔逊先生通过事实本身说明问题的理由。所以，我等着看令我非常感兴趣的这些手段，以及这些大肆宣扬所产生的实际效果。我一直在搜索着有关奥古斯塔斯·霍普金斯企业的点滴消息，阅读

---

① 罗斯切尔德财阀：罗斯切尔德家族是地球上最为神秘的古老家族，是欧洲乃至世界久负盛名的金融家族。其创始人是梅耶·A. 鲍尔。19 世纪初，他和他的 5 个儿子即“罗氏五虎”先后在法兰克福、伦敦、巴黎、维也纳、那不勒斯等欧洲著名城市开设银行，建立了当时世界上最大的金融王国。据估计，1850 年左右，罗斯柴尔德家族总共积累了相当于 60 亿美元的财富。到 19 世纪中叶，英、法、德、奥、意等欧洲主要工业国的货币发行大权均落入了罗斯材尔德家族的控制之中。到 20 世纪初，罗斯材尔德家族所控制的财富估计的达到了当时世界总财富的一半。时至今日，世界的主要黄金市场也是由他们所控制。

着每天都吸引着我们的眼球、与我们进行着交流的报纸。

首批工人已动身前往“水晶广场”建设工地了，而威廉姆要塞的废墟已开始消失。问题并不在于这一巨大工程本身——其目标激起了公众真正的热情——而在于它是向全世界开放的一座工业宫！因此，各种建议从四面八方而来，从纽约来的和从奥尔巴尼来的，从波士顿来的，以及从巴尔的摩来的。一些乐器、银版照相法图片、腹部支撑器、离心泵、长型钢琴等都被形象地安排在宫内最佳位置处。而美国人的想象力一直在持续发挥着作用。有关方面保证在这座建筑物的周围将很快建起一座新城的所有房屋。奥古斯塔斯·霍普金斯要建一座以他的名字命名、可与新奥尔良相媲美的城市。这座城市——由于它的附近有法国的殖民（原文如此）[1]，所以筑有防御工事——将很快成为美国的要害之地！

当这些夸大之词在民众中传播开来的时候，这一新动向的主人公差不多安静了下来。他有规律地进出奥尔巴尼证券交易所，打听商业上的事情，打听投机买卖上的事情，记录下船只到港的时间，但却对他的宏伟蓝图闭口不谈。人们甚至感到惊讶：一个凭借自己力量的人却不求助于时髦的广告栏里铺天盖地的广告。他大概不喜欢以普通的方式去创办一个企业。他想要独创辉煌。

然而，在一个晴朗的早晨，《纽约先驱报》的新闻栏目中刊登了以下一则新闻：“每个人都知道新‘水晶宫’的工程进度神速，老威廉姆要塞的废墟也已消失，工人们以极大的热忱挖着这个令人赞叹的建筑物的基

---

① 此处书中标注有“原文如此”字样，是因为凡尔纳所述与历史事实不符。

坑。有一天，一位工人的镐头刨出来一个让人无法推测其年代的宽地道。人们在里面发现了一个似乎埋在地下有几千年的巨大骨架的残骸。这一发现不会延误应该赋予美国一个世界第八大奇迹[①]的工程的进度。”

由于美国的报刊中充斥着数不清的杂闻，所以在读到这几行字的时候我没有太留意这几行报道。我不怀疑稍后应有人对此加以利用。的确，这一发现从奥古斯塔斯的嘴中说出就会具有无法抗拒的重要性。他越是有保留地表示要说明有关“水晶广场”今后的方案，他越是得做大量的有关挖掘这一神奇骨架的演讲、讲述、思考和推断。他似乎要把他所有的发财和投机计划都与这一事件联系在一起了。

此外，这一新的发现好像真的令人惊叹。按照霍普金斯的命令，挖掘工作向前推进着，以便挖到巨兽的另一端。进行了三天艰苦的挖掘之后，仍无任何结果。所以，人们仍无法预见它那非同一般的个头儿究竟有多大。当霍普金斯亲自领导深挖土方至其下二百英尺深的时候，他终于看到了这头巨兽的另一端。消息以闪电般的速度扩散开来，而这个在地质年代中的唯一事实具有真正的可称之为奇迹的特点。

---

① 喻可与世界七大奇迹相比的雄伟建筑物或其它类似之物。

UPMOST
HOPKINS

有着敏感性强、爱夸张、性情多变的这些性格的美国人立刻抓住了这一事件，并增加了这一事件的趣味性。人们在想：这巨大的残骸会来自何处，而这正是应对从本地挖掘出来这个大家伙做出结论之所在。关于这方面的研究，已指明在奥尔巴尼科学院进行。

这个问题，我承认它比起工业宫的光辉前景，以及新大陆怪诞的投机行为更令我兴趣盎然。我开始窥伺这一事件的细微情节。这不太难，因为报刊以所有可能的方式报道此事。此外，为了能从霍普金斯公民身上获得一些有关此事的细节，我还是比较幸运的。自他出现在奥尔巴尼城以来，这位非同寻常的人一直是城里上流社会所关注的对象。在美国，上流阶层是商人阶层，一位如此果敢的投机商人会受到与其社会地位相称的接待。同样，在他们这类人的社交圈子里，在盛大的交际会中，在家庭的茶话会中，他受到极具特色的热情接待是件再自然不过的事。一天晚上，我在威尔逊先生的沙龙里遇见了他。当然，我们没有谈论别的话题，只谈了这件异乎寻常的事。另外，霍普金斯先生本人走在了所有提问者的前面。

他从该动物化石的发现、从化石的生成方式、从它难以估计的价值上给我们做了一个有趣的、深刻的、学识渊博的，然而又是在精神层面上的描述。这甚至让人隐约觉得他在心中酝酿着利用这一发现进行一次投机活动的想法。

“我们的工程仅仅是暂时中止。”他对我们说：“因为在彻底完整地挖出这一动物骨架期间，我的几座新建的建筑物已经在相当多的地块上拔地而起。”

“但您能确定，”有人问他说，“这个动物的骨架是埋在这部分未开发的土地之下吗？”

“对此不能有任何的怀疑。”霍普金斯肯定地回答说：“从我们发掘出的骨架碎片判断，这个动物的个头儿应该很大，而且大大地超过了以前在俄亥俄[①]山谷发现的著名的乳齿象的个头儿。”

“您这么认为？”某位名叫凡·高尔尼的人大声说。他是自然主义者的那一类人，像他的同胞们从事商业活动那样，他从事科学与研究活动。

“我肯定！”霍普金斯反驳说：“从其结构上看，这个怪物明显属于厚皮动物，并具有洪堡[②]详细描述过的所有特点。”

“太不幸了！”我不由自主地叫道:“我们无法把它完整地挖掘出来！”

“谁在阻碍我们挖掘？”凡·高尔尼激动地问。

“可那些新建的建筑物才刚刚拨地而起！”

---

① 俄亥俄州位于美国中东部，是五大湖地区的组成部分，别称七叶树州。位于俄亥俄河与伊利湖之间，因俄亥俄河得名。

② 亚历山大·冯·洪堡（1769年9月14日—1859年5月6日），著名的德国自然科学家、自然地理学家，近代气候学、植物地理学、地球物理学的创始人之一，是19世纪的科学界中最杰出的人物之一。他走遍了西欧、北亚和南、北美洲。于1799年开始到南北美洲收集了不少标本和资料，于1804年回到欧洲。从1808年起留居巴黎整理资料，先后计达21年。在巴黎出版不少著作，其中最著名的有《1799—1804年新大陆热带区域旅行记》30卷,《新西班牙王国地理图集》(1810年)，《植物地理论文集》(1805年)等。他的活动不仅限于科学考察成果方面，对于科学理论方面也颇有贡献。他根据前人和自己所测定的世界各地温度，于1817年第一个绘制了全球等温线图，因此使同纬度各地的气候得以互相比较，大陆气候和海洋气候的差别才因此得以显示。

我刚刚陈述了让我觉得起码是很自然的这一困难，便成了一群不屑地笑着的人的笑柄！对于这些果敢的商人们来说，这似乎是件非常简单的事情，把该拆的全拆掉，为了挖掘出在《圣经》中所描述的梅莫斯[①]同一时代的人，他们甚至连纪念碑都敢拆。因此，当听到霍普金斯说他已经下达了有关这方面的命令之后，没有一个人对此感到惊讶。每个在场的人都从心底里祝贺他，并觉得好运总是惠顾那些果敢而又大胆的人这一说法不无道理。至于我，我真诚地祝贺他，并想作为首批参与者之一去参观这一令人惊叹的发现。我甚至答应他去名称早已为公众所熟知的“水晶广场”。但是，他请我等待挖掘工作彻底结束。因为人们尚无法判断这个动物化石究竟有多大。

四天之后，《纽约先驱报》报道了这一巨型骨架挖掘的最新细节。它既不是毛象的骨架，也不是大象化石，更不是史前野兽、猛犸象、翼手龙和蛇须龙的化石。因为所有这些科学上的怪名词全是用反用法[②]援引的。上面所提到的各种动物化石至多属于地质上的第二及第三世。然而，由奥古斯塔斯·霍普金斯领导的挖掘工作已被推至原成岩第一期——彼时，地球的地壳已变得很坚硬。而且，在这些地质年代中，截至目前，没有发掘出任何动物的化石。所有这种科学上的展示，美国的商人们知道得

---

① 梅尔斯是爱尔兰哥特式小说家、戏剧作家查尔斯·马杜林小说《漫游者梅莫斯》（1820）中的人物及该小说的标题。该故事讲述了一个关于半人半魔的怪物用自己的灵魂换取财富和权力的恐怖故事。悲剧的是，他后悔得太迟了，致使他发疯似的尝试说服人类跟他交换灵魂。

② 此为修辞学用语，即用字词表达相反的意思，例如：这个勤奋的孩子每周读书很少超过一小时。改句中的“勤奋”实际上是“懒惰”的意思。

并不多，这是个不争的事实。《纽约先驱报》是份在全美发行的报纸，故而得以到处传播令人难以置信的社会新闻。它并且由此得出结论：这一巨物既不是软体动物，也不是厚皮动物、啮齿类动物、食肉动物、两栖哺乳动物，而是一个人！而这个人是个巨人！因此，人们再也无法否认巨人的存在了。这一发明说明《圣经》中描述奥格，巴桑的国王，身为巨人领袖的这一章节、以及其它曾经引起过极大争议的章节的论述是很有道理的。人们看到《纽约先驱报》上的这篇文章具有能引发出阵阵轩然大波的讨论要素，如事实确凿，科学及地质学史上的所有理论均应修正。既然人发现了地质洪积世时代里所形成的化石，那就说明它们是在早于《圣经》里描述的诺亚时代的大洪水时期被埋在地下的。

这篇文章引起了极大的轰动：文章被美国所有的报刊转载，这一谈论主题成了热门话题，而新世界的名嘴们把这些科学上的异质[①]名称扩散开来。有关这方面的大规模讨论已经展开，人们推断出——他们很快就得出美国所在的土地是人类的摇篮，而不是亚洲——令美国人感到最为体面的结论。

在学术研讨会和科学院召开的学术会议上，学者们确凿地证明美洲自然界初始之际就有人类居住，曾经是人类持续迁徙的地点。新大陆从旧大陆那里夺走了古代的荣誉。出于爱国情操，大量的学术论文集已把这一如此重大的问题——是美洲原始人类穿过巴拿马地峡、走遍了西印度诸省——记录在案。最后，一次学者会议——其会议记录为美国所有

---

① 指不相似的。

新闻机构的刊物所转载及评论——证明人间天堂位于宾夕法尼亚州、弗吉尼亚州、伊利湖范围之内。它曾经占据的地方相当于现在俄亥俄州的面积。

我承认，对于旧大陆具有颠覆性的所有这些倾向把我吸引到了极致。我仿佛看到亚当和夏娃放牧着一群群野兽，这在美国和在幼发拉底河——人们没有找到任何的踪迹——一样，已不再是传说。在我的头脑中，阴险、毒辣的魔鬼全都是以蟒蛇和响尾蛇的面目出现的。但令我最感到惊奇的就是人们是抱着盲从和随意相信奇迹存在的心态去相信这一发现的。像他们所说的那样，没有人有这个骨架可能是报刊的胡乱吹嘘、是一场骗局的想法。而在最为热心的学者们中间，没有一个人不想亲眼看一下能在他们所从事的学科研究里引起轰动的这一奇迹。我把我的这个观察告诉了梅勒薇尔夫人。

“何必庸人自扰，把自己手边的工作撂下来呢？”她对我说：“时间一到，我们就会看到我们亲爱的巨兽了。至于它的结构和外形，在全美国，人们走上不到一英里的路就能看到以最为精巧的工艺做出的复制品。”

事实上，在广告宣传方面，奥古斯塔斯·霍普金斯这位投机者充分地显示出他的天才：为了大肆宣扬“水晶广场”项目，他越是表现得有所保留，就越能发挥出热情、发明和想象力，以便把他那个神奇的骨架深深地植根于他的同胞们脑海之中。此外，自从他的独创吸引了公众的注意力以来，他真是无所不用其极。

很快，城里的墙上便贴满了画着从各个角度揭示巨人结构的五颜六色的广告。霍普金斯用尽了在广告宣传方面已知的所有手段：激动人心的色彩、覆盖在城墙上的用刷子写出的广告语，港口的护栏上、游人散步的树林中的树干上。有些广告的广告词写成对角线形，另一些广告广告词极为简单明了。但在它们之中，当天商业上的广告，不论是什么类型的，全都是广告里面的重中之重，这类广告上的字体很大，强行吸引着路人的注意力。一些被雇佣来的人穿着紧身宽下摆长衫和短大衣打扮成著名的骨架的样子，行走在所有的街道中充做活广告。晚上，一些巨大的（后面用灯光照射的）透明画，在光底版上用黑色投射出那个令人赞叹的乳齿象身上所有的特点。

霍普金斯老板并不满足于美国广告界所使用的一般方法，广告和报纸上的第四版对他来说是不够的。骨骼学的研究成了真正的潮流，在此潮流中，他抛出了居维埃、布拉门巴赫、巴克兰、林克、斯坦伯格、布朗尼阿特，一句话，《化石研究》杂志作者中最有名、最陌生、最古怪的那些名字。这一潮流有不少跟潮者及赞赏者。有一天，两个人在大门处被压死了。

毫无疑问，奥古斯塔斯·霍普金斯给他们举行了隆重的葬礼，而送葬队伍中的旗帜上不可避免地出现了毛象的形象。

对于奥尔巴尼城本身及其郊区来说，这些方法很不错，但重要的是他在全美推动这个项目的商业活动。英国的拉姆利先生，在詹妮·林德初出茅庐的时候，向肥皂制造商们提供了他们工厂所需的模具，条件是这些模具必须有上述这位著名女歌唱家的凹形头像。对方接受了这个要求，既然人们使用带有女歌唱家头像的肥皂洗手，所以商业销售效果极佳。霍普金斯使用了一个与之相似的方法。按照过去与制造商鉴定的合同，为了迎合顾客们的喜好，他们在衣料、披肩上印上了著名的乳齿象的图案。帽顶上也装饰上了这种图案。更为特别的是盘子上、餐具上都打上了这一令人头晕目眩的现象的印记。在人们的衣着、穿戴、餐饮等方面全都无法避开它。它一直很有意思地陪伴着人们的日常生活。至于我，我非常讨厌用某个以在（诺亚时代）大洪水之前的骨架做装饰的盘子吃饭。甚至应该承认，如果这种广告业的怪癖成为时尚的话，那人们将会表现出到菜肴的下面去找、透过自己所喝的汤去看那些最具颠覆性的骨架和最杂乱无章的广告。料理是最具颠覆性的，而广告却是五花八门的。我列举的实例虽然并不完全，然而却是可信的。但我确认其影响是巨大的。当报纸报道铺天盖地、鼓号齐鸣、火炮朝天开枪宣告这个奇迹将于近期向公众开放，让公众去欣赏，这会得到全球一致的赞赏。从这时起，人们要盖起一座巨大的大厅以便容纳下更多的人，正如那个广告词所说的："热情观众的数量并非无限，但传说却显示这些巨人之一的那个骨架曾想头顶云天。"

几天之后我就得动身了，我很遗憾不能在奥尔巴尼再逗留一段时间，以使我能出席这场面奇特的开幕式。另一方面，没有起码看到点儿东西，我不想就此离开美国。于是，我决定秘密地前往"水晶广场"。

一天早上，我肩上挎着枪，出了奥尔巴尼城，朝北走去。路上大约走了三个小时，没有得到前往我的目的地的确切消息。对我来说，不论这座工业宫的股票在奥尔巴尼证券交易所的挂牌价高得有多离谱，也不论这座美利坚合众国提前引以为自豪的新城都不再是问题。然而，由于我一路都在寻找威廉姆要塞的遗址，走了十五六英里的路程之后，我才完成了这次行程。

我看到在一片宽阔的平地——其中有一块地被最近搞得几个不太重要的工程弄得乱七八糟的——的中央有一大块空地被用木板搭成的围栏

封闭着。我不知道它是不是围着“水晶宫”的工地。幸好，这个问题被一位我在附近碰上的、朝加拿大边境方向走去的猎海狸的人所证实。

“就是这里。”他对我说：“但我不知道人们准备在这里干什么。因为，今天早上我听到了不少声枪响。”

我谢了他并继续着我的搜索。

在围栏外面，我没有发现任何施工的迹象。那些“巨型建筑物”似乎就要赋予其活力和生命的荒原死一般寂静。

不走进被围栏围起的场地就无法满足我的好奇心。于是，我决定到围栏周边转上一圈儿，去看看我是不是能发现几个方便出入的进出口。我走了好久，没有发现一个门。我的心中感到挺沮丧，到了只得求老天爷帮个忙，让我找到一个缝隙、一个洞，好让我钻进去看上一看的地步。当我走到围栏的一角时，我发现只需猛地用一下力，支柱和木板就会被推倒。

我毫不犹豫地在栅栏里往前走。这时，我行走在一片完全荒芜的土地上，一些被除去泥土的石块横陈在各处。大量土方的移动使得地面变得起伏不平，如同被暴风肆虐过的大海中的波涛一般。我终于走到了一个深坑的边上，坑内有大量的枯骨以及只保存住了钙盐的动物残片，其胶状部分很早以前就脱落了。

因此，在我眼前出现了那个引发了无数喝彩声的目标，以及受到众多广告宣传的对象。这景象肯定没有什么新奇的，坑里面是一堆各种各样的骨骼碎块，碎成千百块的残片，其中一些碎片好像是最近才碎的。在这些碎片中，我没有发现人类骨架最为确凿的那些部位，按照报纸上公开宣布的尺寸，它应是巨型的。不过，不用过多的想象力我自己就可以认定自己是站在一个兽炭的制品面前。事情就是这么回事！当我走到一个遍布人走过的足迹的斜坡时，我发现了几滴血。我甚至在想：自己想必成了一个被谬误玩弄的对象。顺着这些血迹，我到了一个缺口处，发现了新的血迹。在这儿，我没小心，身上又蹭上了几滴血。

我甚至弯下腰来捡起了一张擦枪用的、被火药熏黑了的废纸片。所有这一切都与猎海狸的猎人所说的话相吻合。

仔细观察着的时候，我辨认出纸上写的几个字。这是一张给奥古斯塔斯·霍普金斯的供货单。供货人是个叫巴克利的先生。供货单上没有标明所供货物的用途，但从我发现的散落于各处的新的碎纸片里使我明白了这究竟涉及什么。我沮丧之极，因而我抑制不住自己，不禁笑个不停。我直接面对着的是个巨人，以及他的骨架？然而，它却是一个完全由异质成分构成的骨架，肯定是由曾经生活在肯塔基平原上，名字叫水牛、小牡牛、黄牛、奶牛中的部分骨架。巴克利先生是纽约一名非常老实的屠户，他曾经卖给奥古斯塔斯·霍普金斯先生大量的骨头和碎片！这些化石肯定是从未堆积在俄萨山上的珀利翁山①来越过奥林波斯山的！它们大概是被显赫一时的、大吹大擂做广告的那个人——他必定在挖掘那想必永远也不会存在的“水晶广场”的地基时会碰巧发现它们——故意埋在地下的！

我到了进行思考及较为真诚地突然发笑的地步。我若和我的东道主

---

① 出自荷马史诗《奥德修斯》。俄萨山和珀利翁山都位于希腊中部。海神波塞冬的两个孙子俄拖斯和厄菲阿尔忒斯打算把俄萨山摞在奥林波斯山上，再把珀利翁山放在俄萨山上，以此做上天的阶梯，向永生的天神宣战。后来，他们被阿波罗杀死，这个愿望就不了了之了。

们一样，当外面响起一片欢快的叫喊之声时，我岂不成了这个不可思议的骗子的牺牲品了！

我朝缺口跑去。我发现奥古斯塔斯 · 霍普金斯老板手里拿着枪跑着，并做出一副兴高采烈的样子来。我朝他走去，发现我出现在他的“战功”现场，他没有表现出丝毫的不安。

“胜利！”他高喊着。

他的两个黑仆人鲍比和达勾巴跟在他的身后，和他保持着一定的距离，拖着一个动物的尸体！至于我，想到这个胆大包天、好愚弄别人的人要把我当作他的挡箭牌，出于经验，我心中已有戒备。

“我很高兴，”他对我说，“我有了个我所取得‘战功’的见证人！您看到了一个猎虎归来的猎人！”

“老虎？”我叫道，决定不相信他说的每一个字。

“而且是只红虎。”他补充说：“就是美洲狮。它享有凶残的美誉。如您看到的，这头该死的野兽钻进了我的围栏，它撞坏了直至此刻能抵御大众普遍好奇心的围栏，并把我那令人惊叹的骨架撞碎。因此，我毫不犹豫地追逐它，直至把它杀死。我在离这儿有三英里的一个小树林里追上了它。我看着它，它用它那冒着凶光的两只眼睛盯着我。因我抬手一枪把它击中，所以它无法转身，便猛地一跃。这是我平生开的第一枪，但是，活见鬼，它会给我带来点儿荣誉，就是给我三十万美元我也不会让给别人。”

“这会带来几百万的收益。”我心中想。

这时候，两个黑人到了。他们拖着一头体型巨大的红老虎的尸体。这种野兽在美国的这部分地区很少见。它的毛是浅黄褐色的，耳朵是黑色，尾巴根儿也是黑色的。我没有急于了解这头美洲狮是被他打死的，抑或是由不论是哪个叫巴克利的人恰逢其时地给他提供的一头死狮子。因为，我为这个投机商以随随便便、漫不经心、轻描淡写的态度谈论着他的巨人骨架而深感震惊。当然，整个这笔买卖得让他付出十多万法郎！由于并不想让他知道我于偶然间发现了他的秘密，以及他设下的骗局的底细（他早该为此感谢上天了！）。所以，我简简单单地对他说："您将来会怎么样？您未来会做什么？"

"但我只做一个决定。不管我做了什么，我现在成功了。是这头美洲狮撞碎了这个令人惊叹的，并且因为是巨人骨架中的唯一一个从而获得了全世界的赞誉、欣赏的骨架。但它不会因此毁掉我的威望、我的影响，以及我的作为名人的特权。我将利用这一事件。"

"但是，面对热情，而且是迫不及待地想要见到它的公众，您将如何脱身？"我严肃地追问道。

"对他们讲真相，只是真相。"

"真相！"我叫道，极想了解一下公众透过"真相"二字所能领悟到的，以及"真相"二字从他嘴里说出会产生什么样的效果。

"毫无疑问，"他简单地回答我说，"这头野兽钻进了这个围栏，难道这不是事实吗？我追逐它，并把它杀死难道不是事实吗？"

"又是一大堆理由。"我想："可我会对此不予置评。"

"公众，"他继续说道，"不能有超出范围的过高要求，既然他们会了解到事情的全过程。因此，我将会被公众看作是一个非凡的勇士。但非常不幸的是，我几乎再也看不到我还缺少什么样的声望了！"

"但这种声望会给你带来什么？"

"带来财富，如果我能充分利用好它的话。在我们所处的这个世纪里，现在，所有的一切都被开发了。而过去，对艺术和工业领域里的杰作进行投资所获得的利润早已全都进了开发它们的人和炫耀它们的投机商人的囊中！为了自身，而且通过自身的努力，那些投机家们是多么的引人注目而且出名啊！他们总把他们的成就强加给大众，因为它们还会变得更加出人头地。如果华盛顿在约克城败北之后，想到要展出一些有两个头的小牛犊的话，他肯定会挣到很多钱。”

“这有可能。”我严肃地回答说。

“这是肯定的。”奥古斯塔斯·霍普金斯反驳说：“所以，我只对我所要展示、推出的、炫耀的主题的选择感觉困惑。”

“是的，”我说，“但选择是困难的。男高音被累得疲惫不堪，而次男高音更是常感精疲力竭。女舞蹈家们舞出了时代的劲舞，她们的双腿因成就她们的辉煌而变得珍贵无比。连体双胞胎兄弟肯定存活过，海豹们毫不理睬专心的驯兽师们对他们的训练，对这一切置若罔闻。”

“同样，我根本不关心类似的新闻。因为，某些累得筋疲力尽的男高音、极度疲乏的女舞蹈家们、死去的连体双胞胎兄弟、默不做声的海豹们，他们的命运对于一个通过自身努力而彰显出自我价值的人来说还是不错的！因此，我想我会很高兴地在巴黎见到您，我亲爱的先生。”

“这么说，您打算，”我马上问他说，“在巴黎找到这个价值不大、微不足道的目标而衬托出您辉煌的业绩吗？”

“可能，”他严肃地回答我说，“如果我像某个女看门人[①]的女儿——

① 相当于中国的“门房”。

她从未被某个音乐戏剧学院所录取——伸出援手的话，我一定把她培养成南、北美洲最伟大的女歌唱家。”

说完这话，我们道了别，我回到了奥尔巴尼城。就在当天，传来了一个可怕的消息，霍普金斯破产了。兼顾他的利益，数量可观的针对那些破产企业的认购活动展开了。每个参与认购活动的人都前往“水晶广场”研判灾难的程度，这让投机者们赚了不少的美元。霍普金斯把让他恰逢其时地破了产的那头美洲狮的皮子卖了个奇贵的价格，并保住了新大陆最为果敢的投机商的美誉。而我，我回到纽约，然后就回到法国，让美国于不知不觉中成了人们所能想象得到的、最为著名的（在广告中）大吹大擂的受害者，而且只能求助于一个五流的女歌唱家重新披挂上阵。

于是，我从中得出结论：如果克里斯托弗·哥伦比亚没有发现美洲，那么，没有天才的艺术家、没有嗓子的歌唱家、没有膝弯的舞蹈家、没有跳绳的跳绳者的未来是很可怕的。

亚 当

一

扎尔托克索弗尔 - 阿依 - 斯和（Le zartog Sofr-Aï-Sr）——意思就是博士，索弗尔世系，一百零一代第三男性代表——沿着巴齐特拉（Basidra），阿尔斯 - 依坦 - 菽（Hars-Iten-Schu）——换句话说就是“四海王国”——的首都巴齐特拉的主要街道慢步走着。实际上，四海：杜贝罗恩（la Tubélone）或者说是北海，埃欧恩（la Ehone）或者说是南海，斯蓬恩（la Spone）或者说是东海以及梅罗恩（la Mérone）或者说是西海，是这一国土辽阔的国界，王国的国土形状很不规则，其端点，按照读者所熟知的测定方法，到达东经四度，西经六十二度，北纬五十四度，南纬五十五度的地方。至于这几个海的各自面积，怎样去估计？既然它们连在一起，所以只不过是个大概的估计。而一位航海家，从不论是哪一处海岸出发，一直往前航行，肯定会到达与其相反的海岸吧？因为在整个地球的表面上只有四海王国这么一块陆地。

索弗尔（博士）慢步走着，首先是由于天太热。现已到炎热季节，而在位于东海沿岸，或者说是东海沿岸的巴齐特拉，在距离赤道以北不足二十度的地方，一个可怕的光线瀑布，从此时起把已从接近天顶[①]的太阳上倾泻下来。

但是，温度越高，身体越乏、思想的重负使索弗尔扎尔托克的脚步越慢。他用一只手漫不经心地擦拭着额头上的汗，回想起刚刚结束的会议。在会上，有许多有口才的演说家们——他也属于这些受人尊敬的演说家之列———起隆重地庆祝了王国成立一百九十五周年。

一些人叙述着王国的历史。也就是说，甚至是全人类的历史。他们证明在阿尔卑斯依坦一菽，即四海王国的国土上，国家从一开始就处于分裂状态。在数量巨大的野人部落之间，相互不来往。这些部落起源于最为古老的传说。至于光前的史实，没有人了解，而自然科学也是刚刚开始在过去那漆黑一团的黑暗之中发现一丝曙光。无论如何，那些遥远的年代逃脱了历史评论——其有关分散于各地的古老部落的模糊概念形成了最早的基础知识。

在八千多年的历史长河中，从比较确切、比较完整的历史阶段来看，四海王国的历史只不过是战争史和战斗史。光是个体一对一，然后是家对家，最后是部落对部落。每个大活人、每个集体、不论规模大小，随着年限不断地增长，从不想其它什么事，只是一心想着保持对其对手的绝对优势，并尽力利用各种好机会——但往往事与愿违——以他们的法

① 天体地平坐标系的基本点。

律去奴役对方。

在距今不到八千里的过程中，人们的记忆稍稍清晰了一些。在第四阶段——人们通常把阿尔斯 - 依坦 - 菽（即四海王国）的编年史分为四个阶段——中第二阶段初期，传说开始与历史上的这一名称更加贴近。此外，传说或历史，故事的题材几乎没有变过。一直是杀戮和屠杀，那的确不再是部落对部落的杀戮，而是后来的人民对人民的杀戮。因此，总的说来，第二阶段的情形与第一阶段的情形没有什么样非常明显的不同。

经历了近三倍于第二阶段的时间之后，刚刚在近二百年前结束的第三阶段也是一样。这个第三阶段大概比以前更凶残一些。在此期间，聚集成无数军队的人们以贪得无厌的狂热，用他们的鲜血浇灌着大地。

在距索弗尔扎尔托克沿着巴齐特拉主要街道走着的那一天稍少于八百年之前，就大规模的动乱而言，人类实际上已经成熟。在那时候，由于武器、火、暴力已经完成了他们必要工作的一部分，弱者死于强者之手。所以，移民至四海王国的人们组成了三个同质的民族。在他们之中的每个民族里，岁月抹去了昔日的战败者和战胜者之间的差异。正是在这时候，他们之中的一个民族试图征服他们的邻居。位于朝向四海王国中心地带的安达尔帝 - 阿 - 撒姆戈尔（Andarti-ha-Sammgor），或者说是青铜脸人，为了扩充边界，他们毫不留情地战斗着。在边境上，他们抑制住了自己热情而又有繁殖力后代的发展。他们以百年的战争为代价，相继征服了安达尔蒂 - 马阿尔 - 奥利斯人（Andarti-Mahart-Horis），“雪国人”，他们居住在南部中心地区，以及安达尔蒂 - 米特拉 - 波苏尔人（Andarti-Mitra-Psul），“静止星人”，其王国位于西北方。

自曾经湮没于血泊之中的后两国人的最后反抗以来，近两百年的时间已经过去了，这片土地最终经历了一个世纪的和平。这就是历史上的第四阶段。唯一的一个王国取代了昔日的三个王国，所有的人全都服从巴齐特拉的法律。政治统一体有使种族融合在一起的倾向。没有人再谈“青铜脸人”“雪国人”“静止星人”，这片土地上只有“四海王国人”（Andarti-Iten-Schu），他们把其他三个王国全都吞并了。

但是，在这二百年的和平时期之后，第五阶段似乎已在孕育之中。一段时间以来，不知从哪里来的风言风语流传开来。这表明有一些思想家想要唤醒人们脑海里本以为已经忘掉了的对于祖先的回忆。在使用新词的很有特点的新形势下，后代子孙们的怀旧情感得以恢复。人们常常谈起“祖传意识”“婚姻关系”“国籍”等等字眼儿。它们全都是为了满足一种需要而于最近创造出来的，为大众马上认可的新词汇。按照最初的社会团体、体貌特征、道德倾向、利益，或者只是简简单单的气候、地区来看，一些集团形成了。人们看到它们在慢慢地成长、壮大并开始焦躁起来。这种新出现的变化会如何演变？四海王国刚刚建立起来就要土崩瓦解吗？王国会像过去一样，分裂出许多小国，或者为了起码能维持住它的统一，它还应得借助于延续了几千年的可怕的屠杀，让王国的国土上尸积如山吗？

索弗尔摇了一下头，放弃了这些想法。王国的未来，不论是他，或者是其他任何人都不知道。因此，为什么要提前对不确定的事件感到担心呢？无论如何，目前不是争论这些不祥假说的时候。今天，一切都处于兴奋之中，人们只应想到令人敬畏的、伟大的马卡尔·希——四海王国的第十二位皇帝即可——他的权杖一直指引着全世界朝着光荣的命运迈进。

此外，作为一个扎尔多克，向来不缺表现喜悦的方式。除了让人们回想起四海王国辉煌往事的历史学家之外，还有一大批学者趁着庆祝伟大的国庆日之际，按照他们各自的专长，对人类的智慧进行了总结，并确定了曾经引导人类做了百年努力的那一点。然而，如果第一位在某种范围之内，以令人心碎的思考对人进行启发的同时讲述了四海王国通过了何等曲折而又漫长的道路才摆脱掉她的原始野性的话，另一些人则给他们听众合情合理的自尊提供了一份精神上的食粮。

是的，事实上，对赤手空拳、赤条条地来到人世间的过去人类和当今人类所做的比较广受赞美。在几个世纪里，他们虽然失和，有相互残杀的仇恨，但他们无时无刻不在与大自然作斗争，并不断地扩大着他们所取得的胜利规模。起初，进展是缓慢的。但近二百年来，他们胜利的步伐在惊人地加快。政治机构的稳定及由此而带来的普世和平使科学获得令人惊叹的发展。人类靠大脑生存，而不再仅靠四肢生存。它进行思考，而不是用失去理智的战争把自己搞得精疲力竭。因此，在近两个世纪期间，人类总是以更加迅速的步伐朝着获取知识和培养智力的方向行进着。

简单扼要地讲，索弗尔在烈日下，一直沿着巴齐特拉拉长的街道走着，脑海中呈现出人类征服大自然的景象。

人类曾经首先想到了在漫长岁月的黑暗之中可以把自己的思想记录下来的文字。然后，他找到了借助于一个可多次使用的模子——它可上溯至 500 多年前的发明——以散发出无数份笔头语言的方法。实际上，正是从这一发明中引出了其它所有的发明。正是由于它，人的大脑开动了起来，每个人的聪明才智都从周围人的聪明才智的发展中得以加强。而且，在实践和理论范畴，探索在令人惊叹地增加。目前，人们不再对其进行统计。

人类钻到地下，并从地底下开掘出煤矿——这个仁慈的热量供给者，它释放出水的潜在力量。今后，蒸汽将能在铁轨上拖拉沉重的机车，或者开动无数个功率强大、灵敏、精密的机器。用这些机器可以织出植物纤维，而且还可以随意加工金属、大理石和岩石。在不太具体或者起码不太紧迫、不太直接的应用方面，人类逐渐深入到数字的秘密之中，并不断更为深入地探索着数字真理之无穷。通过它们，人类的思想已遍历宇宙。它知道按照一些严格的定律,太阳仅仅是个在太空中移动着的星球，同时还拖着在其燃烧着的轨道上它的队列中的七个星球。人类了解了艺术，就是组织某些野蛮人，重新把他们变成了与前者毫无共同之处的新人，就是把某些其他的野人按其组成成分进行划分。他们对声音、热量、光线进行分析，并开始确定其特性及定律。五十年前，人类已经学会了利用表现力极为可怕的电闪、雷鸣所产生的巨大能量，并马上令其成为人的奴仆。这种神秘的原始力已把用文字表达的思想传递到非常遥远的距离中去了……是的，人类是伟大的，比无垠的宇宙更加伟大，在不久的将来人类将会成为宇宙的主宰。

那么，为了让人类掌握全部真理，有待解决的这个最后问题是:人类，世界的主宰，它是谁？它是从哪里来的？它坚持不解的努力会让她走向何种未来的终点？

这宽泛的主题恰好是索弗尔扎尔托克在他刚刚离开的仪式进程中所探讨的。当然,只不过是蜻蜓点水而已。因为这样的问题目前尚无法解决，而且这种情况仍会持续很长时间。然而,已有几缕曙光开始照亮这团迷雾，而这点点曙光之中最为耀眼的智慧之光不正是索弗尔扎尔托克在其前辈进行的自成体系、系统的、极为细致的观察，以及当他个人予以关注时由他所强力推出的吗？他在活跃物质的演变法则方面的研究获得了成功，现已被普遍接受，而且不再会有一个反对者。

这个理论建立在三个基础之上。

首先是诞生于人们挖掘地下深处以后随采矿业的发展得以完善的地质学方面。地球的地壳为科学界所彻底了解，以致于人们敢把它的年龄定为两万年。过去，这个大陆沉睡于海水底下，厚厚的海泥层始终覆盖着花岗岩层证实了这一点。通过何种机理它从波涛之中冒出头来？大概是因为地球变冷而收缩的缘故。对此，不论怎样，四海王国的浮现应该是不争的事实。

自然科学向索弗尔提供了其体系的另外两个基础，并显示出植物之间、动物之间的紧密同源关系。索弗尔的研究更加深入了。他明确地证明了几乎所有现存植物都与一种海洋植物——他们的祖先——有联系。而且几乎所有的陆地动物，或者空中动物都是从海洋动物进化而来的。通过漫长、但却是不停的进化过程，这些生物逐渐适应了一些生活条件。首先是邻近的，然后就是稍远的生活环境——它们早期的生活环境。而从一个阶段到另一个阶段，它们让大多数生活于陆地和空中的生物得以诞生。

很可惜，这个很有创见性的理论并非无懈可击。虽然动、植物界生物的祖先来自于海洋，对于几乎所有的生物而言，这似乎是不容置疑的，但并不是对一切生物而言。事实上，有某些植物和动物似乎无法与水生生物相联系，这就是该体系中的两个不足之处中的一个。

人——索弗尔并不掩饰——是另一个不足之处。在人和动物之间，不可能对其进行比较。当然，原始属性和机能，诸如呼吸、营养、生理的运动机能是一样的，并以同样的方式明显地完成或者表现出来。但是，在器官布局、数量和外部形态之间存在一个不可逾越的鸿沟。如果通过一个缺少少量链环的链，人们可以将绝大多数动物与其来自大海的祖先相联系，涉及人类，类似的前后演变关系是不可接受的。为了保持进化论的完整性，人们迫不得已毫无根据地做出假设：水中居民和人类来自于一个共同的始祖。可事实上，没有任何的始祖，绝对没有任何始祖可以表明其先前的存在。

有段时间，索弗尔希望在他偏好的方向上、在地下发现一些证据。在他的怂恿及领导下，挖掘工作持续进行了好多年，但是却以得到与其发起人所期待的截然相反的结论而告终。

在挖掉由我们每天所见到的类似或相似的动植物分解而成的薄薄一层腐蚀土层之后，人们便控制了厚厚的海泥层。在它的里面，过去的遗迹已经改变了性质。在海泥层中,再也没有发现任何现存的动植物的痕迹，但有一大堆绝对是海洋生物的化石，其同属生物仍经常生活于环绕着四海王国的海洋中。

从中得出什么结论，除非把地质学家在公开主张大陆过去曾经是这同一片大洋底部的论断正确，除非索弗尔在证实当代动、植物都起源于海洋的时候也没有搞错，对吧？既然除了几个极少的例外之人，人们有权视其具有怪异性，水生形式和陆生形式是人们可以找到其痕迹的唯一方式。这些形式肯定由那些形式所孕育。

对于这个体系的推广问题来说，很不幸，人们还需要有新的发现。在腐殖土层中，直至海泥层表面，散布着的无数死人骨架被挖了出来。

这些碎片从结构上看无一例外全是人类的，而索弗尔应该放弃从中寻找其客观存在、可以证明他所推出的、理论中的居间生物的想法。因为这些骨架恰恰正好是人的骸骨。

不过，一个较为引人注目的特殊情况被立刻确认下来。粗略地估计一下，可能是两或三千年前的某一古代，枯骨堆的年代越是久远，里面被发现的人的头盖骨就越小。相反，超过这一阶段，进化就颠倒过来了。而且，从那时起，时间越是往前推，由于脑容量变大的关系，这些头盖骨的脑容量就越大。脑容量最大的头盖骨恰恰是在这堆枯骨残片中发现的。另外，在海泥层表面发现的骸骨中遇到的这类情况极少。对这些年代久远的遗骸进行的细致鉴定不容置疑地证明那一时期人类大脑的发育要远远高于他们的后代，甚至包括索弗尔扎尔托克在内的现代人本身。由此表明，在 1600 或 1977 期间，继一次新的进化之后，肯定又出现了某种退化。

被这些奇怪的事情弄得心绪不宁的索弗尔继续向前推进其探索。海泥层被贯穿，按照不偏不倚的观点来看，其厚度和沉积层的厚度差不多，它形成的年代不会超过一万五千年至两万年。更深些的地方，人们惊奇地发现了少量的在年代久远的腐殖土层中的动物遗骸。然后，在腐殖土层的下面，是石头，按照探测地点的不同而形态各异。但是，令人惊叹之极的是发现了在这些神秘的深度之下几个不容置疑的原始人类残骸。这是属于人类的枯骨，而且还发现了一些武器或机器的碎片、几块陶片、几块破布——上面有用未知文字写出的铭文——几块经过精心加工的坚硬石片。有的被雕刻成几乎很完整的雕像形状，还有一些经过精细制作的（建筑用）柱头，等等。从这些新发现来看，人们逻辑地去思考并得出结论：四万年前，也就是说，在现代人中的首批代表——人们不知道他们是从哪里，也不知道他们是如何出现的——出现之时的两万年前，已经有人在这片土地上生活过，并在这里达到了十分先进的文明程度。

事实上，这就是为人所普遍接受的结论。然而，起码有一个持异议者。

这个持异议者不是别人，就是索弗尔。假定有其他人类——他们与其后继者被一个有两万年的时间所阻隔——曾是首批在地球上生活过的人。在他看来，这一想法纯属发疯。在这种情形下，这些消失了这么长时间，并和祖先没有任何联系的后代会来自哪里？与其接受一种同样荒谬的假设，不如停留在观望中为好。从这些无法解释的奇特事实之中，难道不应该总结出它们是无法解释的吗？总有一天人们会把它们解释清楚的。到了那时，最好不做任何考虑，并遵循这些充分满足纯理性的原则：

地球上的生命分两个阶段：（1）人类出现前的阶段；（2）人类出现以来的阶段。在第一阶段中，地球处于持续不断变化的状态。由于这一原因，地球那时是个无法居住、不能居住的星球。在第二个阶段，地球的地壳到了可使其稳定的内聚程度。很快，由于地球最终有了坚硬的基础，生命开始了，但它是以最为简单的形式开始的，并且一个世纪又一个世纪地向前发展着，变得越来越复杂，以致最终到达了有人类——它最终的一次、也是最为完整的形式——出现的地步。人类，刚刚在地球上出现就立即开始并不停地进行进化。它的进化过程的步伐是缓慢的，但却是坚实的。它逐渐向其具有完整的知识及绝对地掌控宇宙的终极目标走去。

信心满满、无法自制的索弗尔竟然走过了他家的大门，他嘟嘟囔囔地来了个 180° 大转身。

“怎么！”他自言自语道：“姑且认为人类——竟有四万年历史——

发展到了与我们相类似的文明程度，要不就是高于我们目前所享受的文明程度。而他们的知识，以及他们所获得的财富却消失殆尽，没有留下丝毫痕迹，到了让其后辈不得不从头开始其事业的地步，好像其后辈才是在他们之前、是无法让人居住的地球上的先驱者一样！但是，这无疑是在否定未来，宣告我们的努力是在白费力气，所有的进步好像波浪表面上的水泡一样脆弱！”

索弗尔在家门口歇了一下。

“Upsa ni!… hartchok!”——“不，不！实际上！”

“Andart mir’hoë spha!”——“人类是万物的主人！”他一面推门，一面嘴里咕哝着。

***

扎尔托克休息了一会儿之后，津津有味地吃了午餐。然后，他躺了下来，想睡个平常那样的午觉。不过，他曾经争论过的问题在他回到了家的时候依然萦绕在心，驱散了睡意。

不论他建立自然方法论完美标准的意愿如何，当人们一触及人类起源与形成的问题时，人们低估其理论体系存在不足之处的批判精神便非常强烈。提前做一假设使其与事实相符,这是与其他方法相悖的正确方法，但不是与他本意相悖的正确方法。

如果索弗尔不是一名学者，一名非常出名的扎尔托克，而是属于文盲之列，那他就不会感到这么困惑。实际上，没有把思想花费在深刻的思辨之中的人们总会满足于闭着眼睛去接受上古时代代代相传的古老传说。受制于一种强加于人的意志，用另一种奥秘去解释奥秘，在一种神力的干预下，传说可上溯至人类的起源。一天，地球以外的这种神力仅创造出了亚当和夏娃——第一个男人及第一个女人，他们的后代在地球上生活。这样，一切都非常简单地联系在了一起。

“这太简单了。”索弗尔思考着。当人们想要弄明白某件事情而感到绝望时，让神仙介入进行干预实在是太容易了。以这种方式寻求宇宙万物之谜的解决方案就成了无用之举，问题一经提出便立刻被取消了。

如果此前这个民间传说就存在的话，那它也不过是徒有一个严肃的表象而已！……但他没有任何事实基础。无非是一个诞生于蒙昧无知时期，而后口口相传的传统而已，直至出现了“亚当”这个名字！……这个古怪的、发音有点儿奇特，好像不属于“四海王国”的词是从哪里来的？众多的学者们对于文献学上的这一小难题感到束手无策，找不到令人满意的答案，所以有无数的学者们曾为此蒙羞……算了，所有这一切全是无稽之谈，不值得一位扎尔托克的注意。

神经质的索弗尔下了楼来到花园里。何况，这是他已养成的习惯，在花园里散步的时间。夕阳投向地面的温度不再是那么滚烫滚烫的了，一阵微风从东海岸刮来。他这个扎尔托克漫步在树荫掩映的小路上，在海风的吹拂下微微抖动着的树叶簌簌地响着。慢慢地，他的神经恢复到了往日的平衡状态。他赶走了全神贯注的思绪，平静地享受着露天的空气，对水果——花园的财富、花朵——花园的装饰产生了兴趣。

散步的过程中，他不经意间来到了他家房屋的一侧，他在里面藏有许多工具的深坑旁停了下来。这块地方将在短时间内建起一个新的建筑物，它的建筑面积有可能是他实验室面积的两倍。不过，节日期间，工人们停止了工作，玩去了。

当索弗尔对已完成的工程和有待完成的工程进行机械式评价的时候，

他的注意力被半明半暗的坑中一个亮点儿所吸引。感到困惑的他下到洞底，并把那个被土埋了大半截的东西从土里抽了出来。

扎尔托克从坑里爬了上来，在坑口亮光的光照下，观察着他的发现物。这是个匣子类的东西，由不明金属制成，灰色、表面粗糙、呈颗粒状，因长期埋在地下而失去了光泽。在它长度的1/3处有一道缝，这说明这个盒子分为两部分，一个被套在另一个的里面。索弗尔试着想把它打开。

他刚一尝试，因时间久远严重腐蚀了的金属就解体了，化作粉末。与此同时，他却发现了放在它里面的第二件东西。

对于托尔扎克来说，这件东西的材质也是新的，金属使其保存至今。这是一卷重叠在一起的叶形金属薄片，上面有些陌生的符号。从其规则性来看，是些文字，但是些他不认识的文字。像索弗尔这样的人都从没有见过与其相似的，甚至是类似的文字。

扎尔托克激动得全身发抖，跑到实验室并把自己关在里面。他把这珍贵的文献小心地展开，长时间地查看着它。

是的，这的确是文字，再确定不过了。但是，尽管如此，这种文字丝毫不像自有文字以来人类在地球上所使用过的所有文字中的任何一种。

这个文献从何而来？是什么意思？这就是摆在索弗尔眼前的两个问题。

为了回答第一个问题，必须先能够回答第二个问题。因此，首要的问题是要读懂它，然后再把它翻译出来。因为，从一开始他就能够肯定文献的语言和它的文字一样，都不为他所知。

没法子弄懂？索弗尔扎尔托克不这么认为，而且他不再耽搁了，兴奋地开始了工作。

这项工作持续的时间很长，很长，用了整整几年的时间。索弗尔没有放任自己。他毫不气馁地对这个神秘的文献进行着系统的研究，一步步地向光明前进。有一天，他终于掌握了解开这个无法辨认的字谜的钥匙。又有一天，他虽反复斟酌，下笔犹豫，费了好大的劲儿，但终于把它翻译成了四海王国的文字。

然而，当这一天到来时，扎尔托克索弗尔 - 阿依 · 斯（索弗尔博士，101 代第 3 男性代表）看读着以下文字：

二

罗撒里奥 2xxx 年

五月二十四日

我以这种方式注明了我的故事开始的年、月、日。虽然，它是在距这一日期非常近的另一天，而且是在另一些非常不同的地方写的。但是，出于同样的理由，依我之见，记下日期的先后顺序是绝对必要的。因此，我采用了“日记”的方式日复一日地记着。

于是，我从五月二十日起便开始记下了一些我听到的可怕的故事，我预备将它们在此详述出来，以便教育我的后人们，万一人类仍然可以指望能有某一个不论什么样的未来的话。

我用什么文字记日记？我可以流利地讲出的英文或西班牙文来写？不，我将用我祖国的文字，法文写。

这一天，五月二十四日，我请了几位朋友到我在罗萨里奥的别墅里来。

罗萨里奥，还不如说它就一直在墨西哥的一个城市。它位于大西洋沿岸的加利福利亚湾稍稍往南一点的地方。十多年前，我在这座城市里安顿了下来，为的是领导一处属于我个人的银矿的开发工作。我的生意令人惊奇的好。我是个有钱人，甚至是个非常有钱的人——直到现在，“有钱人”这个词仍令我大笑不止！——而我一直打算回到我的祖国,法兰西，并待上短短一段时间。

我的别墅是最为豪华的别墅之一，位于一个呈斜坡、朝大海方向延伸并突然在一个笔直的、高一百米的海边悬崖处结束的大花园的最高点上。在我的别墅后面，地势仍然在升高，通过曲曲折折的小路，人们可以登上海拔超过 1500 米的山顶。我常常开着我的马力强劲的豪车——我的车是 35 匹马力的双座敞篷车，是法国名牌车的一种——往山顶上开。这的确是令人愉快的兜风。

我和我的儿子，让——一个漂亮的男孩子，二十岁，在罗萨里奥安了家。当一对与我血缘关系甚远，但却与我心相近的夫妇死了的时候，我收留了他俩的成了孤儿、没有财产的女儿埃莱娜。从那个时候起，时间已经过去了五年，我的儿子让已经 25 岁了，我收留的、受我监护的未成年孤儿埃莱娜 20 岁了。我心中的秘密是要让他们俩结合在一起。

为我们服务的人有随身男仆杰曼，莫代斯特 · 西莫那——一位非常聪明的司机，两位妇女埃弟斯和玛丽——我的园丁乔治 · 罗利的两个女儿，以及他的妻子阿娜。

这一天，五月二十四日，我们八个人围坐在我花园中电灯灯光之下的桌子旁边，电灯由安装在花园中的发电机组供电。除了本宅主人、他的儿子、他收养的女孩儿之外，还有其他五位是宾客。他们中的三个人

属于安格鲁 - 撒克逊人，两个是墨西哥人。

巴瑟斯特博士代表的是第一类人，而莫雷诺博士代表的是第二类人。这是两位从事文字考古工作的著名学者，不过他们所从事的工作并不妨碍他们俩经常意见相左。但他俩全都是正直的人，是世间最要好的朋友。

另外两位安格鲁 - 撒克逊人的名字叫威廉森——罗萨里奥一个非常重要的渔场老板和罗森——一位大胆的人，他在城郊建了一个供应新鲜蔬菜和水果的公司，正从中获得巨大的财富。

至于最后一位宾客，他是曼多扎阁下——罗萨里奥法院的院长，是位受人尊敬、有教养、廉正的审判官。

我们快要吃完饭的时候，餐桌上没有发生什么值得注意的事情。大家直到此时所说的话我全都忘记了。相反，在吸雪茄的时候，情况可就不是这么一回事了。

这些话本身并非有什么特别的重要性，但很快就应成为事实的突然评论并没有给他们带来某种趣味，因此，我的头脑中永远也不会忘记这些话。

我们终于谈到了——通过什么途径并不重要——由人类实现的令人赞叹的进步。巴瑟斯特博士在某一时刻说:“事实是,如果亚当(当然，作为安格鲁—萨克逊人,他把‘亚当’的发音说成是‘牙当’)和夏娃(当然，他把‘夏娃’说成了‘霞娃’)再次来到地球上的话，他们会非常惊讶的！”

这是讨论的开始。作为达尔文的热情崇拜者、相信自然选择的拥护者，莫雷诺以讽刺的口吻问巴瑟斯特是否很严肃地相信“人间天堂”的传说。巴瑟斯特回答说他起码相信上帝，而且亚当、霞娃的存在已为《圣经》所证实，所以他不想再讨论这一问题。莫雷诺反驳说他起码和他的辩驳者一样相信上帝，但是第一个男人和第一个女人极有可能只是神话，是象征。因此也就没有任何亵渎宗教的人去假设《圣经》竟想要这样去描绘通过具有创作性的神力传播到第一个细胞——从它的里面接着又分裂出其它所有的细胞——里的生命之气。巴瑟斯特反驳说这一解释让人觉得似是而非，涉及这一问题，他更抱有人类是由神直接创造出来的，而不是通过大致是由猴子之类的灵长类动物演变进化而来的看法。

有一阵，我看到他们俩的争论就快要达到白热化的程度了。当讨论突然停止的时候，两位辩论对手竟于不经意间找到了一个共同点，况且事情通常就是这样平平淡淡地结束的。

这回，谈话又回到第一个题目上去了。两位对手一致赞美起人类已经达到的高度发展着的文化了，并充满自豪地列举着他所取得的成绩，而不管什么人类的起源问题了。所有的成绩都读到了。巴瑟斯特赞扬化学已发展到这样一种完美的程度，它有消失并和物理学融合在一起的倾向：由于这两个学科的研究目标是内在能量问题，所以它们会合二为一。莫雷诺赞扬着医学和外科学，多亏了这两个学科，人们已经深入到生命现象的自然本质——令人惊奇的发现可使人类在不久的将来让人充满活力的机体不死。现在，我们就暂且不谈众星球以及太阳系的七大行星了吧！

因兴奋而疲乏的两位卫道士休息了一会儿，其他的宾客利用这一机会以便轮到他们插嘴。他们的话题进入了如此深刻地改善了人类生活条件的实际发明这一广泛的领域。他们谈到了用于运输笨重货物的汽船和火车，为时间紧张的旅客们所使用的经济实惠的飞行器，为着急的人们所采用的能到达所有的大陆、所有的海洋的气动导管[①]或电离子。他们谈到了无数种一台比另一台更加灵巧的机器。

其中有一种机器可替代一百人的工作。他们谈起了印刷术和彩色照相术以及光、声光、热以及太空中的所有振动物。他们特别提到了电，这个如此顺从、如此听人支配、为其所拥有者和使用者所熟悉的因子。它可以不用任何链接插头，或者发动不论什么样的机器，或者操纵汽船、潜艇或是飞船，或是让人们得以靠书写互动、语音互动、影像互视，而不管距离有多远。

总之，这的确是一场过分的赞扬。我承认，这其中也有我自己的参与。不过，我们几个人在我的前辈们已经取得了尚不为人所知的知识水准，并有理由相信人类终将战胜大自然、取得最终胜利这一点上观点一致。

"然而，"利用做出最后结论的安静时刻，曼多扎院长以他那如笛声般婉转柔和的嗓音说道，"我曾说过，今天已消失而没有留下痕迹的人类，已经达到了与我们的文明一样的或相似的程度。"

"什么人？"坐在桌旁的人众口一词地问。

"哎呀！……比如说巴比伦人。"

大伙儿突然发笑。竟敢把巴比伦人和现代人进行比较！

"埃及人。"无动于衷的堂曼多扎继续说。

大伙儿在他周围笑得更厉害了。

---

① 利用空气压缩机提供的压缩空气的能量为动力来源而工作的装置。

“还有阿提朗特岛[1]岛民，仅仅因为我们的无知才让他们成了传说中的人物。”院长继续说：“这还不包括其他无数早于阿提特朗岛岛民、能够繁衍生息、昌盛一时并消失了的、我们对其一无所知的人类。”

堂曼多扎坚持着他的悖论，大家心中达成一致，默然不语，全都装出了一副认真的态度，以便不让他受到刺激。

“喂，我亲爱的院长，”莫雷诺以一种让人觉得是在教训孩子的口吻含沙射影地说，“我想，您不会主张这些古人类中的任何一个可以与我们相提并论吧？在道德和伦理范畴，我承认他们已经达到了等同于文明的程度，但在物质范畴呢？”

“为什么没有达到？”堂曼多扎提出异议说。

“因为，”巴瑟斯特解释说，“我们发明的目的是让它们即刻传播到所有的地方去。单独的一个民族或者甚至是相当多的民族的消失大概不会让他们所实现的进步全体受到损害。要想让人类的努力消失殆尽，大概需要全人类同时消失才行。请问这是不是一个可以接受的假设？”

在我们这样的讨论过程中，我们讨论的起因和效果继续在无穷的宇宙中集体出现，而当问题被巴瑟斯特博士刚刚提出不到一分钟，他们的全部结果就将只会充分地证实曼多扎的怀疑态度是对的。但是，我们丝毫没有意识到这一情况。我们心平气和地高谈阔论，有的人靠在椅背上，其他人则把肘支在桌子上，所有人的同情目光都集中在曼多扎身上，因为我们心中猜想巴瑟斯特的辩驳会让他难以忍受。

① 该岛系希腊传说中位于大西洋中的一个大岛。

“首先，”平心静气的院长回答说，“必须承认，地球上过去没有现在这么多的人。因此，一个民族就会绝对拥有属于他们自己的渊博知识。其次，一开始就承认整个地球的表面可能同时一下子被毁得一塌糊涂，我也没看出有什么荒谬的。”

“对呀。”我们终于达成了一致的意见。

恰恰在这时，地壳发生了激变。

我们仍在一起说着这个“对”字的时候，传来一阵可怕的嘈杂声。大地在颤抖、塌陷，别墅的底部在晃动。

我们撞着、挤着，被一种说不出的恐惧所折磨。我们急忙朝室外跑去。

我们刚刚迈过门槛，整座房子便轰然塌下，把曼多扎院长和我的贴身男仆杰曼埋在了瓦砾堆下：他们两个是最后往外逃的人。在十分自然的惊恐之后，过了一小会儿，我们正准备去救他们俩的时候，我们发现我的园丁罗利、他妻子紧随其后，从他们住着的花园紧里头跑了过来。

“海水！……海水！……”他扯着嗓子叫着。

我朝大洋望去，被眼前所见的一切吓得目瞪口呆，一动不动地站在那里。虽然内心里对我所见到的情景毫无准备，但我马上有了清楚的概念：日常的景物全变了。然而，这个我们一直认为就其本质而言是永恒不变的大自然的面目，竟会在几秒钟的时间内有这么大的奇怪变化，这一切难道不足以让我们惊恐的心变得不知所措？

不过，我马上冷静了下来。人类真正的优势并不是战胜大自然、控制大自然。对于思想家来说，是去思考它、理解它，让无穷的宇宙在自己的头脑中形成缩影。对于活动家来说，在物质的造反面前，要保持从容的心态，就应该对它说：“想要摧毁我，算了吧！永远也别想让我的心激荡起伏。”

当我重归平静时，我弄清了眼前的场景与往日我习以为常的那个场景在哪些方面有所不同。总而言之，悬崖消失了，我的花园已降至海平面的高度，海浪在吞没了园丁所住的房屋之后，正汹涌地拍打着我建在最低处的花坛。

由于海平线不大可能升高，那地平线就必然会下降。地面下降超过了 100 米。既然悬崖先前恰好就是这个高度，那它应该是逐渐下沉的。因为我们几乎没有发现它下沉的过程，这说明大洋还是相对平静的。

短时间的观察让我确信我的假设是正确的。另外，它让我注意到地面的下沉并没有停止。实际上，海平面在继续上涨，我觉得其上升速度为每秒将近两米，即每小时上涨七或八公里。鉴于我们和第一排海浪之间的距离，我们将因此而在不到三秒钟的时间内被海浪吞没，如果地面下降的速度也是一样的话。

我迅速地做出决定。

“上车！”我叫道。

大家明白了我的意思。我们全都朝车库跑去,而汽车已被抛到了外面。一眨眼的功夫，我们就加满了油。然后，我们挤到了车里，感到有点儿幸运。我的司机西莫那发动了车，跳到了方向盘处，挂上了挡。罗利打开了栅栏门，当汽车开到栅栏门时他跳上了车，把自己固定在了后弹簧后面，车便以四挡的高速冲上了公路。

真险啊！当汽车爬到公路上的时候，一股海浪涌了过来拍击着车轮，并把半个车轮都给淹了。但这之后，我们就能嘲笑紧跟着我们的潮水了。

我的好车不顾严重超载，知道要把我们带到海浪打不到的地方去……总之，我们的前头还有活动余地，因为我们起码能爬两个小时的坡，并达到必须有的近 1500 米的海拔高度。

然而，我马上意识到此时还不是高喊胜利的时候。车子来了个第一次弹跳，把我们带到了离海水泡沫边缘二十来米的距离之后，西莫那想要加大油门走得更快已经纯属徒劳之举，因为这段距离是不会增加的。十二个人的重量大概降低了车子的行驶速度。不论如何，这一车速恰好等于海水上漫的速度——它在同样的距离内会保持不变的。

我们很快就感受到这一可怕的情景。所有的人，除西莫那专心开车之外，全都回头看着我们刚刚走过的路。除了海水之外，我们什么也看不到了。随着我们不断地战胜它，现在该轮到消失在海水下面的道路去征服它了。它这会儿平静了下来。如果说有几条水波纹刚刚缓慢地消失在一个其位置一直在更新的沙岸边上的话，那是因为有一个以等速运动扩展着的、一直在扩张的平静的湖。而这样平静海水的持续追逐没有什么可怕的。海水一直再涨，和我们势不两立。在它的前面，我们想要逃脱纯属枉费心机。

西莫那两眼直瞪着公路，在一个拐弯儿的地方，他说："我们已经走了一半儿的坡路了，我们还得爬一个小时的坡。"

我们浑身颤抖。唉，怎么搞的！一个小时后，我们才能到达最高点。而在这一期间，我们的车子还得再下坡。到那时，车轮会发生侧滑、方向盘得打过来再打过去。不论我们的车速有多快，我们都会被紧跟在我们身后犹如雪崩般猛然冲击而来的海水所追逐。

我们所面临的形势没有丝毫的改变，可时间却一分一秒地过去了。

当车子在道路的坡面猛地一抖，发生突然偏驶、差一点儿就要撞坏汽车的时候，我们已经发现了海岸边上的最高点。与此同时，一股巨浪在我们身后鼓了起来，追逐着我们，猛烈地冲击着道路，然后呈凹陷状，并最终汹涌地击打着汽车。车子被泡沫所包围，海浪就要吞没我们了吗？

不，当我们汽车的发动机突然加剧了它的喘息，加快了我们前进步伐的时候，翻腾着的海水退却了。

这突然的加速从何而起？阿娜·罗利的一声喊叫让我们明白了事情的原因。正如可怜的女人刚刚看到的，她的丈夫没再固定在后弹簧上。可怜的人大概被一个旋涡给卷走了。因此，卸载之后的车子较为轻捷地爬过了斜坡。

突然，车子在原地停了下来。

“出什么事了？”我们问西莫那：“出故障了？”

即便在这颇具悲剧性的情形下，职业上的骄傲也没有让他忘记自己的义务。西莫那蔑视着耸了耸肩，以我们对他这种表情的理解使我明白：一位像他这种类型的司机，这是一次不知其原因的故障。他用手默默地指着公路。于是，车子停下来的原因真相大白。

公路在距我们前面不到十米的地方被切断了。“切断”是个正确的词。因为，我们可以说它像是被刀切过了一样。一个将公路突然切断的裸露的山脊前面是空的，那是一个令人恐怖的深渊。在它的底部，什么都看不清。

我们发了狂似的转过身来，确信我们的最后时刻已经到来。追逐着我们的海水已经达到了这个高度，将必然在几秒钟内来到我们的身旁。

所有的人，除了可怜的安娜和她的女儿们哭得让人心碎之外，我们大家发出了突然变得兴奋起来的喊叫声。不，海水没有继续上涨，或者更为确切地说，陆地停止了下陷。我们刚才感觉到的摇晃大概是这一现象的最后表现。大海涨停了，我们围在汽车旁边，它就像一头狂奔之后气喘吁吁的野兽似的还在全身颤抖着，而海水处于低于这个点上近一百米的地方。

难道说我们成功地逃脱了这一险境？天亮的时候我们就会知道的。到此刻为止，我们只能等待。我们一个接一个地躺在地上。而我想，上帝请宽恕我，让我睡个觉吧！

***

夜晚的时候

我被一个奇怪的声音惊醒了。几点了？在夜里，我不知道。不管怎样，我们一直沉浸在黑暗的恐惧之中。

声音是从深不见底的深渊里传出来的，道路就塌陷在它的里面。发生什么事情了？……我们判断一定有大量的海水冲灌了进去……是的，就是这么回事。因为打着旋儿的海水泡沫飞溅着，一直流淌到我们身边，我们浑身上下全被水花打湿了。

接下来，周边逐渐趋于平静……一切归于平静……天色发白……天亮了。

***

五月二十五日

我们真实的处境逐渐显露出来，这让我们痛苦不堪！起初，我们只能分辨出紧靠在我们身边的情况，但可视范围在扩大，不断地扩大着，我们总是落空的希望犹如无数块轻纱一片接一片地被掀起而又逐渐地破灭。最终，明媚的阳光打消了我们最终的幻想。

我们的处境十分简单，可以用几个字加以归纳：我们在一个岛上，大海在四周包围着我们。昨天，我们还能看到处处波涛汹涌的大海，其中若干个涛顶浪尖一直俯瞰着我们所处的高点。此刻，浪尖已经消失了，而我们所处的高点虽然微不足道，但出于永远不为人知的原因却在它平静下沉的过程中停了下来。在原先陆地的位置上，铺开了一张无边无沿的水织桌布。我们所面对的各个方向全是大海。我们占着由海平线所勾画出的一个大圈中唯一的一个坚硬的点。

要想了解一下一个特别的运气让我们得以避难安身的这个小岛的面积,我们只需看上一眼就行了。实际上,这个小岛不大,长度至多有一千米，宽度五百米。在北面、西面和南面，其高点大约高出海平面约一百米，高点之下均为缓坡。在东面，正相反，小岛的边界在一个笔直的插入水中的悬崖处结束。

特别让我们的目光所投向的正是东面这边儿。在这个方向上，我们本该看得见层峦叠嶂的山脉的。而更远些，原来该是整个的墨西哥。在一个短暂的春夜里，发生了多么大的变化啊！山脉全都消失了，墨西哥被吞没了！现在，在他们原来的地方上，成了一片无尽的“荒漠”，由汪洋大海构成的荒漠。

我们惊恐地互相看着。汽车止步，无处可走。没有食物，没有水，我们被困在这块狭窄而又光秃秃的岩石上，不能抱丝毫的希望。吓得够呛的我们躺在地上，开始等待着死亡的降临。

***

在“维吉尼亚号”船上

六月四日

接下来的日子发生什么事情了？我对此没有留下记忆。应假设我最终失去了知觉。因为我是在登上把我们救起来的船上时才苏醒过来的。只有到了这时，我才得知我们在小岛上待了整整十天的时间。而且，我们中的两个人，威廉和罗森因饥渴而死在了小岛上。在灾难发生时，待在我别墅里面的十五个大活人，如今只剩下了九个人：我的儿子让、我的养女埃莱娜、我的司机西莫那——丢了他的汽车而难以安慰，阿娜·罗利和她的两个女儿、巴瑟斯特博士和莫雷诺博士，最后是我本人。我，为了让我的子孙后代——姑且认为他们想必会出生——得知此事，我赶忙写下了以下几行字。

载着我们的“维吉尼亚号”船是一艘机帆船。它既使用蒸汽又用帆，大约有两千吨重，是艘货船。这是一艘比较老的船，航速一般。莫里船长的手下有二十人，船长和船员都是英国人。

一个多月以前，“弗吉尼亚号”装上货物离开了墨尔本，朝罗萨里奥港驶去。在船航行过程中，船未遇过任何事故，除了在五月二十四日和五月二十五日夜，大海掀起了一股股高度高得不可思议、但长度高成比例的波涛。这让它们成了无害的波涛。这些海浪有点儿奇特，它们让船长无法预见到灾难会在同一时刻发生。同样让他非常惊讶的是，在他以为会看到罗萨里奥和墨西哥海岸的地方，他所看到的却只是大海。这处海岸只剩下了一个小岛。“弗吉尼亚号”上的一只小艇靠上了让这个小岛。船员们在小岛上发现了十一个毫无生气的人，其中的两个是尸体。船员们把其余九个人带上了小艇。我们就这样获救了。

***

在陆地上

一月或二月

在将要记的日记的头一篇日记和前面记的最后一篇日记之间，其间隔有八个月的时间。这篇日记我标注的时间为一月或二月，我无法把日期标注得更确切一些，因为我再没有确切的时间概念了。

这八个月的时间是我们所经受的考验中最难以忍受的阶段。从其残酷的程度来看，我们经历了我们不幸之中程度各异的不幸。

把我们救起之后，"弗吉尼亚号"船继续开足马力朝东驶去。当我苏醒过来的时候，我们差点儿就死在上面的小岛已在海平线下消失很久了。正如船长所指出的那个点一样——是他在天空无云的情况下取的点，我们此时正朝着应该是墨西哥海岸的方向行驶着。但是，在墨西哥方向，就在我昏过去的时候没有发现中央山脉的任何痕迹一样，我们现在也没有发现任何一块我们视线所及的陆地。我们的四面八方全是无垠的大海。

在这次观察中，有某个让人感到惶恐的事。我们感到我们的理智几乎都丧失了。怎么！整个墨西哥都被海水吞没了！……我们交换着惊恐的目光，心中在想这可怕灾难的破坏程度究竟达到了什么地步……

船长想要了解真相。修正了航线后，船向北驶去。如果墨西哥不复存在，那整个美洲大陆也同样会不复存在了。

然而，事情正是如此。我们白白地向北行驶了十二天，没有遇见陆地。而且，不断地转换航向，并向南行驶了近一个月之后，我们也没有发现什么与陆地会在我们眼前出现的设想相悖。我们感到我们不得不屈从于事实。是的，整个美洲大陆被波涛所吞没！

我们只有再次经受面临死亡的极度折磨才能得救吗？实际上，我们有理由担心发生这种情况的可能性。不要说有一天我们会断粮，单是现实的危险就够我们一呛。当燃煤耗尽、机器无法运转、让“维吉尼亚号”机帆船像一头毫无生气的野兽停止心脏跳动后一动不动时，我们会怎么样？因此，在七月十四日——我们位于接近布宜诺斯艾利斯（阿根廷）原址的海域时——莫里斯船长下令让锅炉熄火，让船升起了帆。完成这项作业之后，他把“弗吉尼亚号”船上的所有人员——全体船员和乘客——集合起来，并给我们总结了一下我们所面临的形势。他请我们对此做一番深思熟虑。从提出的诸多建议中找出最为中意的一个作为次日就将采取的解决方案。

我不知道我不幸的同伴们中间是否有某个人能找到一个多少有点儿机智聪明的主意来。无论如何，对我来说，我犹豫着，我承认，对于自己将要拿定的主意是不是最好我没有一点儿把握。但在夜间,风暴骤起时，这个问题就迎刃而解了。在狂风的裹挟下，我们的船应该在西边不停地在即将被狂怒的大海吞没的方向上行驶。

狂风刮了三十五天，没有一刻的停止，甚至是放缓一点儿。由于狂风刮个不停，我们都开始感到失望了。当八月十九日，好天气——和狂风终止时一样，带有突然性——又来到时，船长利用这一机会，测绘了一下船所处的方位。他测定出来的结果是：北纬 40°，东经 114°，这是北京的坐标！

这么看来，我们已经在波利尼西亚群岛[①]的上面经过。而且，也有可能是我们甚至没有考虑到的澳大利亚，而我们现在航行的地方，过去曾经是幅员辽阔、有四亿人口的一个帝国的国都。

这么说，亚洲有着和美国同样的命运？

很快，我们就对此深信不疑。“弗吉尼亚号”继续航行，航向西南，到了与西藏同一纬度的地方，然后就到了喜马拉雅山的维度上。这里大概应是地球上的最高点。然而，在各个方向上，没有任何东西从大洋的表面上显现出来。看来，除了救过我们的那个小岛之外，地球上再也没有任何坚硬点了，我们是这场灾难的唯一一批幸存者了。我们是在大海中游移的裹尸布里被淹没的一个世界里最后一批居民！

如果是这样的话，马上就要轮到我们去死了。我们虽然实行了严格的实物配给，可实际上，船上的食物在耗尽。在这种情形下，我们不得不放弃对其进行补给的所有希望。

我缩短了这次可怕航行的故事。如欲详细地叙述，我得试着让其一天接一天地涌现，但回忆让我发疯。对于那些在此航行之前和之后的奇怪而又可怕的事情，我觉得未来——一个我见不到的未来——有些可怕。在这次如在地狱之中似的航行过程中，我们还经历了最为可怕的事情。哦！这次在无垠的大海中没完没了的航行！每天都期待着在某处靠岸，而亲眼见到的却是航行期限不断地延长！整天过着俯身于一些早已标注好的、曲曲折折的海岸线地图上的生活，而实际上什么都没有，绝对什么都没

① 太平洋的群岛名。

发现！我们认为这些应该永远存在的地方都已不复存在了！想到曾在地球上一直生活着的无数鲜活的生命，想到几百万人和无数动物曾经遍走在地球各处，或在地球上来来往往，想到他们一下子全都死光了，想到这些生灵像风中的火星儿一样一起熄灭了！我们到处寻找着自己的同类，但却是徒劳一场！慢慢地我们确定在自己的周围已经没有任何活着的生灵了，并逐渐意识到在这无情的宇宙之中的孤独！……

为了表达我们焦急的心情，我找到合适的词了吗？我不知道。在任何语言中，都不应存在与我们目前所处的绝无先例的处境相适应的词汇。

辨认出过去曾经是印度半岛的海域之后，我们重新向北行驶了十天。然后，船头向西。我们越过了现已成为海底山峦的乌拉尔山脉，航行在曾经是欧洲以北的地方。在这期间，我们的处境没有发生任何变化。然后，我们往南行驶，到达了赤道以北 20° 的地方。接着，为我们无用的寻找所厌倦，我们重走向北的航路并穿过了覆盖着非洲和西班牙的一片宽阔的水域，直至越过比利牛斯山脉。的确，我们已经开始适应我们在地图上标注的可怕记号了。随着我们不断向前行驶，我们把我们经过的地方在地图上用记号标了出来，我们念着："这里是莫斯科……波兰美人鱼城……柏林……维也纳……罗马……突尼斯……通布图（马里）……圣·路易[①]……奥兰（阿尔及利亚）……马德里……"但是，以不断增长的麻木不仁以及人的适应性让我们最终到了居然无动于衷地念出这些地名的地步，实际上是十分悲惨地念出这些地名的。

---

① 留尼汪岛（法）。

可是，我起码还没有耗尽我的忍耐力。我意识到这一天——差不多是十二月十一日，莫里斯船长对我说：“这里是巴黎。”听到这句话，我觉得有人夺走了我的灵魂。就算普天下全被淹没！但是，法国——我的法兰西！——象征着她的巴黎！……

在我的身旁，我听到好像呜咽一样的声音。我回头一看，原来是西莫那在哭。

在仍有四天的航行中，我们的航路持续向北。然后，到达了爱丁堡[①]的纬度。我们又向西南行驶，去寻找爱尔兰。接下来，航路向东。实际上，我们是在胡乱地漂泊着。因为，再也没有什么理由一定要朝一个方向、或者朝另一个方向行驶了。

我们经过了超出伦敦的海域，天上下雨得到了全体船员的欢迎。五天之后，当莫里斯船长让船不断地改变航向，并命令驾船向西南方向行驶的时候，我们到了但泽（波兰）的纬度，舵手被动地服从了。这会让他在乎什么吗？难道我们的周围不都是同样的东西吗？

这是我们在这个罗经面积[②]中的第九天航行。我们吃了我们最后的一片饼干。

由于我们以令人恐慌不安的目光相互看着，莫里斯船长突然下令重

① 圣赫勒拿岛和阿森松岛等（英）。

② 罗经是一种测定方向基准的仪器，用于确定航向和观测物标方位。罗经分为磁罗经和电罗经两种，现代船舶通常都装有这两种罗经。磁罗经是利用磁针指北的特性而制成。指南针即是原始型式的磁罗经，是中国古代四大发明之一。电罗经又称陀螺罗经，是利用陀螺仪的定轴性和进动性，结合地球自转矢量和重力矢量，用控制设备和阻尼设备制成以提供真北基准的仪器。

新点火。他这是出于什么想法？我还在思考着。不论怎样，他的命令被执行，而船速在加快。

两天以后，我们已经痛苦不堪地忍受着饥饿的折磨。第三天，几乎所有的人都固执地拒绝起床。只有船长、西莫那、船员中的几个人和我，为了有精力保证船的航向而起了床。

次日，挨饿的第五天，尽职尽责的舵工、机工的数量还在减少。再过二十四小时，恐怕没有人再有力气站起来了。

此时，我们航行已有七个多月了。七个多月以来，我们在大海的各个方向上航行着。我认为这天的日期应该是一月八日。我写道："我认为，我属于办事一丝不苟的人，可在无法做到的情况下，我也无能为力。对于我们来说，日期从此失去了很大的精准性。"

然而，这一天，当我扶着栏杆，并以我有些欠缺的注意力盯住基准线①的时候，觉得自己在西面发现了某种东西。我以为自己成了一个错误所愚弄的对象，我睁大了双眼……

不，我没有弄错。

我发出了一声真正的吼叫。然后，紧靠栏杆，我使劲儿地喊了一声："右舷前方，陆地！"

这句话产生了多么神奇的力量啊！所有垂死的人全都同时苏醒过来。而且，他们苍白、清瘦的脸全都出现在右弦栏杆上。

看了一下海平线处出现的云朵之后，莫里斯船长说："的确是陆地！"

---

① 又称"零变形线""标准线"。地图上没有变形的线。地图投影中的标准纬线（或等高圈）和标准经线（或垂直圈）的总称。

半个小时之后，这成了不容置疑的事实。这的确是我们在旧大陆的整个表面上白白地寻找之后，在大西洋洋面上发现的陆地！

接近下午三点钟的时候，拦住我们航路的海岸的详细情况变得更加清晰了。我们感觉到我们的绝望情绪得以恢复。实际上，这处海岸不像其他任何一处海岸，而我们中没有任何一个人曾经见到过一处如此绝对、如此彻底的荒蛮之地。

在陆地上，诸如我们在灾难发生之前所住过的地方，绿色是一种色彩非常丰富的颜色。我们中没有一个人见过条件这么差的海岸、这么干旱的地方。我们只发现了几丛小灌木，甚至是几簇荆豆，甚至仅仅是几条苔藓，或者是青苔带。在这里，除了这类植物什么也没有。我们只看到一个挺高的、黑色的悬崖。它的脚下是一堆乱七八糟的岩块，没有一株植物，没有一棵草。这就是这块陆地所呈现出的绝对、完全的荒芜状态。

在两天的时间里，我们沿着这个陡峭的悬崖行驶着，没有发现一个裂缝。仅仅在第二天旁晚时分才发现了一个很避风、能抵住从远海刮来的各个方向的风、挺宽阔的小海湾。我们在它的紧里面抛了锚。

我们乘小艇一登陆，首先操心的事情是在沙岸上收获我们的食物。沙岸上有几百个海龟以及百万个贝壳类动物。在礁石缝中，我们见到了数量众多的并不妨碍无数条鱼生长的螃蟹、螯虾、龙虾。很显然，这片有如此密集“居民”居住的海域足以在没有其他资源的时候无限期地保证我们的生活。

我们吃了东西、恢复了体力之后，悬崖的一个断口让我们来到了一处高地，我们在这里发现了一片开阔地。海滩的样子没有让我们搞错。在各处、各个方向上，只有干燥的石头，上面覆盖着总的说来已经干燥了的墨角藻、昆布类、藻类植物，连一根小草也没有，不论在地上还是在空中，没有任何的活物。不过，从一个地方走到另一个地方，有一些小湖泊，还不如说是池塘，它们在阳光的照射下闪闪发光。由于我们想要喝点儿水好解解渴，我们才知道那里面的水全是咸的。

老实说，对此，我们没有感到惊讶。事实证明了我们一开始的推测。也就是说，这块未知的陆地是从海洋深处的唯一一块板块中分离出来的。这说明了它的干燥以及彻底孤独的原因，还说明了这块厚厚的泥沙层的均匀扩展由于持续蒸发的原因，开始呈现出破裂花纹状，并开始化作粉尘。

第二天中午十二点测出的方位为：北纬 17° 20′，西经 23° 55′。把这一方位标到海图上的时候，我们可以看到这点恰好位于大海，差不多是在佛得角（非洲）的纬度上。然而，西边是陆地，东边现在已成为一望无际的大海。

我们的双脚已经踏上的陆地是多么的令人厌恶、多么的不好客啊！不过，我们不得不对它表示满意。所以，我们得马上从“弗吉尼亚号”船上卸货。我们把船上所有的东西都搬上了高地，既无挑也无选。过去，我们平稳地泊船是用四个锚，抛锚深度为 15 寻[①]。在这个平静的小海湾里，船无任何危险，而我们可以不用操心地让船待在那里。

卸船一结束，我们的新生活就开始了。首先，最好……

索弗尔扎尔托克翻译到此本应停下来。日记手稿在这地方出现了第一处缺文短句的情况。按照相关页数的片数，手稿缺损的情况还挺严重。

---

① 水深单位。“英寻”约为 1.83 米。“法寻”约为 1.624 米。在此，凡尔纳使用的是英制还是法制，译者不详。

正如他所判断的那样，接下来的其他几页缺字的情况还要更严重一些。尽管日记有个保护套，但是，大概有不少页已被潮气弄潮。总的来说，只剩下或多或少一些可以翻开的日记摘录，其内容被永久损毁。他们是按这种顺序连接的：

……我们开始适应此地气候。

我们登上这处海岸有多少天了？我什么都记不清了。我问手中拿着一本旧日历的莫雷诺博士。他对我说："六个月。"与此同时，他补充说："还差几天。"因为他怕搞错。

我们已经到了这种地步！仅仅六个月的时间就让我们不再确信我们曾经精确计算过的时间。这样看来，将来还了得！

此外，我们的疏忽也没什么了不起的。我们专心致志，用我们全部的主观能动性来保住我们的生命。食物是每天需要解决的问题。我们吃什么？当我们抓到鱼就吃鱼——由于我们不停地抓它们，把它们吓跑了，鱼变得一天比一天难抓了。我们也吃海龟蛋和可以消化的某些苔藓。晚上，我们吃饱了，但觉得身体疲乏，只想睡觉。

我们用"弗吉尼亚号"的船帆临时搭建了几个帐篷。我认为它们在短期内应该是个较为可靠的栖身之所。

我们还时不时地打只鸟。天气也不是我们刚刚开始时想的那么干燥。十几种生物种类出现在这块新陆地上。他们绝对是长距离驿夫：燕子、信天翁、Cordonniers 和其他几种鸟。应该相信：在这个没有植物生长的陆地上，它们找不到食物。因为它们不停地在我们营地上方盘旋，窥伺着我们可怜的残羹剩饭。有时候，我们能捡到个饿死的鸟，这倒让我们省下了火药和枪。

幸好，我们的处境有机会变好些。我们在“弗吉尼亚号”的货仓里发现了一袋麦子，我们把一半麦子播种在地里。当麦子熟了的时候，这将是对我们生活的一种极大改善。但它们能发芽吗？地面是一层厚厚的冲积层，是由因藻类腐烂使土壤有了肥力的沙质土构成的。不论土质有多么贫瘠，但这毕竟是腐殖土。我们当初靠岸的时候，地里浸透着盐分，但自从下过暴雨以来，大量的雨水冲刷地表。现在，所有的低凹处都充满了淡水。

然而，冲积层的土壤中仅有薄薄的一层表土失去了盐分。开始形成的小溪，甚至是小河中的盐分都非常高。这说明冲积层的深层土壤仍处于饱和状态。为了播种小麦，为了保存下来另一半小麦，我们几乎应该打麦。“弗吉尼亚号”船上的一部分船员想要马上用面粉做面包。我们被迫……

***

我们在“弗吉尼亚号”上有的……这两对兔子逃到船的里面去了，而我们再也没有看到过它们。应该相信它们找到了什么可以吃的东西。地上，不为我们所知，可能长出点儿……

***

……我们在这里起码有两年了！小麦的收成出奇的好！我们几乎随随便便就有面包吃，我们麦地的面积一直在扩大。可是，怎样才能和鸟儿们进行争斗啊！它们离奇地繁殖着，围着我们的收成转……

***

我虽在前面讲述过几个人的死亡，可由我们组成的小部落的成员却没有减少。我的儿子和养女有了三个小孩儿，其他三个家庭的每一家都有同样多的孩子。这群吵吵闹闹的孩子们身体都很健康。看来，自从人类减少到这样的程度以来，人类具有了很大的活力、极度的生命力。但是，多少原因……

***

……十年以来一直至此，而我们一点儿都不了解这块陆地。我们只熟悉我们登陆地点周围几公里地方的情况。是巴瑟斯特博士让我们对自己表现出的意志消沉感到耻辱。在他的怂恿下，我们把“弗吉尼亚号”武装了起来，我们做了一次探险航行，所需时间近半年。

我们是前天回来的。这次旅行的时间超出了我们的想象，因为我们想要完整地旅行。

我们绕着这块陆地转了一圈儿，它激励和促使我们相信我们的小岛应该是地球表面上仅存的一块坚硬土地，它的海岸让我们觉得到处都是一样的，也就是说荒芜至极。

我们的航行中断了几次。我们到此岛的内陆做了几次远足，特别希望发现亚速尔群岛（葡属）、马德拉群岛[①]的痕迹——灾难发生前，它位于大西洋，因此，肯定属于新大陆的一部分。但我们从中没有发现一点儿遗迹。我们所能观察到的一切就是在那些岛屿原址上的土地被弄得乱七八糟的，上面覆盖着一层厚厚的熔岩层——有可能是火山曾经猛烈喷

① 葡属大西洋岛屿。

发过的地方。

比如，如果说我们没有发现我们所要寻找的，那就是说我们发现了我们没有寻找的。我们在亚速尔群岛纬度上的火山层中发现了人类劳作的部分证明，但这不是亚速尔人的劳作，而是我们昨日同辈人的劳动成果。是些圆柱、或者是陶瓷的残片，是些我们从来没有见过的东西。研究过后，莫雷诺博士提出这些碎片来自古老的大西洋，而火山岩浆让它们重见天日。

莫雷诺博士大概说的有道理。传说中的大西洋想必位于差不多是新大陆的地方，如果它曾经存在过的话。在这种情形下，一件令人奇怪的事情是：在同一地点出现了不是传承有序的三次人类。

不论如何，我承认这一问题没有引起我的兴趣。目前，我们有挺多的事情要做，没有必要去操心过去。

当我们再次回到营地的时候，我们发现：与其他地方相比，离营地最近的地方可以被看作是一片受惠地区。这个观察让我们很震惊。这仅与过去在大自然中色彩非常丰富、并非不被人们所熟知、现在却在这块陆地上的其他地方消失殆尽的绿色有着密切的关联。直至此时，我们先前没有做过这种观察，但事实是无法否认的。我们登陆时，此处寸草不生，现在却在我们周围长出了不少。另外，这些草只属于最为普通草种中的少量品种，大概是鸟儿们带到此地的种子。

除了这几种古老的植物品种之外，不应得出先前没有植物生长的结论。通过一系列最为奇特的适应性变化，相反，有一种起码处于萌芽状态、能生长起来的这样一种状态的植物生长于这块陆地的全境。

当这块陆地窜出水面的时候，覆盖在它上面的大部分海洋植物全被阳光晒死了。然而，有一些却在湖泊、池塘、水坑中坚持了下来，但阳光也渐渐地把它们晒死了。不过，此时有一些小溪、小河生成。水虽是咸水，但它们同样适合墨角藻、昆布类藻类和其他藻类生长。当地表和深土层的盐分消失，水变成淡水时，绝大多数植物已被毁灭了。它们中的少量植物，由于屈从了新的生活条件，像它们以前生活在咸水中生长得很茂盛一样，它们生活在淡水的环境中也长得很茂盛。但是这种现象并未到此为止。这些植物中有几种具备了适应性更强的特征，在适应了淡水中的生活之后，适应了在空气中的生活。而且，首先在道路或沟渠两侧高出的陡坡处生长。然后，逐渐向内陆方向扩展开来。

我们对于此处植物的这种进化感到很吃惊。我们能够发现生物的形成，同时还有生物的生理机能发生了多么大的变化。我们可以预见有朝一日，一种由各种植物构成的植物区系将会这样地被全部创建起来，一场激烈的斗争将在所有的新品种和那些来自于事物的古老秩序的品种之间展开。

动物区系和植物区系所发生的情况是一样的。在河流的旁边我们看到了古老的海洋动物：软体动物和甲壳类动物。不过，它们中的大多数正变成化石。在空中，有飞鱼在来回飞跃。它们比起鱼来说更像鸟，它们的翅膀变得很大，而尾巴内弯，可使它们……

原封未动的最后断简残篇包含手稿的结尾部分。它是这样构思的：

……所有的人全老了。莫里斯船长已经死了。巴瑟斯特博士 65 岁了，莫雷诺博士 60 岁了。我，68 岁。所有的人，我们很快就会死去。然而，从前我们虽想在我们力所能及的条件下坚定地完成任务，而将来，我们将在我们的后辈人所面临的斗争中帮助他们。

但是，将来的那些后辈人会诞生吗？

我尝试回答说“是”，如果我只考虑我同类人的繁衍生息的话，子孙们会迅速大量繁衍。而另一方面，在这种良好的气候条件下，在这片没有野兽出没的地方，人的寿命肯定会很长。我们的移民地有了很大的发展。

与此相反，我就尝试回答说“不”，如果我认为我不幸的同伴们智力严重退化的话。

然而，由于我们利用了人类的才智，所以我们这一小批遇难之人的生活条件还不错。这其中有一个精力特别充沛的人：莫里斯船长，现已去世；两个很有教养、非同寻常的人：我的儿子和我；以及两位正直的学者：巴瑟斯特和莫雷诺博士。与同是遇难者的成员们在一起，我们本可以做些事情，可我们什么都没有做。维系我们物质生活的问题从一开始，而且直至现在，仍是我们所关心的唯一问题。就像开始时那样，我们利用白天的时间去寻找我们的食物，到了晚上，我们全都筋疲力尽，沉沉入睡。

哎呀！可以肯定的是：作为人类唯一代表的我们正在发生退化，并有接近野蛮人的倾向。在“弗吉尼亚号”的水手们当中，他们过去就是没有文化的人，兽性的特点在他们身上的表现更加突出了。我的儿子和我，我们忘记了我们所知道的。巴瑟斯特和莫雷诺博士的脑子变得一片空白。人们可以说我们的脑力活动已经停止了。

我们已经完成了——已经有些年了——这块陆地的航海记是多么的幸运！现在，我们再也没有同样的勇气了。另外，莫里斯船长已经死了，他一直率领我们远航，并死于载着我们的破破烂烂的“弗吉尼亚号”船上。

在居住地开始生活之时，我们中有几个人曾经建了几座房。这几座没有建成的建筑物现已全部倒塌。一年四季，我们全都睡在地上。

很长时间以来我们就无衣可穿了。在几年的时间里，我们曾想方设法，先是精巧、然后是有些粗糙地用海藻织成的布去代替传统布料。接下来，由于气候温和，我们让这种努力付诸东流。我们赤身裸体地生活着，和我们称之为野人的人一个样子。

吃东西，吃东西，这是我们永恒的目标、我们唯一关心的事。

不过，我们的头脑中仍然保留着一些原有的想法和感觉。我的儿子让，现在已经是个成熟的男人，而且当上了爷爷，他并没有失去全部情感。而我的前司机，莫德斯特·西莫那，对我曾经是他主人的往事保留着含糊不清的记忆。

但是，由于他们、由于我们，我们作为人的这些看不见的痕迹——因为，实际上，我们已经不再是人了——将永远消失。出生在这里的未来人永远也不会经历其他的生活方式。人类将减少到只剩下些不识字、不会算、勉强能说话的成年人——当我写东西的时候，眼皮子底下就有——以及这些长着尖牙利齿的、似乎只有个永远也填不饱肚子的孩子们的地步。然后，在他们之后，将有其他的成年人和其他的孩子们。接下来，又会有其他的一批成年人和儿童们，总是更加接近野兽，总是更加远离他们有思想的祖先。

我似乎看到他们——这些未来人，他们时常忘记分音节的语音、荡然无存的智慧、身上长着硬毛，漂泊在令人沮丧的荒漠之中……

好吧！我们想要试着让他们不要变成这个样子。我们想要把一切都置于我们的掌控之中，以使我亦属其中的人类征服大自然的伟业永存。莫雷诺博士、巴瑟斯特博士和我，我们要唤醒我们已经迟钝了的大脑，我们要强使它回忆起它所知道的。我们在这张纸上并用从“弗吉尼亚号”船上拿来的墨水写下了我们的分工，我们列举了我们所了解的各个学科中的知识，以便稍后，人们，如果他们迷失了方向，如果他们经历了或长或短的一段野蛮状态之后，他们感觉到要使他们对于光明的渴望得以重生的时候，能够发现他们的前辈们所做的总结。但愿到了那时，他们会去赞美那些这样地缩短他们见不到的弟兄们苦难历程的人们死后的名声。

***

现在，写完上面的事情经过大约有十五年了。巴瑟斯特博士和莫雷诺博士都已不在了。在这儿下船登陆的所有人中，我是最老的一个了，几乎是唯一的一个人了。死亡将要轮到我了。我觉得它从我冰冷的脚一直上升到我停止跳动的心脏处。

我的工作结束了。我把我包含有时对人类科学进行总结内容的日记装进了一个从“弗吉尼亚号”船上卸下的铁箱子里面，并把它深深地埋于土中。在旁边，我要把这几吨卷起来的纸放在一个铝匣子里。

有一天，有人将会发现这个埋下存在地下的存放物？仅仅是个想要寻找它的人？……

这件事全靠命运的安排。全凭上帝的安排！

三

随着扎尔托克翻译这件奇怪的文献，一种恐惧感袭上了他的心头。

怎么？四海王国的人是这些在几个大洋的荒凉海面上飘荡了好长时间之后来到现已是巴齐特拉城的海岸这个点上搁浅的人的后代？这样看

来，那些命运悲惨的生灵曾经属于光荣的人类。从人类的角度来看，现代人类不过才刚刚会结结巴巴地说话。然而，要想科学永远地被废除，直至回忆起那些非常强大的人们，该做些什么事？什么也不用做。因为，有一种难以觉察的颤动传遍地壳。

该文献所讲述的内容与装着它的铁箱一同被毁是个多么不可估量的损失啊！但是，不论这种损失有多大，都不能心存一丝的希望，因为工人在挖地基的时候,土是往各个方向挖去的。铁箱毫无疑问被岁月所腐蚀，而铝匣子成功地抵御住了腐蚀。

此外，索弗尔对此的乐观态度不应最终被否定。日记中虽无任何技术上的细节，但总的说来内容丰富，而且是以一种不可辩驳的方式证实：在过去，人类曾经一往直前地行进在探索真理的道路上。他们的所作所为是今人没有做过的。这本日记包罗万象,那里面有索弗尔所知的基础知识，以及其他连他都不敢想的基础知识，直至对于“亚当”这个名字的解释。关于这一问题,人们曾经有过许多空泛的论战。“亚当”是“牙当”的变异，“牙当”本身是“阿当”的变异，该“阿当”只有可能是某个其他更加古老名字的变异。

亚当、阿当、牙当，这是世间第一人永恒的象征，而且也是他来到地球上的第一个说明。因此，索弗尔否认日记中已无可争辩地确立其真实性的这个祖先的看法是不对的，而大众委身于与自己相类似的直系尊亲属的看法是对的。但对于其他所有的人来说，对此的看法就不是这样：四海王国人没有任何发明。他们一直满足于重复地说着祖先们说过的话。

总之，与写这篇日记的人同一时代的人大概也没有更多的发明。它们大概也只是重走先于他们来到人世间的其他人类曾经走过的路。日记中没有谈到过叫作阿提朗特岛的岛民[①]吧？索弗尔在海泥层上面的挖掘工作中发现的一些闹不清楚的痕迹有可能牵涉到这些阿提朗特岛民。当海洋的侵袭让该岛从陆地上消失了的时候，这个古老的民族达到了对于真理的何种程度的认知？

不论是什么程度的认知，什么也代替不了人类在灾难发生之后的作为，而她应该朝向光明前进，不得不从下往上地重新进行科学攀登。

对于四海王国的人来说，情况大概也是一样的。继他们之后，人们大概还将是一样的，直至……那一天。

但是，能够满足人类贪得无厌的欲望的那一天会在某一天到来吗？这一天会在人类努力攀登之后、可以在最终征服了高峰之后、在峰巅上休息的时候到来吗？

由此，索弗尔扎尔托克趴在这令人肃然起敬的手稿上沉思着。

通过这本死者的日记，他想象着，在宇宙之中，永远会发生一些可怕的悲剧，而他心中充满了同情。在他之前的人类曾经受过不可胜数的苦难而被弄得浑身是血，在无穷的岁月之中，在所有积累下的那些徒劳的努力重压之下被压弯了腰。索弗尔扎尔托克慢慢地、痛苦地意识到世界万物永恒的重复。

① 阿提朗特岛民系希腊传说中位于大西洋中的大岛上的居民。